KB006637

열아홉, 이제 시작이야

열아홉, 이제 시작이야

최관의 글

보리

차례

이렇게 사는 애들도 있네

"어디 보자, 밥은 먹었나."

잠결에 어슴푸레 발소리가 들리기에 이불 밖으로 얼굴을 내미니 공기가 시원하다 못해 선선하네. 엄마는 방문을 열고 들어와 윗목에 차려놓은 밥상보를 들췄어.

"손도 안 댔구나. 고단해도 밥은 먹지 그러냐."

"……."

"맥이 풀려 그려."

다시 이불을 머리까지 뒤집어쓰며 이불속으로 들어갔어. 이러고 있는 게 벌써 며칠째지? 처음에는 검정고시 치르느라 힘들어 잠 좀 실컷 자야겠다는 마음이었지만 생각이 꼬리에 꼬리를 물더니 머릿속은 뿌옇고 몽롱하니 자꾸 잠만 와.

"밥 먹기 싫으면 밥상 위에 돈 올려놨으니께 뭐라도 사 묵어야혀. 나가서 바람도 쐬고."

골목길로 서서히 사라지는 엄마 발소리에 내 마음은 더 심란해져. 중앙대학교 후문 쪽에 가면 으리으리하게 잘사는 집들이 많은데 남편은 유명한 신문사 기자고 부인은 약국 약사라나. 큰아이 낳았을 때 엄마가 몸조리를 해 줬는데 잘 챙겨 준다고 둘째도 봐 달래서 그 집에 일하러 가시는 거야. 알음알음 소개를 해 줘 엄마는 거의 쉬지 않고 파출부 일을 하면서 집안 살림을 꾸려 나갔지.

잠이 올 듯 말 듯 머리는 무겁고 자꾸 짜증은 나고……. 묵지근한 몸을 일으켜 세워 윗목 구석에 있는 허름한 책장을 뒤졌어. 〈한국현대문학전집〉이 쫙 꽂혀 있는데 우리 집에서 가장 보기 좋고 눈에 띄는 제대로 된 유일한 물건이야. 손가락을 책 위에 얹고 1권부터 쭉 훑어 내리다가 마음에 걸리는 걸 빼들었지. 염상섭 소설이었어. 《표본실의 청개구리》.

'이건 좀 이상해. 뭔가 어색하고 어두워. 다른 거 보자.'

책을 빼다 말고 다시 밀어 넣길 몇 번 오르락내리락하다 김동인 소설을 빼들었어. 《배따라기》.

'이건 너무 슬픈데. 《감자》도 그렇고.'

집 밖으로 나왔어.

슬리퍼를 끌고 한 사람 겨우 지나갈 만한 골목길을 빠져 나오는데 볼에 와 닿는 바람결이 물기를 잔뜩 머금었어. 하늘을 보니 검은 구름이 끼어 있네. 동네 아이들은 하나도 남김없이 학교에 갔고 학교 안 가는 어린아이들과 몸이 불편해 보이는 나이 든 사람, 아니면 늦게 장사하러 가는지, 일하러 가는지, 한가한 듯한 사람들만 더러 눈에 띄고.

난 이 시간이 가장 싫어. 정신없이 바쁘게 돌아가다 갑자기 조용해지는 시간. 모든 초, 중, 고 아이들은 다 학교로 가고 건강해 힘이 넘치는 사람들도 일하러 간 뒤 나같이 어디에도 끼지 못하는, 갈 데가 없는 사람들이 얼굴을 내미는 시간. 빨래 널고 이불 터는 아주머니들 모습마저도 불편하게 다가와. 일요일이나 노는 날에는 밝고 힘차고 당당해 보이는데 이상하게 평일 이맘때 내 눈에 들어오는 아주머니들은 다 우울해 보여. 빨래나 이불을 너는 모습에서도 화, 지루함, 절망이 묻어나 싫어. 주머니에 손을 찔러 넣고 집에서 떨어져 구석에 자리하고 있는 공중변소에 가서 오줌을 누고 나왔어. 정신이 조금 돌아오네.

천막을 누더기처럼 얼기설기 덮은 우리 집 지붕과, 색 바랜 천막이 축 늘어진 처마 아래 벽에 기댄 손수레가 눈에 들어오네. 손수레! 중학교에서 쫓겨나 무기력하게 보내던 열여섯 살 초여름 새벽, 나는 이 손수레를 끌고 한강대교를 건너 용산청과물도매시장으로 갔지. 그날 바로 채소를 받아다 채소 장사를 시작했어.

그때도 지금처럼 날마다 잠만 잤어. 하루 이틀이 아니라 석 달 남짓 이불을 머리까지 뒤집어쓰고 하루에 한두 끼 먹는 둥 마는 둥 하면서 잠과 현실을 오락가락했지. 초등학교 겨우 졸업하고는 중학교에 못 가게 되어 외딴 산골 집에서 농사짓고 계룡산 갑사 아래 여관에 가서 심부름도 하고 나물도 뜯어다 팔았지. 밥이라도 얻어먹으며 이발 기술 배우겠다고 집을 떠나 성환에 있는 이발소에서 남의집살이도 했지. 그러다 서울에 올라와서는 할 일이 없어 잠만 잔 거야. 초등학교 같이 다니던 아이들은 모두 중학교 다닐 때 나 혼자 동네에 남았으니 어떻겠어? 오라는 데도 없고, 이야기 나눌 친구도 없다 보니 무기력해지면서 내리 잠만 잔 거야. 나라는 놈은 이 세상에 쓸 데가 없어 있어도 그만 없어도 그만이라는 생각 속으로 빠져들었어. 그러다 문득 '이러다간 죽겠다, 정말 쓸모없는 놈이 되겠다'는 생각이 들어 뭐라도 해서 살아야겠다며 시작한 게 채소 장사였지.

그런데 바로 지금 다시 그 어두운 기운이 온몸을 휘감기 시작해. 겨우 중학교졸업자격 검정고시에 합격한 게 뭐가 중요해. 중학교 졸업해서 어디다 써먹어? 엄마 아버지나 알아줄까 다른 사람들은 관심이나 있냐고. 나랑 같이 초등학교에 다니던 아이들은 다 고등학교에 다니고 그 애들은 나란 놈이 있는지도, 검정고시에 합격했는지도 몰라. 검정고시 합격하려고 죽을 각오로 공부해 합격했지만 달라진 게 뭐야. 그냥 합격했다는 거 말고 뭐가 달라졌냐고. 중학교는 누구나 다 졸업해. 나만 특별히 졸업하는 건 아니라니까. 내가 왜 공부를 했지?

오월 구름 사이로 비치는 따스한 볕을 받으며 생각에 빠져들었어.

'지금 내가 할 수 있는 게 뭐지? 공부? 공장에 가서 일하는 거? 장사? 기술 배워 직장 잡는 거? 나이도 아직은 어리고 군대도 안 갔다 왔잖아. 머지않아 군대도 가야 한다고. 공부 잘해서 좋은 회사 들어가려고 공부하나? 아냐, 공장 다닐 때 만난 철룡이 형과 국어 선생님이 그랬어. 공부는 스님이 날마다 목탁 두드리고 불공드리듯, 신부님이나 목사님이 틈만 나면 기도하듯 죽는 날까지 하는 거라고. 그러면서 깨달아 가는 거라고. 깨달아? 깨닫는다고 밥이 나와 돈이 나와? 아니야, 그것도 아닌 거 같아. 돈 많다고 행복한 것 같지도 않아. 그러면 난 왜 공부를 하는 거지?'

생각 속으로 빠져들수록 힘은 빠지고 아무것도 하고 싶지 않아. 그러다 장사 시작할 때 마음이 떠올랐어. 장사 첫날, 채소 사라고 외쳐야 하는데 목소리가 안 나와 혼자 울먹이던 모습. 큰돈을 들여 받아온 채소를 채소 사라는 말이 안 나와 당황했지만 여하튼 다 팔았어. 나는 세상을 얻은 것처럼 기뻤고 결국 그 힘으로 어둠에서 빠져나왔지.

그 마음을 콱 움켜잡아 세웠어.

'이렇게 그냥 집에 있으면 안 되겠다. 뭐라도 해 보자. 또 그때처럼 몇 달 동안 잠만 자면 안 돼. 몸을 움직이자고.'

곧바로 집으로 가서 수도꼭지를 틀어 찬물로 머리를 감았어. 엄마가 차려놓은 밥을 대충 입만 대고는 밥상에 있는 돈을 챙겨 들고 집을 나섰지. 일단 학원엘 가자.

버스에 올라탄 나는 숨 쉬기조차 힘들 만큼 많은 사람 사이를 비집고 창문 앞에 섰어. 땀 냄새와 사람들 몸에서 나오는 뜨거운 기운으로 오월 하순인데도 등줄기에서 땀이 나. 창문을 열었어. 바람이 들어오니 긴장했던 마음이 가라앉아. 사람이 너무 많아 출입문도 겨우 닫고 출발하면서도 정거장마다 사람을 태우자 버스 안에서는 짜증 섞인 소리가 나오기 시작했어.

"안으로 좀 들어가요."
"야! 그만 좀 태워. 우리가 짐짝이냐."
"아침부터 힘 다 빼네. 살살 몰아요."
머리가 천장 손잡이에 닿아 고개를 비스듬히 한 채 사람들 땀 냄새와 짜증으로 가득한 버스 안을 둘러봤어. 버스는 플라타너스가 양 옆으로 가득한 길을 달리고 있어.
다들 지지고 볶으며 이렇게 힘차게 살아가는데 나는 이불 속에서 '이까짓 검정고시 해서 중, 고등학교 졸업한다고 뾰족한 수가 생겨? 천지개벽을 하냐고?' 투덜거리며 시간만 죽인 거네. 합격자 발표 뒤 집 안에만 있느라 가라앉았던 내 안의 내가 살아 움직이기 시작했어. 창문으로 들어온 시원한 바람을 훅 하고 깊이 들이마시는데 공기 맛이 달아. 아침 햇살과 플라타너스 풋내가 버스 안에 가득해.
학원 문을 들어서니 복도가 조용하네. 몇몇 교실에서 수업은 하지만 저녁처럼 복잡하진 않고 빈 교실이 많은 게 한가해. 교무실로 들어가려다 엄마가 언젠가 선생님들 음료수라도 사다 드리라고 한 게 생각나 오던 길을 되돌아 박카스를 한 상자 사 들고 교무실로 들어섰지. 아이들과 선생님들로 복잡한 밤과 달리 전등마저도 한쪽만 켜 있고, 선생님들도 출근 안 했는지 텅 비었는데 과학 선생님만 혼자 계시다 날 반겼어.
"어서 와라. 잘 쉬었냐?"
"그냥 뒹굴거리며 지냈어요. 자꾸 졸리기만 하고……."

"좀 쉬기도 해야지. 요즘 공장엔 안 다니지?"

"공부만 하려고요."

박카스를 따서 내게 건네주며 선생님이 말했어.

"이 학원에 계속 다닐 거냐?"

"네, 그러는 거 아니에요? 여기 다닐 건데요."

"여기도 고등학교 과정 공부하는 반이 있기는 하지. 아이들이 종로에 있는 학원에 많이들 가기에 너도 그런가 싶어 물어본 거다."

중학교를 그만둔 뒤 4년 만에 처음 공부란 걸 하느라 고생할 때 공부하도록 도와준 학원이야. 꿈에도 그만둔다는 생각을 안 해 본 나로서는 선생님 물음에 당황했어. 좋아하는 선생님들 놔두고 어딜 가겠어. 당연히 여기 다니지. 선생님은 점심이나 같이 먹자고 하면서 빈 교실에 가서 공부하다 시간 되거든 교무실로 오라고 했어.

마침 우리 반 교실에 수업이 없기에 들어가 영어 참고서를 꺼내 공부를 하는 둥 마는 둥 하는데 남학생 하나와 여학생 둘이 들어오더니 교실 뒤쪽 구석에서 수다를 떠는 거야. 여자애 둘은 화장하고 남자애는 뒷주머니에 꽂은 빗을 꺼내 빗질을 하고. 뭔 놈의 빗질은 그리 자주하는지……. 야간반에서는 한 번도 본 적 없는 낯선 모습에다가 옷차림도 나하고는 달라. 남학생도 머리가 단발머리 한 것처럼 길고 치렁치렁한 게 한눈에 나같이 없는 집 자식이 아니라는 게 보여. 계속 떠드니 시끄러워 공부가 되어야 말이지. 그런데 여학생 한 명이 내게 다가왔어.

"저기, 혹시 관의 씨?"

여학생이 나보고 관의 씨라니! 내 이름을 어떻게 알고! 야간반에서도 아이들과 어울릴 틈이 없어 가까운 몇몇하고만 이야기하고 지내는 데다가 여학생이 다가와 말을 거는 건 아주 드물고 낯선 일이라 뭐라고 대답할지 모르겠네. 진한 화장품 냄새가 확 나는 게 나보다 한참 위로 보여. 직장에 다니는 어른이라는 생각이 들어 조심스럽게 고개만 들어 여학생을 봤어.

"야간반에 다니지요?"

"절 어떻게 알아요?"

"관의 맞네. 분명히 네가 맞는데 모른 척하기에 긴가민가했잖아. 나 잠깐 야간반에 다니다 주간으로 옮긴 혜지야."

나랑 한 교실에서 공부하다 주간으로 옮긴 혜지, 워낙 활발해서 어쩌다 하는 오락 시간이면 앞에 나가 노래 부르고 춤추고, 수업 마치면 뭐 먹으러 가자고 이 아이 저 아이 엮는 그런 아이야.

"우리랑 같이 점심 먹으러 가자. 라면이랑 떡볶이 살게."

망설였어. 마땅히 할 일이 있는 것도 아니고 공부도 안 되는 데다 날마다 혼자 지내는 게 지루하고 심심하던 터라 마음이 흔들렸지. 그러면서도 한옆으로는 나랑 저 아이들은 달라도 너무 달라서 어울리지 않을 거라는 생각이 들었어.

"과학 선생님이 수업 마치고 나서 점심 먹자고 하셨는데."

"그럼 잘 됐다. 우리도 사 달라고 하자."

혜지는 거침이 없어.

"저기 둘은 다 나랑 같은 반이야. 공부는 안 하고 맨날 노는 애들.

오늘 점심 먹고 우리랑 어디 가자. 좋은 거 보여 줄게."

그 가운데 얼굴이 곱상하게 생긴 데다가 아기 같은 피부에 반지르르 윤기가 흐르는 머리카락이 어깨까지 치렁치렁한 남자아이가 내게 손을 내밀었어.

"난 준이라고 해. 만나서 반갑다. 하루 제끼자."

"우리 연습실 갈 건데 같이 가자. 가서 연습하는 거 보여 줄게."

"연습실이라니, 뭘 연습하는데?"

혜지는 놀라는 내 모습을 보는 게 재미있다는 듯 날 빤히 보고 웃으며 기다리라는 거야. 지금 말하면 재미없으니 가서 보여 주겠다고.

그때 마침 교실로 들어서는 과학 선생님을 보자마자 혜지는 달려가 선생님 팔짱을 끼고 선생님 얼굴 가까이 자기 얼굴을 대고는 생동생동하고 쾌활한 목소리로 말을 걸어.

"관의랑 점심 먹으러 가신다면서요? 우리도 사 줘요. 좋은 거 아니래도 좋아요. 라면, 라면 어때요?"

"라면? 그러지 뭐. 학원 옆에 있는 분식집에 가자."

과학 선생님 팔짱을 끼고는 잠시도 쉬지 않고 수다 떠는 혜지가 앞서고 그런 혜지를 지그시 바라보며 웃기만 하는 미선이랑 내가 그 뒤를 따라갔지. 나는 궁금해서 미선이에게 물었어.

"너네 모여서 뭐 하는데? 뭘 연습하는 거야?"

"보컬 그룹을 만들었어."

"보컬 그룹?"

"대학가요제 봤지?"

집에 텔레비전은 그만두고 겨우 라디오 하나 있는데 그나마도 가끔 직직거리는 형편이니 무슨 이야기를 하는지 난 잘 못 알아듣겠더라고. 공장을 그만둔 뒤로 집, 도서관, 학원을 시계추처럼 왔다 갔다 하는 내게 방송이라고는 가끔 버스 타면 듣는 라디오가 전부였거든.

선생님은 분식집에서 라면 기다리는 동안 먹으라고 찐빵을 사 줬어.

"너희들 고등학교졸업자격 검정고시는 어디서 준비할 거냐?"

"우리는 다 떨어졌는데요."

혜지는 어두운 기색이라고는 눈곱만치도 없이 밝은 목소리로 말했어.

"자랑이라도 하는 거 같다."

그렇게 말하는 준이도 거리낌없기는 마찬가지야. 선생님은 웃긴다는 표정으로 말을 해.

"야 이놈들아! 떨어진 게 자랑이냐. 대학엘 가야 대학가요젠지 뭔지 나갈 거 아니냐, 이런 답답한 놈들."

"걱정 마세요. 조금만 더 하면 돼요. 몇 과목만 붙으면 되는데요. 가을엔 다 붙고 내년에 대학 갈 거예요. 웬만한 대학 가면 되지요, 뭐."

라면이 나와 막 젓가락질을 하려는데 선생님이 그래.

"관의야! 다른 아이들은 종로에 있는 큰 학원 다니는 게 좋다고 많이들 가더라. 너도 생각은 해 봐. 꼭 여기에 있으라고 잡지는 않을 거야. 네 마음 끌리는 데 다니는 게 좋다."

점심을 먹고 선생님은 학원으로 들어가고 우리들은 학원 아래 버스 정류장에 모였어. 서둘러 해야 할 일도 없고 기분도 우울해. 아이들이 끄는 대로 갔어. 버스를 타고 구로공단에 내려 준이, 미선이, 혜지를 따라 얼마쯤 걷다 4층짜리 건물 지하로 내려가는데 우중충하고 낯설어. 두리번거리며 들어서는 나를 보더니 혜지가 웃어.

극장 출입구 같은 두툼한 문 앞에 서더니 구석에 있는 낡은 소파 아래에서 열쇠를 꺼내 문을 열었어. 퀘퀘하고 알싸하면서 톡 쏘는 냄새와 답답한 기운이 확 느껴지는데 혜지는 익숙한 듯 벽을 더듬어 불을 켰어.

세상에! 드럼, 기타, 전자오르간, 보면대에다가 마이크와 앰프까지 있어. 바닥에는 선이 이리저리 깔려 있고, 한쪽 구석에는 냉장고, 냄비 따위 먹는 걸 해결할 수 있는 부엌살림 그리고 야전침대까지 있네.

"너네 여기서 사냐?"

"연습하다 고단하면 잠도 자고 밥도 해 먹고 그래."

"검정고시 공부하고 이런 거 할 시간도 있어?"

"야! 우리는 낮에 일하러 안 가잖아. 다 너처럼 공장 다니는 줄 아냐?"

"나도 이제 공장 안 다녀. 그래도, 아무리 그래도 낮에 공부를 해야 시험을 볼 거 아냐."

"걱정 마. 웬만큼 해서 검정고시 붙고 대학이라는 이름 붙은 데만 들어가면 돼. 그래야 대학가요제에 나갈 수 있으니까."

"가수가 되고 싶은 거야?"

"그래, 이제 알았냐?"

난 아무 생각 없이 공부만 하는데 얘네들은 공부는 그냥 하는 거고 가수 되는 게 목표네. 드럼, 기타, 마이크 이런 건 어떻게 샀는지 궁금해. 우리 집은 식구들 살 방도 없어 쩔쩔매는데 지하라도 연습실까지 갖추다니……. 돈은 부모님이 대 준다는 거야. 미선이는 집안 형편이 어려워 일해서 악기를 샀대. 혜지랑 준이가 연습실 월세를 내고 대신 미선이는 가끔 밥 먹는 비용을 댄다네.

"연습하자. 준비해."

준이는 윗도리를 벗더니 흰 와이셔츠 차림으로 드럼 앞에 앉았어. 드럼 앞에 앉자 눈빛이 달라져. 온몸에 힘이 들어가고 허리가 꼿꼿한 게 조금 전 준이가 아니야. 가슴이 보일까 말까 할 정도로 단추를 풀고 소매를 걷어 올린 흰 셔츠 차림이 드럼과 아주 잘 어울려. 미선이도 달라졌어. 말수가 적고 따스한 표정으로 배시시 웃던 미선이가 아니야. 남방을 헐렁하게 입고 일렉 기타를 어깨에 걸치고 선 모습에서 부드러움이 아니라 벽도 깨고 나갈 듯 도전적이고 강한 힘이 느껴져 깜짝 놀랐어. 난 아직 태어나 여자에게서 저런 모습을 본 적이 단 한 번도 없어. 어쩌다 외국 보컬 사진에서나 봤지. 혜지는 비싸 보이는 전자오르간 앞에 앉아 건반을 누르며 뭔가를 조절하는데 걸걸하고 거침없던 혜지가 오히려 부드러운 느낌이 들어.

한동안 저마다 연습을 하는 건지 소리를 조절하는 건지 시끄럽게 하다 혜지가 말했어.

"준비됐지? 맞춰 보자. 하나 둘 셋!"

손가락을 튕겨 소리를 내는 거야. 그러곤 어디선가 들어 본 연주를 잠깐 아주 잠깐 하더니 다시 혜지가 일어서서 앰프를 만진 다음 큰소리로 말했어.

"이제 해 보자. 샌드 페블즈가 부른 '나 어떡해'다. 하나, 둘, 하나 둘셋넷!"

드럼 채를 들고 심호흡을 하며 기도하는 자세를 한 준이, 평소 부드럽고 온화하던 모습은 간데없고 한쪽 다리를 살짝 삐딱하게 해서 허공을 바라보는 미선이, 철없어 보이는 까불까불한 모습은 어디 가고 카리스마 넘치는 목소리로 이끌어가는 혜지. 야전침대에 걸터앉아 '공부나 할걸 괜히 따라왔다'는 생각을 하며 전주를 듣던 나는 정신이 번쩍 들었어. 준이가 드럼을 치며 시작하는 순간 내 가슴은 얼어붙었어. 머리카락을 출렁이며 풀어헤친 단추마저 터질 듯 심벌즈를 때리는 준이.

"나 어떡해 너 갑자기 가 버리면……."

혜지가 느닷없이 연주를 멈추더니 준이를 째려보며 화를 냈어.

"야! 너 혼자 감정 속에 빠져들래? 확 그냥! 흐름을 보랬잖아, 흐름을 보라고."

"알았어. 미안, 미안."

"다시 한다. 하나, 둘, 하나둘셋넷!"

순식간에 아이들을 장악하는 혜지가 손가락을 튕기고 그 소리에 맞춰 바로 연주가 시작됐어. 나는 야전침대에 앉아 있다 벌떡 일어서서 손바닥이 벌겋게 되도록 손뼉을 치면서 앵콜을 목이 터져라 외쳐 댔어. 노래만 따라한 게 아니라 펄쩍펄쩍 뛰면서 춤도 췄지.

"멋있다. 가수다, 가수. 언제 이렇게 연습했니?"

"날마다. 틈만 나면."

미선이가 말없이 내게 손을 내밀기에 쳐다봤어.

"손가락 만져 봐."

기타 코드 잡는 손가락 끝 굳은살이 돌덩이 같아.

"잠잘 때 빼고는 기타를 잡고 산다."

"재미있냐? 악보를 보면 콩나물 대가리만 보이더만. 난 도레미도 못 읽어."

"부모님이 딴따라라고 못 하게 해. 그래도 내가 한다니까 부모님이 어쩌지 못하지. 내가 돈 벌어 한다는데 뭐."

몇 곡 더 연주한 뒤 준이가 자기 집에 가재. 처음 만나 집으로 가는 게 그래서 빠지려는데 준이 부모님은 아이들 오는 걸 좋아한다는 미선이 말에 함께 준이네로 갔지. 우리 집하고는 달라. 무허가 판잣집이 아니라 내가 다니던 공장 사장 집처럼 번듯한 대문과 마당이 있고 거실도 넓어. 게다가 방은 아이들마다 하나씩 있고 부엌에는 식탁까지 있어. 냉장고에서 꺼내 주는 음료수와 과일을 먹고 집으로 돌아왔지.

하루 종일 낯선 세상에 들어갔다 왔다는 느낌이 들면서도 우울한 기분은 옅어지고 새롭게 뭔가 해 볼 힘이 솟아났어. 좋아하는 걸 손가락에 물집이 잡히고 피가 나도록 열심히 하며, 게다가 부모가 머리끄덩이를 잡고 말려도 미친 듯이 하는 미선이 같은 아이도 있다는 걸 알았지. 주간 검정고시 반에는 부잣집 아이들과 학교 다니다 말썽 피워 잘린 날라리들만 있는 게 아니라는 것도.

책 많이 읽는 놈, 민우

학원 빈 교실에서 영어 선생님이 주신 '마인드 콘트롤'에 관한 책을 읽고 있을 때야. 문득 누군가 내 옆에 살그머니 앉기에 쳐다보니 아는 애야. 송민우라고, 나랑 비슷한 키에 어깨가 떡 벌어져 남자답게 생겼으면서도 순하고 부드러운 표정과 여린 듯 슬픈 눈매를 가진 애.

"뭐 하냐?"

"응, 그냥 심심해서 책 읽고 있어. 공부가 머리에 잘 들어오지도 않고."

"점심 먹으러 가자. 내가 살게."

"도시락 싸 왔는데? 무슨 돈이 있다고. 나랑 같이 도시락이나 까먹자."

"그건 나중에 먹고. 나와. 학원 등록하고 공부 제대로 시작하면 이럴 시간도 없어. 가자."

가방을 주섬주섬 챙겨 들고 나갔지.

"뭐 먹을래?"

"조금 걸어가면 우리 엄마 일하는 데가 있어. 엄마 얼굴 보고 가도 되지?"

"그래, 좋지."

학원 뒤 건물 몇 개를 지나 좁은 골목을 따라 조금 걸어가니 이런 데가 있나 싶게 옛날 기와집들로 이루어진 동네가 있어. 그 가운데 낡고 허름한 1층짜리 양옥집이 있는데 대문 옆에 경비실 같은 게 있고 그 위에 색이 바라고 군데군데 칠이 벗겨진 간판이 있어.

'영등포 여인숙'

경비실에는 전당포나 교도소 면회실처럼 얼굴이나 겨우 보이게 창이 하나 뚫려 있는데 민우는 거기다 대고 소리를 질렀어.

"엄마! 저 왔어요."

"민우구나. 점심 먹었냐?"

"친구예요. 왜 저번에 이야기했지? 관의라고, 공장 다니며 공부하는 애. 갑자기 성적이 막 올라서 놀랐다고 하던 그 애. 고향이 평택이래."

"아, 그 애구나. 어디 얼굴 좀 보자."

민우 어머니는 슬리퍼를 끌면서 나오시더니 반갑게 내 손을 잡아 줬어.

"우리 민우 고향은 안성이다. 평택이나 안성이나 붙어 있지. 고향이 같네."

그때 얼굴에 화장을 짙게 하고 옷을 야하게 입은 이삼십 대 여자 몇 사람이 나오며 환하게 웃는 거야.

“우리 민우가 왔구나.”

“이모, 안녕하세요? 학원 친구랑 점심 먹으러 왔어요.”

민우 엄마가 안에 들어갔다 나오더니 내게 돈을 쥐어 주셨어.

“민우랑 점심 사 먹거라. 요 아래 가면 생선구이 맛있게 하는 집 있다. 거기 가서 먹어.”

“민우야, 이거 받아.”

이모란 분들이 민우에게 돈을 주셨어. 나랑 민우는 돈을 받아 들고 인사드리고 나왔지.

“너네 여인숙이야?”

“응, 엄마가 사장. 어려서는 저기서 살았는데 엄마가 이제 오지 못하게 해. 집은 다른 데야.”

나는 더 이상 말을 이어 갈 수 없었어. 느낌으로 알았지. 거기는 사창가라는 걸 직감으로 알았어.

공장 출퇴근할 때 겪은 일이 떠올랐어. 영등포역에서 문래동 쪽으로 걸어가야 인천 가는 버스를 탈 수 있어. 야간 근무라 저녁 무렵에 책가방을 끼고 버스 정류장으로 걸어갈 때마다 진하게 화장하고 야한 옷을 입은 여자들이 길가에 나와 있다가 나를 보고 소리를 질렀지.

“학생! 고단한데 쉬었다 가. 누나가 잘 해 줄게. 넌 학생이니까 반만 받고 해 준다. 들어와.”

“뭐가 바빠 넌 맨날 뛰어가냐?”

"놀다 가. 한숨 자고 가라고."

심지어는 내 팔을 붙잡거나 연인처럼 팔짱을 끼기도 하고 그랬어. 그럴 때마다 내 마음에는 두려움과 궁금함, 그리고 한쪽 가슴이 아려 오는 아픔이 느껴졌지. 나중에는 나를 자주 봐서 그런지 처음처럼 짓궂게 그러지는 않았어.

"학생! 자주 본다. 잘 지내니?"

"열심히 해. 누나가 용돈 좀 줄까?"

"너 오늘은 좀 늦었다. 밥 먹었냐? 빵 좀 줄까?"

한번은 그 길을 지나는데 갑자기 비가 퍼붓는 거야. 비를 맞으며 뛰어가는데 우산 쓰고 길에 서 있던 분이 갑자기 내 팔을 잡아 세웠어.

"야! 이거 가져가."

의자 옆에 세워 둔 비닐우산을 내게 내밀었어.

"아니에요, 괜찮아요."

"잔말 말고 들고 가. 책 다 젖어."

그러면서 쓰고 있던 우산을 내게 씌워 줬어.

"갖고 가. 내 동생도 너처럼 공장 다니며 공부해. 동생 생각나서 주는 거야."

무섭게 쏟아붓는 빗소리에 말이 잘 안 들리네.

"……."

"왜 싫으냐?"

"아뇨, 고마워요. 잘 쓸게요. 고맙습니다."

우산을 받아들고 흠뻑 젖어 다리를 휘감는 바지를 추스르며 몇 걸음 걸었을까, 그 누나 목소리가 비닐우산을 때리는 빗소리 사이로 들렸어.

"우산 돌려줄 생각 마. 안 갖고 와도 돼."

가던 길을 멈추고 몸을 돌려 뒤를 봤지. 굵어진 빗줄기가 길 위로 떨어지며 일으키는 물보라가 안개처럼 뿌연 길 위에 그 누나 혼자 서 있었어. 웃으며 내게 손을 흔들어 주던 그 모습이 떠올라.

"우리 엄마 이상해 보이냐?"

"아니, 그냥 생각나는 게 있어서."

"우리 엄마는 포주야. 이모들은 몸 팔아서 먹고살고. 나? 나는 아버지가 없어. 엄마는 아버지가 죽었다고 그러는데 그런 줄 알고 살아. 넌 엄마 아버지 다 계시냐?"

"응, 다 계셔. 우리 집? 그런데 가끔은 아버지가 술 많이 마시고 와서 술주정할 때 힘들어. 집을 나와 버리고 싶을 때가 있지. 그래도 아버지는 착해. 좋은 분이란 걸 알면서도 이해가 안 될 때가 있어. 그래서 더 힘들어."

"그래도 아버지는 있는 게 좋아. 나는 이모들이 날 키워 줬어. 내가 이상해 보이지?"

난 물끄러미 민우를 쳐다봤어. 아니라고 하기도 그렇고, 그렇다고 하기도 그렇고.

"이모들 착해. 불쌍하기도 하고. 그래도 우리 엄마는 그 누나들한테 못되게 굴진 않아. 엄마가 그랬어. 누나들 돈 꼬박꼬박 모아서 독립하게 해 준다고. 엄마도 이제 나이 먹어서 조금만 더 하고 여인숙 팔면 어디 가 농사나 지을 거래. 봐 놓은 땅이 있대."

놀랐어. 사는 모습을 솔직하게 내게 보여 주는 민우가 부담스러워 그런지 나도 모르게 아버지 때문에 힘들다는 걸 이야기하고 말았어. 민우가 덜 창피하라고 나의 치부라고 할까, 어두운 가정사를 털어놓고 말았지. 그러면서 아버지가 정말로 나를 힘들게 하는 나쁜 아버지인가 생각해 보니 그건 아니라는 생각이 들어. 아버지는 그런 말을 들을 정도로 인생을 살지는 않았다는 생각에 죄책감이 들었지만 내가 힘들고 고통스러운 것도 사실이라는 생각이 들었지.

"너, 우리 여인숙 근처에 있는 무료 급식소 가 봤냐? 굶는 사람들 공짜로 밥 주는 데야. 나 거기서 많이 먹었어."

"가 보자. 나도 그거 먹어 보고 싶다."

"괜찮겠어? 먹을 수 있겠어?"

"나? 야, 임마! 내가 부잣집 애로 보이냐? 기가 막혀서. 나 여러 끼니 굶다가 썩은 쌀 얻으러 간 적 있어. 잘 씻어서 죽이라도 쑤어 먹겠냐고 해서 얻으러 간 거야. 식구들이랑 끓여 먹을 생각에 들떠서 집으로 오다가 어떤 일이 벌어진지 아니?"

민우가 나를 쳐다봤어.

"죽 먹을 생각에 좋다고 뛰다시피 오다가 그만 자빠진 거 알아? 길 위에 쏟아진 쌀을 보고 울었지. 너나 나나 도긴개긴이야."

민우 얼굴이 활짝 펴졌어.

"좋아, 가자. 가서 먹자. 오늘은 뭘까?"

영등포시장 쪽으로 가던 발길을 되돌려 민우네 여인숙 오른쪽 골목으로 조금 걸어가자 구석진 곳에 옷차림이 꾀죄죄한 사람들이 많이 드나드는 데가 있어. 민우가 말한 바로 거기야. 몇 사람이 기다리고 있어 줄 서서 들어갔지. 이날 점심은 내가 좋아하는 잔치국수, 멸치 국물 국수였어. 더 달라면 더 주더라고. 나랑 민우는 세 번이나 받아서 먹고 나왔어.

"맛있다. 국물 죽이는데."

"관의야! 너 마음에 든다."

"뭐가?"

"얼굴이 곱상하게 생겨서 부잣집 아들인 줄 알았는데 아주 웃기는 놈이다. 무료 급식소 밥도 잘 먹고."

"웃기는 놈은 너다. 내가 어떻게 부잣집 아들로 보이냐? 정신 나간 놈은 너다 인마. 정신 차리고 살아. 잘사는 집 애가 공장 다니며 공부하냐?"

가게에 들어가 아이스크림을 하나씩 사 들고 걸어가는데 민우가 말했어.

"너, 책 읽는 거 좋아하냐?"

"몰라. 할 일 없으면 집에 있는 〈한국해학전집〉 13권짜리, 그리고 박종화라는 사람이 쓴 〈자고 가는 저 구름아〉, 또 〈한국현대문학전집〉 〈세계문학전집〉 이런 거 읽었어. 심심하니까 읽는 거지."

"너도 책 읽는 거 좋아하는구나. 나는 책 읽는 걸 정말 좋아해. 그래서 검정고시 공부 해야 하는데 자꾸 책만 읽어서 이번 검정고시에 떨어졌잖아. 수학하고 몇 과목 다시 봐야 해."

"난 좋아하는 게 아니라고. 그냥 할 일이 없어서 보는 거지. 보다가 자고 자다가 보고. 난 그렇게 사는 거 넌더리가 난다."

"난 일부러 사서 봐. 엄마가 돈을 주거든."

"난 내 돈 주고 산 책은 한 권도 없어. 다 형이나 누나들이 어디서 월부로 사 온 책들이야. 그냥 봐. 무슨 말인지 못 알아들어도 그냥 봐. 보다가 자려고. 잠자려고 보는 거야. 야한 것도 본다."

민우 이놈이 놀란 표정으로 눈을 동그랗게 뜨고 날 쳐다보는 거야.

"뭘 놀라. 문학작품 봐 봐. 한국문학이든 세계문학이든 야한 게 얼마나 많다고. 〈한국해학전집〉에도 많아. 난 책 어느 부분에 야한 게 있는지 금방 찾아내. 하도 많이 봐서 두꺼운 책도 몇 번 뒤적이면 찾아낼 수 있다."

옅은 연둣빛 기운이 남아 있지만 제법 우거진 가로수 사이를 민우와 나는 시시덕거리며 걸었어.

"민우야! 우리 시내 갈래? 학원 구경 가자. 너도 학원 옮길 거냐?"

"글쎄……. 검정고시 합격할 자신이 없어. 요즘 공부 포기하고 돈 벌러 갈까 싶어."

"나도 그런 생각이 들어 힘들었어. 열흘 넘게 집에서 잠만 잤는데 공부는 해서 어디다 쓸까 싶어 다 포기할까 생각도 했어."

"그런데?"

"다른 건 보이지 않고 지금 내 눈엔 공부밖에 안 들어와. 그러니 공부해야지. 공부하다 보면 뭔가 보일 거야. 나랑 학원 보러 가자"

"에라, 나도 모르겠다. 가 보자."

우리는 영등포역에서 종각 가는 지하철을 탔어. 민우는 공부를 그만둘까 싶다면서도 검정고시 학원 이름을 꿰고 있어. 서울에서 알아주는 검정고시 학원 이름을 줄줄이 외우고 대학입시 학원도 종류별로 다 알고 있어.

특히 대학입시 학원에 대해 아는 게 많아. 어느 학원은 시험을 봐야 하는데 그 학원에 합격하기만 하면 서울대, 연세대, 고려대는 무조건 합격이라는 거야. 장학금 주는 학원도 많대. 유명한 학원에 합격할 점수를 갖고 덜 유명한 학원에 가면 장학금을 준다는 거야. 심지어는 책값이며 용돈도 준다네. 시골에서 온 아이는 방도 얻어 준다나.

뻥치지 말라고 그런 거짓말이 어디 있냐고 하니 민우 말이 좋은 대학엘 많이 보내야 학원이 유명해지고 그래야 아이들이 많이 오니까 그러는 거래. 듣고 보니 그럴듯해.

민우 말을 듣다 보니 욕심이 확 나. 우리 집은 가난한데 학원비만 벌어도 그게 어디야. 그것도 공부만 하면서 돈을 번다니 귀가 솔깃하네.

'공부만 잘하면 그냥 대학 갈 수도 있겠네. 한번 해 볼까?'

종각역에 내릴 때부터 나는 서울의 중심인 종로는 처음이라 바짝 긴장하고 있는데 민우는 거침없이 앞장서서 걸어가. 지하도를 빠져나오니 영등포하고는 차원이 달라. 일제강점기에 지은 건물도 있고 높은 빌딩도 서 있는데 젊은 사람들이 바글바글해서 발 디딜 틈이 없어. 얼굴에는 서울 사람 느낌이 물씬 묻어나고, 옷맵시도 멋져 보이고, 목소리는 밝고 희망차. 거기에 견줘 나는 초라하고 촌티가 나며 가난에 찌들어 보이겠다는 생각이 들어.

"민우야, 저기 저 옛날 건물은 뭐냐?"

"응, 그건 화신백화점. 거기에 극장도 있다."

공부를 포기할까 싶다는 녀석이 학원은 언제 다 알아봤는지 망설이지도 않고 사람들이 붐비는 길을 앞장서서 잘도 걸어가네.

"저 건물이 고려학원."

가리키는 곳을 보니 훌쭉하면서 높은 회색 건물인데 맨 위에 '검정고시 명문 고려학원'이라는 글씨가 써 있어. 고려학원 건물을 보는 순간 가슴이 두근거리기 시작했어. 공장 다닐 때 느닷없이 더는 집안 식구들을 위해 살지 않고 이제 나를 위해 살겠다고 엄마에게 울부짖고는 집을 나와 영등포역에 기차 타러 가다 학원 간판을 본 거야. 그때 내 눈에 들어온 검정고시 학원에서 공부를 시작했지. 고등학교 과정을 공부할 학원을 찾는 지금 내 눈에 들어온 고려학원 건물은 그때와 다른 느낌으로 다가왔어.

나는 입을 굳게 다물고 고려학원 건물 현관 앞에 섰어. 현관 맞은편 게시판에는 커다란 글씨로 제목이 붙어 있어.

'고려학원을 빛낸 인물들'

'최연소 고등학교졸업자격 검정고시 합격', '최고령 합격', '입지전적 인물-가난도 막지 못한 배움의 꿈', '초등학교만 졸업하고

검정고시로 중고등학교 마치고 서울대 법대 합격 그리고 변호사',
'병마에 시달리면서도 배움의 꿈을 이루다!'

거기에는 나이 든 할아버지 할머니부터 초등학교 졸업한 지 얼마 안 돼 중고등학교 과정 검정고시를 합격한 사연, 그리고 유명한 대학을 졸업하고 성공한 사람들 이야기를 써 붙여 놓았어.

'나도 공부하면 저 사람들처럼 되는 건가? 난 지금 고등학교 2학년 나이다. 내년 4월에 합격하면 내 친구들하고 똑같은 나이에 고등학교를 졸업하는 거고 내년에 대학 가면 재수도 안 하는 거지. 이제 아이들하고 나하고 같아지는 거네. 대학엘 간다? 그건 모르겠고 일단 고등학교나 졸업하고 보자. 더는 바라지도 않는다. 고등학교만 졸업해도 난 좋아. 내가 바보가 아니라는 것, 학교 다니는 아이들보다 못난 놈이 아니라는 걸 증명해 보이겠어. 혼자 외롭다고 울지 않겠어. 그런 거에 마음 쓰지 않고 살아가는 힘을 가질 거란 말이다. 그거면 된다. 그다음은 그때 가서 걱정하자. 일단 고등학교를 졸업하는 거야.'

그때 갑자기 종소리가 들리더니 조금 있자 건물이 소란스러워지면서 좁은 계단으로 학생들이 우르르 쏟아져 나오는 거야. 세상에! 계단이 발 디딜 틈도 없이 만원 버스에서 쏟아져 나오듯 사람이 내려오는데 끝이 안 보여. 내가 다니던 학원하고는 비교도 안 되게 학생이 많고 학생들 표정도 달라. 무엇보다 얼굴이 세련돼 보여. 안경 낀 애들이 많고, 공부를 많이 해 그런지 학생들 얼굴이 환자처럼 핏기가 없어. 입은 꽉 다물고 눈에는 힘이 들어가 있는 게 그야말로 큰 꿈을 이루겠다는 표정, 사법고시를 보는 고시생 같은 표정과 눈빛이야.

쏟아져 나오는 학생들을 한참 쳐다보다 문득 뭔가 뜨거운 기운이 올라오는 거야.

'맞서 보자. 까짓거 한번 붙어 보는 거다. 지들이 공부를 잘하면 얼마나 잘하겠어. 나도 한번 해 보자. 저 많은 애들과 공부로 한판 겨뤄 보는 거야. 저 앙다문 입 좀 봐. 얼마나 공부를 했으면 안경 낀 애들이 저렇게 많아. 아니야, 공부 많이 한다고 다 안경 끼나. 겉모습만 보고 쫄지 말고 해 보자.'

난 민우를 쳐다보며 손가락으로 위를 가리켰어. 민우도 나를 보더니 끄덕이네.

쏟아져 나오는 아이들을 비집고 파고들면서 계단 위로 밀고 올라가기 시작했어. 한 걸음 옮기는 게 만만치 않네. 벽에 몸을 붙이고는 한 걸음 한 걸음 위로 올라갔어. 내려오는 아이들에게서 눈총을 받으면서도 위로 올라갔지. 한 층 겨우 올라갔을 때 누가 내 어깨를 치면서 안으로 잡아끄는 거야.

"학생! 어디 가는 거예요?"

"……."

"잠깐 이리 와 봐요. 어디 가요?"

"학원 등록하려고요."

"무슨 과정인데요?"

"고등학교입학자격이랑 대학교입학자격 검정고시 보려고요."

"잠깐만 여기서 기다리다가 학생들 다 빠져나가면 그때 올라가요. 지금 올라가면 사고 나요."

학원 경비를 맡은 분인 거 같아. 나랑 민우는 2층 교실 앞에 서서 기다렸어. 끝없이 쏟아져 나오는 학생들이 어느 순간부터는 줄어들더니 좀 뜸해졌어. 경비 아저씨는 고맙게도 앞장서서 우리를 안내해 주네.

"친구 사이예요?"

"네, 같은 학원 다녔어요."

"한 사람만 붙었나 보네. 그래도 같이 고등학교 졸업반에 들어가는 게 좋을 거예요. 여기서 공부하면 중학교 과정은 쉽게 합격해요. 선생님들이 친절하니까 의논해 보면 잘 알려 주실 겁니다."

아들뻘이 되고도 남을 텐데 존댓말을 쓰면서 친절하게 앞장서서 안내해 주는 게 고마웠어. 그렇지 않아도 민우가 마음에 쓰였는데 나랑 같이 고등학교 졸업과정 검정고시 공부를 해도 중학교 과정을 합격할 수 있다니 반갑더라고. 민우랑 나는 서로 마주보며 웃었어. 경비 아저씨는 교무실 안 상담 선생님에게 우리를 소개해 주고 내려갔어.

"이쪽으로 앉으세요. 고검과 대검 과정을 공부한다고? 같은 반에서 공부하면서 준비하는 게 더 좋을 거 같은데 어떻게 할래요? 하다가 너무 어려우면 그때 옮겨도 되니까 함께 해 보면 어떨까 싶은데……."

나는 망설이며 선생님에게 물었어.

“저기, 선생님. 등록하기 전에 학원을 한번 둘러보고 싶은데 그래도 되나요?”

“그렇게 하세요. 좋은 생각이네요. 저기 박 군! 여기 두 분 안내 좀 해 드리고 올래요?”

교무실에서 심부름하는 학생인지 구석 책상 앞에서 뭔가 하고 있던 사람이 우리를 안내해 줬어. 7층짜리 건물이 모두 다 학원인 거야. 이렇게 교실이 많으니 학생들이 끝없이 쏟아져 나오지. 거기에는 초, 중, 고 과정 검정고시는 말할 것도 없고 대학입시반도 있네. 그런데 교무실 칠판에 쓰여 있는 학급 수를 보니 대학입학자격 검정고시반이 가장 많아.

“민우야, 어때? 난 여기가 마음에 드는데.”

“그래, 나도 좋다. 여기가 좋은 점이 있어. 그게 뭔지 아니?”

“뭔데?”

“정독도서관이라고 서울에서 가장 좋은 도서관이 있어. 국립중앙도서관이 남산에 있는데 거기는 답답해. 여기는 옛날에 경기고등학교였는데 이사 가고 그 자리를 도서관으로 만들어서 공부하다 산책해도 되고 좋아.”

“야! 너는 모르는 게 없다. 만물박사야.”

“내가 그랬잖아. 책 읽는 거 좋아해서 서울에 있는 도서관에 많이 돌아다녔어.”

“이상한 놈이다. 그렇게 책을 좋아하는데 어떻게 중학교에서 쫓겨나. 이해가 안 간다.”

민우는 웃기만 했어. 그날 우리는 망설이지 않고 학원 등록을 했어. 그러고는 밖으로 나와 학원 등록한 기념으로 골목에 있는 수레에서 호떡을 하나씩 먹고 헤어졌어.

그다음 날 다니던 학원에 찾아가 과학 선생님께 학원을 옮기기로 했다고 말씀드렸어.

"왜? 학원 옮기는 게 마음에 걸려?"

과학 선생님이 날 빤히 바라보며 물었어. 난 고개를 숙였어.

"짜식! 마음 끌리는 데로 가. 네가 여기 우리 학원에 온 것도 네 마음이 끌려 온 거고 학원을 옮기는 것도 같은 거다. 그게 중요해. 미련 갖지 말고 가. 미안해할 것 없다."

뭔가에 홀린 듯 검정고시 공부하겠다고 한림학원에 들어섰을 때 두려움을 이겨내고 공부할 수 있게 나에게 길을 열어 준 선생님이야. 지하철 타고 오는 내내 할 말을 정리해서 순서를 잡고 연습까지 하고 왔건만 막상 선생님을 보자마자 모든 게 뒤엉켜 뒤죽박죽이야.

"죄송해요. 공부 시작하도록 도와주셨는데……. 시내 가서 많은 애들 속에서 해 보고 싶어서요. 드릴 말씀은 많은데 생각이 안 나요."

머리가 허연 영어 선생님이 지나가다 내 어깨를 툭 치셨어.

"학원 옮기는구나. 그래, 새로운 데 가서 다른 맛을 느껴 보는 게 좋아. 잘 생각했다. 힘들 건데 잘 견뎌 내 봐."

"죄송해요, 선생님!"

"어려운 고비 넘기고 새롭게 도전하는 모습 보기 좋아. 난 수업 들어간다. 건강하고."

난 자리에서 벌떡 일어나 영어 선생님이 악수하자고 내민 손을 두 손으로 꽉 잡았어.

과학 선생님은 이제 그만 가자며 학원 현관문까지 함께 걸었어.

"그래, 잘한 선택이다. 몸 생각하며 공부해라. 저번에 언젠가 공부하다가 쓰러진 적 있지? 아무리 젊어도 먹으면서 하고."

"네. 고맙습니다, 선생님."

"인연이 있으면 또 만날 거다. 미련 갖지 말고 가. 공부하다 보면 몇 번 고비를 만날 거다. 넌 잘 넘어갈 거야. 건강하거라."

선생님은 두 팔을 벌려 나를 꽉 안아 줬어. 그때 처음으로 알았어. 과학 선생님 키가 내 어깨에도 못 미친다는 걸. 뒤돌아보고 싶은 마음을 내리누르며 1층으로 내려오는데 밖에서 들어오는 늦봄 시원하고 맑은 공기가 얼굴에 와 닿았어.

부모님은 내가 종로에 있는 고려학원에 등록했다는 말을 듣고 놀랐어. 며칠 전만 해도 맨날 잠만 자던 녀석이 며칠 싸돌아다니더니 갑자기 학원을 옮기고 새로 시작하겠다니. 점심, 저녁 먹고 야간반에서 강의 듣고 오겠다고 도시락을 두 개씩 싸 달라고 했어.

공장 출근하듯 여섯 시도 안 돼 일어났어. 도시락 두 개 챙겨 들고 집을 나서는데 엄마가 내 손을 잡으며 지폐를 쥐어 줬어.

"먹고 싶은 거 사 먹으며 해라."

중앙대학교 후문 산동네에 있는 우리 집에서 노량진역까지 걸어

가면서 영어 선생님이 준 책《마인드 콘트롤》에서 말하는 것처럼 나에게 최면을 걸었어.

'나는 마음을 한곳에 집중할 수 있다. 흩어지지 않는다. 집중할 수 있다. 공부를 좋아한다. 그냥 좋아하는 게 아니라 정말로 좋아한다. 지금 해야 할 일은 공부다.'

그러면서 공부가 잘 되던 순간, 집중이 잘 되던 순간을 떠올렸지만 이게 말처럼 쉽지 않아. 길가 가로수 새 잎이 눈에 들어오고, 시골 텃밭 상추, 뒤뜰 샘물, 장독대 옆 도라지꽃이 생각나고, 아버지가 끓여 주던 잉어탕이 생각나고. 생각이 흩어지면 다시 중얼거렸어.

'나는 집중을 잘한다. 공부를 좋아하고…….'

종각역에 내렸어. 거무스름하고 육중한 화신백화점을 지나니 이제 내가 다녀야 할 학원이 보여. 다시 학원 현관 앞에 섰어. 주간반 아이들이 몰려 들어가고 있네. 나만 일찍 온 줄 알았는데 이 이른 시간에 저렇게 많은 아이들이 공부하겠다고 학원으로 들어서고 있는 거야. 현관에 붙어 있는 '학원을 빛낸 인물들'이 눈에 들어왔어.

'내 사진이 저기에 올라가게 하리라. 이제 내가 쓸모없는 아이가 아니라는 걸 보여 주마.'

발끝에서부터 몸과 마음을 꽉 잡아 주는 짜릿하고 강한 기운이 퍼졌어. 눈에는 힘이 들어가고 입은 나도 모르게 앙 다물어져. 학원 현관을 벗어나 정독도서관 쪽으로 천천히 걸었지.

청바지 위에 와 닿는 아침 공기가 아직은 차갑네. 조계사 앞 길 양쪽 옆에 빼곡히 서 있는 플라타너스 줄기와 잎 사이로 보이는 파란 하늘 그리고 불교용품점과 화방이 어우러져 만들어 내는 분위기가 엄숙하면서도 편안해. 낮은 지붕, 이끼 낀 검은 기와, 서예용품점의 붓, 화선지, 먹. 조금 전 간판 '학원을 빛낸 인물들'을 보며 온몸에 들어갔던 힘이 느슨하게 풀어지면서 들뜬 마음이 가라앉네.

흑석동 중앙대 앞에서 출발해 화계사까지 가는 84번 버스가 정류장에 서고 문이 열리자 여학생들이 우르르 내려. 맥 놓고 느긋하게 걷다 둘러보니 여학생들이 혼자 또는 두셋이 어울려 나랑 같은 방향으로 가는 거야. 조금 있자 어디서 모여 들었는지 내 주변엔 여학생들이 가득해. 차분해지던 마음이 순식간에 흔들렸어. 어쩌다 내 나이 또래 남학생들이 있는데 들뜬 듯 높은 톤으로 웃으며 이야기하는 여학생들과 달리 무관심한 표정이야. 나처럼 정독도서관에 가는 것 같아. 웃고 떠드는 여학생들 틈에 서서 걸어가는 게 쑥스러워서 앞만 보며 걸었지.

길 건너 교문으로 여학생들이 몰려 들어가기에 보니 교문 기둥에는 풍문여고라고 써 있어.

'아! 풍문여고 애들이구나.'

그런데 풍문여고를 지나자 이번에는 나랑 같은 쪽으로 걸어가는 여학생과 맞은편에서 오는 여학생이 뒤섞여 복잡해.

'이 애들은 뭐지? 교복이 다르네? 학교가 또 있나?'

얼마 안 가 양쪽 옆으로 교문이 또 있는데 거기는 덕성여자중고등학교가 있어. 여자 중학교 하나 여자 고등학교 둘이 담을 잇대어 몰려 있다니…….

덕성여자중고등학교 교문을 지난 뒤에는 걷는 게 더 불편해. 지금까지는 여학생들이 나랑 같은 방향으로 걸어 눈을 마주칠 일이 별로 없었지만 이제 아니야. 맞은편에서 여학생들이 걸어오는데 그 여학생들이 다 나만 쳐다보는 것 같아. 고개를 숙였다 앞을 보다 하는데 눈을 어디에 둬야 할지 모르겠어. 어느 순간 여학생과 눈이 마주치면 마음이 끌리면서 나도 모르게 눈이 머물기도 하고, 어느 여학생은 나를 째려보는 것 같기도 하고, 나를 보고 웃는 것 같기도 해. 영 마음이 불편하고 쑥스럽고 힘드네.

작은 사거리가 나오자 맞은편에 또 학교가 나와.

'여기는 학교가 바글바글하게 몰려 있어. 뭐 이런 동네가 다 있어.'

이런 생각을 하는데 학교인 줄 알았던 그곳이 바로 정독도서관인 거야. 중학교 과정 공부할 때 다니던 영등포도서관은 건물만 달랑 있는데 여기는 벚나무, 느티나무, 등나무, 소나무…… 온갖 나무가 많은 데다 잔디가 넓게 깔려 있고 군데군데 벤치도 있어. 이게 웬 떡인가 싶어. 이렇게 좋은 도서관이 학원 가까운 데 있다니. 낮에는 여기서 공부하고 밤에는 학원에 가서 수업 들으면 되겠어.

문득 민우 생각이 나. 민우는 어떻게 이런 델 알았을까. 도서관 입구에서 좌석 표를 받아 들고 공부할 곳을 찾아갔어. 옛날에 고등학교로 쓰던 곳이라 건물이 학교와 똑같아. 일자로 된 건물이 남쪽을 바라보고 세 줄로 서 있고 오른쪽에 식당과 매점 건물이 있어. 도서관 열람실이 한두 개가 아니야. 영등포도서관을 생각하고 민우를 금방 만날 줄 알았는데 찾는 게 쉽지 않겠어. 민우 찾는 건 포기하고 자리에 앉아 공부를 시작했어.

'나는 이제 여기에서 공부해 고등학교를 졸업할 거다. 내년 이맘 때 나는 고등학생이 아니다. 이 넓은 열람실에서 쥐죽은 듯 공부하는 저 사람들 봐. 관의야! 너 웬만큼 공부해서는 어림도 없겠어. 너만 새벽에 나오는 게 아니고 너만 이를 악물고 공부하는 게 아니다. 공부는 결국 외롭게 혼자 해 가는 거야. 그래 해 보자.'

얼마나 시간이 흘렀을까 옆자리 사람들이 가방 챙기고 일어서기에 벽에 걸린 시계를 보니 점심때가 되었어. 나도 가방을 챙겨 들고 식당으로 갔지. 문득 민우가 왔을 거란 생각이 들어 입구에 서서 기다려 봤어. 만나자고 약속한 건 아니지만 정독도서관에 온다고 했고 민우도 내 생각을 하면 점심시간에 맞춰 나올 거야. 많은 사람들이 드나드는 식당 현관을 바라보며 앉아 있는데 누가 내 등을 툭툭 치는 거야. 민우가 씩 웃으며 내 뒤에 서 있어.

"누구 기다리냐?"

"너, 언제 왔어?"

"아침 여덟 시쯤. 너는?"

"비슷하게 왔네."

나는 민우보고 기다리라고 하고는 국물을 두 개 사 왔어. 민우가 도시락을 안 싸 와서 저녁에 내가 먹을 도시락을 민우한테 줬어.

"넌 도시락을 두 개나 싸 오냐?"

"저녁 먹어야 학원 가지. 너는 무슨 돈이 많아서 날마다 사 먹냐."

"우리 엄마는 집에서 밥 잘 안 해. 안 하는 게 아니라 못 해."

"왜?"

"날마다 여인숙에서 살아. 어쩌다 집에 오지만 잠만 자. 나도 거의 사 먹고."

"그럼 너는 누구랑 사냐?"

"혼자 산다니까. 형제도 없고 나 혼자 살아."

우리는 도시락을 먹고 공원으로 나갔어. 공원에는 이야기 나누거나 책 읽는 사람들이 많네. 등나무꽃이 활짝 펴 향기로 가득하고 벤치에는 꽃잎이 떨어져 있어. 따스한 봄볕과 등꽃이 어우러져 봄기운이 가득한 곳곳에는 쌍쌍이 앉아 데이트하는 모습이 그림 같아. 나도 좋아하는 여자 친구가 있으면 좋겠다는 생각이 들면서 부럽네.

등나무 아래 벤치에 앉았는데 민우가 가방에서 뭘 꺼내 내게 건넸어.

"빵이야, 먹어라. 우리 집 앞에 빵집이 있는데 맛있어."

"소보로빵 좋아하는데. 고마워."

"고맙기는. 이걸로 점심 때울 건데 네가 싸 온 도시락 먹었더니 배가 든든하다. 넌 엄마가 싸 주지?"

민우는 엄마 이야기를 할 때마다 얼굴이 어두워져. 그렇다고 내가 자꾸 물어볼 수도 없고…….

우리는 이날 서로 규칙을 정했어. 점심시간은 열두 시부터 한 시로 한다. 식당 입구에서 만나고 밥은 같이 먹지만 공부하는 동안에는 서로 말을 걸거나 찾아오지 않는다.

"우리 공부 열심히 하자. 난 우리 엄마가 불쌍해서 열심히 공부하려고."

"그래, 나도 그래. 힘들어도 참고 하자."

이날 우리는 자기 자리에서 공부하다 야간반 시작하는 시간에 맞춰 식당에서 퉁퉁 분 우동을 한 그릇씩 먹고 학원에 갔지.

낮에는 도서관에서 혼자 공부하고 밤에는 학원에 가서 수업 들으며 지낸 지 몇 주 지난 어느 날 아침이야. 그날따라 아침부터 비가 많이 내리는 바람에 우산을 썼어도 신발이 다 젖었어. 비가 와 그런지 도서관에는 빈자리가 많네. 수건으로 물기를 닦고 자리에 앉아 영어 문제를 풀고 있는데 민우가 찾아왔어.

"오늘은 점심을 일찍 먹자. 열한 시 쯤."

열람실로 찾아온 것도 이상한데 거기다 점심을 너무 일찍 먹자는 말에 민우를 쳐다봤어.

"왜? 어디 가려고?"

"그냥……. 이야기나 좀 하고 싶어서."

비가 와 그런지 몸과 마음이 자꾸 가라앉는 걸 참으며 반은 졸고 반은 멍한 상태로 오전 내내 몸부림치다 식당으로 갔어. 민우는 진작부터 와 있었는지 지쳐 보여.

"가자. 점심 내가 살게."

"나 도시락 싸 왔다."

"그냥, 오늘은 내가 살게."

"그럼 라면 두 그릇 사. 거기다 밥 말아 먹자."

밥 먹을 때면 자기가 읽은 책 이야기를 자주 하던 녀석이 라면 먹는 내내 말이 없어.

"너 무슨 일 있니?"

"나 시골 내려가."

"갑자기?"

"나 사실은 아버지가 있기는 있어."

"그게 무슨 말이냐? 아버지 없다고 했잖아."

"없는 게 낫지. 미치겠다."

다섯 살까지는 아버지랑 같이 살았다는 거야. 아버지는 택시 운전을 하는데 노름과 술에 빠져 살았대. 술 마시면 집에 와 주정 부리고 엄마를 때리고 살림 부수며 행패를 부려서 여러 번 엄마랑 다른 집으로 피신하거나 여관에 가서 살고 그랬다네. 엄마는 전쟁 때 북녘에서 내려와 친정피붙이 하나 없대. 전쟁 통에 부모를 잃어버려 고아원에서 살았는데 어느 집 식모살이로 들어가 살면서 악착같이 돈을 모았고 그걸로 지금의 여인숙을 샀다는 거야.

지금 민우 엄마가 하는 여인숙은, 사람이 잘 안 다니는 뒷골목에 있어서 사람들이 거들떠보지도 않던 기와집이었는데 민우 엄마가 식모살이하던 집주인이 그 집을 사게 했다는 거야. 부동산에 관심이 많던 주인이 그 집이 싸게 나온 걸 알고 민우 엄마가 살 수 있도록 도와준 거지. 지금은 그 값이 엄청나대. 그 뒤로 식모살이하던 집에서 나와 혼자 지내다 아버지를 만나 자기를 낳은 거고.

아버지가 하도 술주정하고 때려 엄마가 이혼을 하려고 해도 아버지가 안 해 준대. 지금 갖고 있는 여인숙을 뺏으려고 온갖 짓을 다 한다는 거야. 게다가 아버지는 다른 여자가 있어서 살림을 차려 산대. 그 이야길 듣는 내내 가슴이 답답하고 화가 나. 슬프기도 하고…….

"너 그러고 어떻게 살았냐? 나 같으면 그 인간 그냥 안 놔둔다."

"중학교 때 아버지란 인간이 하도 괴롭히니까 내가 그 인간하고 치고 박고 싸웠지. 내가 한 힘 쓰지 않냐. 그때부턴 나도 그 인간하고 싸울 만하더라고. 엄마가 그걸 보고 사고 친다고 나를 우리 집에서 일하는 이모 시골집에 내려보냈어. 그 바람에 학교엘 못 가서 잘렸지."

"야 인마, 너 나하고 같다. 나는 집이 쫄딱 망해서 끼니거리도 없고 아버지는 서울에서 살고 그래서 농사짓느라 학교 못 나갔더니 퇴학시켰더라. 너도 선생님이 안 와 봤어?"

"그 뒤로 학교에 안 갔으니까 왔는지 안 왔는지 몰라."

이야기하다 보니 민우나 나나 사는 게 비슷해서 좋더라. 지 놈도 중학교 잘리고 나도 잘리고 지 놈도 못살고 나도 못살고 지 놈도 아버지가 술주정하고 나도 그렇고. 그런데 우리 아버지는 집을 나 몰라라 하진 않고 맨정신일 때는 자식들한테 눈물겹도록 자상하게 잘해. 엄마도 아버지를 미워하는 듯하면서 좋아하고…….

민우 어머니는 여인숙을 아버지 몰래 팔았대. 며칠 전에 잔금까지 다 받았는데 혹시 몰라서 민우한테 비밀로 하고 있다가 어젯밤에서야 알려 줬다는 거야.

"너네 집에서 일하던 이모들은?"

"다 떠났어. 엄마랑 오래 일한 이모 둘은 같이 내려가서 농사짓기로 했어. 그 이모들은 갈 데가 없대. 오늘 이사했어. 엄마도 간단한 짐만 싣고 내려갔어. 나도 내려갈 거야."

"하필이면 이렇게 비가 오는 날……. 살림살이 어떻게 해."

"별거 없어. 다 버리고 장항아리랑 간단한 옷이나 이불만 가져가. 나머진 내려가서 장만한대. 작은 트럭으로 하나도 안 돼. 이모들은 엄마랑 트럭 타고 내려갔어."

중학교를 떠난 뒤 모처럼 뜻 맞는 동갑내기 친구를 만나 좋았는데 만남의 끝이 보이네. 민우와 나 사이에 한동안 침묵이 흘렀어. 민우가 벤치에서 일어서 신발 끝으로 땅을 툭툭 차며 말했어.

"난 이제 공부 못 할 거 같아."

민우 눈에는 눈물이 그렁그렁해. 나도 일어섰어. 그러고는 우리 둘은 나란히 서서 공원 오솔길을 천천히 걸었지.

"야 인마, 울긴 왜 울어. 네가 뭘 잘못했다고."

"그냥……. 사는 게 힘들어. 어려서부터 자꾸 힘든 일이 생겨."

"민우야! 난 안 울기로 했다. 우리가 왜 우냐? 독하게 살자."

"알아. 나도 그러려고 하는데 자꾸 약해져. 엄마도 불쌍하고."

"난 검정고시 공부한 뒤로 울지 않기로 했어. 공부를 하든 뭐를 하든 나를 위해서 뭔가 할 거야. 가만히 무기력하게 쓰러지지 않을 거라고."

"난 시골 가서 농사지을 거야. 엄마가 논밭하고 집을 샀대."

"그래, 좋다. 너는 농사 열심히 지어. 나도 소, 돼지 키우는 게 꿈이야. 공부해서 그런 거 할지도 몰라."

안 운다고 큰소리쳐 놓고는 말하는 내내 눈물이 나와.

"관의야! 나 이제 갈게."

민우는 가방에서 연습장을 세 권 꺼내더니 내게 내밀었어.

"별건 아닌데 선물이다. 여기다 공부 많이 해라."

"누가 보면 엄청 공부하는 줄 알겠다."

"넌 누가 봐도 학생이야. 이제 학생 티가 나."

"너는 장학생 같아. 책 많이 읽는 놈."

"나중에 또 볼 수 있을까?"

"넌 어디로 가? 안성?"

"아니, 다른 데야. 엄마가 아무한테도 이야기하지 말래. 아버지란 사람이 워낙 무서워서 아는 사람한테 해코지할 수도 있다고……. 미안해."

"그래, 어쩔 수 없지. 그럼 다시는 못 만나냐?"

"인연이 있으면 또 볼 거야. 고마웠어. 건강하고 공부 잘 하고."

"그래, 잘 가. 너 만나서 좋았다. 고마웠고……."

민우는 가는비가 내리는 정독도서관 공원 오솔길을 혼자 걸어갔어. 등꽃 잎이 빗물에 젖어 바닥에 떨어져 있고, 잔디가 파릇한 길을 따라 민우는 고개를 숙이고 쓸쓸한 등을 보이며 걸었어. 나무에 맺힌 빗물이 떨어지는 소리 사이로 민우가 내딛는 발소리가 들려. 민우는 도서관 문 앞에서 뒤돌아서더니 두 손을 크게 흔들고 언덕 아래로 사라졌어.

민우가 사라진 쪽을 바라보다 문득 '정말로 농사지으러 간 걸까? 농사짓더라도 민우는 그냥 공부할 수 있잖아. 아니면 뭔가 안 좋은 일이 있는 건 아닐까?' 하는 생각이 스치고 지나갔어. 오후 내내 공부가 안 돼 이런저런 잡지와 신문만 뒤적이다가 저녁에야 학원으로 갔지.

선생님의 큰 선물

학원과 도서관을 오가는 사이, 여름이 지나갔어. 조계사 앞길에 윤기 사라진 플라타너스 잎에 비치는 눈부신 햇살에서 가을 기운이 느껴지기 시작했어. 찬바람이 불고 긴소매 옷을 차려 입을 무렵 가을을 타는지 자꾸 생각이 깊어지고 우울해지네. 도서관과 학원을 시계추처럼 오가며 공부에 몰입해 성적이 잘 나오는데도 나는 남과 다르게 못난 아이라는 생각이 자꾸 올라와. 풍문여고, 덕성여고 아이들이 친구들과 떠들며 군것질거리를 들고 오가는 모습만 보면 마음 한구석이 아려와.

'이 아픔은 뭐지? 왜 울컥 눈물이 나오려 하고 마음에 찬바람이 이냐고? 이런 마음에서 벗어날 수 있을까?'

마음이 위축될 때마다 그런 내가 싫었지만 그래도 아침이면 도서관, 저녁엔 학원엘 가며 가을을 맞이했어.

오늘은 안철 영어 선생님이 시험 본다고 한 날이야. 철없는 짓을 많이 해서 '안철'이라고 자기를 소개하는 선생님이야. 진지하지만 아이들을 좋아하는 분이지. 수업 시간에 가끔 내게 영어 문장을 해석하라고 해서 나를 당황하게 하는 분이야. 시험에 단골로 나오는 관용어나 표현이 들어간 영어 문장을 칠판에 써 놓고 몇 사람에게 해석하도록 시키기도 해. 마음에 드는 해석이 안 나올 때 내 이름을 부르며 해석해 보라고 하면 나는 내 나름대로 해석해. 그럴 때마다 안 선생님은 입으로든 눈으로든 말했어.

"잘했다, 바로 그거야."

"맞다, 공부는 그렇게 하는 거야."

안 선생님이 주는 느낌이 싫지는 않았지만 다른 아이들이 '쟤는 뭐야? 재수 없게' 하는 것 같아 부담스럽기도 했어. 부담을 느끼면서도 영어는 더욱 재미있어지고 그럴수록 영어 공부 하는 시간은 늘어났어.

이날 시험은 검정고시 영어 기출문제야. 선생님이 아이들 답안지를 쭉 훑어보더니 수업을 마치고 나를 불렀어. 교무실로 내려갔지. 안 선생님을 따라 교무실로 들어서는데 내가 중학교 과정 공부할 때 다니던 한림학원에서 상업을 가르친 선생님이 앉아 있는 거야. 작은 키에 목소리가 쩌렁쩌렁한 상업 선생님.

"너, 한림학원에 다녔지? 이름이 뭐더라."

영어 선생님이 돌아봤어.

"관의 알아요?"

"알지요, 이놈 처음에 학원 와서 울면서 공부하고 싶다고 하던 게 생각나요."

"선생님, 그 이야기 창피해요. 언제 적 이야긴데……."

"그래, 여기 왔구나. 안 선생! 이놈 뭐 잘못했어요?"

"아니, 그게 아니고 공부를 어떻게 하는지 물어보려고요."

"낮에는 정독도서관에서 공부하고 밤에는 학원에 와요."

상업 선생님이 말했어.

"공장은 그만뒀구나. 그때는 공장 다니며 공부했는데, 이놈 독한 놈이에요. 수업 시간에 쓰러지기까지 한 애라니까요."

상업 선생님은 수업 하러 들어갔고 안 선생님은 나보고 앉으라며 자리를 내줬어.

"영어 공부 어떻게 하냐? 공부 방법을 말하는 거다."

"새 단원 들어가기 전에 미리 모르는 단어 외우고 처음 보는 문장도 외워요. 그런 다음 교과서 문장을 두세 번 읽고 단원 문제집 풀어요. 틀린 건 다시 봐요."

선생님은 공부 방법을 바꾸라고 이야기해 줬어. 새 단원 문장을 소리 내서 먼저 몇 번 읽으래. 모르는 단어가 나와도 그냥 읽으라는 거야. 몇 번 읽다 보면 느끼는 게 있을 거라고. 무조건 외우지 말고 문장 앞뒤를 살피면서 낱말 뜻이나 문장의 뜻을 혼자 짐작해서 해석하는 연습을 되풀이해야 나중에 어려운 문장이 나와도 뜻을 알게 된다는 거야. 검정고시 공부하는 아이들이 방법을 몰라서 노력한 만큼 성적이 안 오를 때가 많다면서 다른 아이들 연습장이나 공책을 자세히 보고 배우라고 알려 줬어.

수업이 이미 시작돼 조용한 계단과 복도를 걷는데 기분이 너무 좋아. 내가 이런 대접을 받다니……. 중학교 가는 대신 밥이라도 얻어먹으려고 집을 떠나 갑사 여관에서 잠자며 일할 때, 아침에 일어나 마당을 쓸다 보면 교복 입고 학교 가는 아이들이 나를 힐끗힐끗 바라보던 눈길이 떠올랐어. 이제 나는 수학, 영어, 과학, 사회, 역사 그리고 음악, 미술, 체육까지 모든 과목을 배우는 교복 안 입은 학생이야. 또 영어 선생님이 나를 따로 불러 공부 잘한다고 공부 방법까지 알려 주는 학생이 되었어.

교실로 가지 않고 매점으로 갔어. 고로케를 열 개 사고 우유도 몇 개 사 교무실로 갔지. 안 선생님 앞에 슬며시 놓았어.

"수업하러 안 들어갔어? 이게 뭐냐?"

"고로케예요. 드세요."

"이놈 이거, 이런 걸 왜 사 와? 너야말로 돈 없어 맨날 쩔쩔매는 놈이……. 갖고 가서 너 먹어."

마음 다부지게 먹고 말씀드렸어.

"선생님, 고맙습니다."

"뭐가 고맙다는 거냐. 내가 해 준 게 뭐가 있다고."

"지난해 이맘때 처음으로 공부를 시작했어요. 그때 처음 누나 손 잡고 에이비시디(ABCD) 쓰기를 배웠고요. 선생님 만나고 영어가 재미있어지고 자신감도 생겨요. 처음이에요. 고맙습니다."

안 선생님은 얼굴이 벌게지도록 껄껄 웃었어.

"그러냐? 나도 좋다. 그래, 이 맛에 내가 선생한다. 잘 먹을게. 너도 하나 먹고 들어가. 어렵게 사는 거 다 아는데 내가 사 줘야지.

먹거라. 늦는다고 누가 뭐라는 것도 아니고."

선생님이 집어 주는 고로케를 받아먹는데 목이 메는지 딸꾹질이 나오는 걸 겨우 가라앉히고 교실로 들어갔지.

그날 밤이었어. 학원을 마치고 버스에서 내려 집 근처에 왔을 때 누가 고래고래 소리 지르며 악쓰는 소리가 들리는 거야. 싸우는 것 같기도 하고 술주정하는 것 같기도 해. 그런데 목소리가 귀에 익어. 아버지야, 굵고 우렁차고 쩌렁쩌렁 울리는 우리 아버지 목소리.

'아! 또 무슨 일 났구나!'

가슴이 철렁하고 내려앉았어. 손에 든 단어장을 가방에 쑤셔 넣고 집 쪽으로 뛰었지.

우리 집 옆에는 으리으리한 2층 양옥집이 있어. 담이 높아 집 안을 들여다볼 수 없는 집. 어쩌다 사람이 드나들 때 대문 틈으로 보면 멋진 바위로 꾸민 계단이 있고 깔끔하게 다듬은 푸른 잔디 위에 파라솔까지 펼쳐진 멋진 정원이 있는 집. 그 집에는 당시 세상을 호령하는 별 두 개 육군 장군이 살았지. 명절 때면 시커먼 세단과 군용차가 오고 온갖 선물꾸러미가 들어가는 집. 그런데 그 집 대문 앞에서 아버지가 악을 쓰고 있는 거야.

"야! 이 나쁜 새끼야. 네가 잘살면 얼마나 잘산다고. 장군이면 다냐. 네 똥에서는 향기 나냐고!"

"애아버지, 그만 집에 가요. 이런다고 누가 눈 하나 깜짝한다고. 갑시다."

"가긴 어딜 가? 야! 아흔아홉 섬 가진 놈이 한 섬 가진 놈 거 빼앗는다더니 네가 그놈이구나. 에라이 똥가래로 패죽일 놈아. 우리 집을 헐어? 우리 집에 일곱 식구가 산다, 이놈아! 우리 집 헐고 네가 무사할 줄 아냐!"

엄마가 말리는 걸 뿌리치고 아버지는 철대문을 발로 걷어차기 시작했어.

"나와! 나오라고! 나와서 내 말에 대꾸를 하라고, 이 나쁜 놈아!"

골목은 사람이 지나가기 어려울 정도로 구경하는 사람들로 꽉 찼어. 근처 쌀가게, 국수가게 아저씨가 달려와 아버지를 붙잡고 달랬지만 소용없어.

"여보!"

엄마가 앙칼지고 날카롭게 아버지를 불렀어.

"당신이 이런다고 해결되는 게 아니라고. 저 사람은 군인이야, 군인. 무서운 사람들이라고!"

그때 여기저기서 웅성거리는 소리가 들렸어.

"못된 놈이지. 지 집 담벼락에 판잣집 붙어 있으면 뭐가 어떻다고 헐어."

"집을 헐라고 동사무소에 전화했대."

"이제 겨울 오는데……. 아무리 못된 놈들도 추워질 때는 철거 안 하는데."

"괜히 큰코다쳐. 이사 비용이나 받아서 나가라고 해. 요즘 군인들은 멀쩡한 젊은 놈들 끌어다 쥐도 새로 모르게 죽여서 내다 버리는 세상이야."

아버지는 구경꾼들이 몰려들어 그런지 엄마 기운에 밀려서인지 여하튼 고래고래 악을 쓰면서 못 이기는 척 집으로 들어갔어. 사람들도 흩어져. 나는 집에 들어가지 않았어. 술 취해 흥분한 아버지를 보는 게 너무 힘들어. 우리 집을 헐라고 하는 양옥집을 바라보며 계단에 쪼그리고 앉아 있는데 지난 일이 생각났어.

성환 이발소에서 먹고 자며 기술 배우다 그만두고 서울 집에 올라온 그해 여름이었지. 낮에 나갔다 집에 돌아온 우리 집 식구들은 넋이 빠졌어. 그때도 자꾸만 집을 철거하려고 무섭게 생긴 철거반 사람들이 찾아와 아버지, 엄마, 동네 사람들이 시위를 하고 시끄러웠지. 그러다 언젠가부터는 아침을 일찍 먹고 다들 집을 비웠어. 사람이 없으면 집을 못 헌다는 이야기를 듣고 모두 피한 거지. 저녁이면 돌아와 우리 집이 무사한 걸 보고 한숨 돌리며 하루하루 살던 때였어. 그러던 어느 날, 집에 와 보니 벽은 멀쩡한데 지붕만 뜯어냈어. 지붕 없는 집이 된 거지. 다행히 그날은 맑아서 별이 떠 있는 하늘을 천장 삼아 잠이 들었어. 누나, 동생, 나는 별 볼 일 있어 좋다고 시시덕거리며 잠이 들었지.

깊이 잠들었다 주변이 소란해 일어나니 난리가 났어. 잠들 땐 하늘이 맑았는데 굵은 빗방울이 떨어지기 시작한 거야. 벌써 엄마, 아버지는 살림살이 가운데 비에 젖으면 안 되는 걸 한옆으로 치우고 덮느라 난리도 그런 난리가 없어.

곧 비가 굵어지더니 장대비가 쏟아지기 시작하네. 갑자기 억수로 쏟아지는 그 비를 그대로 맞으며 우두커니 선 아버지 모습이 보여. 이웃집 전기에 연결해 켜 놓은 백열등 불빛에 비스듬히 비쳐진 아버지 얼굴 위로 빗물이 타고 내리는데 눈빛이 예사롭지가 않아.

"애아버지!"

"이런 개자식들을 그냥! 이게 사람에게 할 짓이냐고!"

난 무서웠어. 우리 식구들이 잠자고 밥 먹고 하루하루 단란하게 살던 방에 무지막지하게 쏟아지는 비가 무서웠고 온몸을 부르르 떨며 어금니를 깨무는 아버지 눈에서 나오는 살기와 입에서 나오는 거친 말도 두려웠어.

"이놈! 너 기다려라. 내 이 새끼를!"

엄마나 식구들이 말릴 틈도 없이 아버지는 마당으로 뛰어나가는 거야. 엄마가 곧바로 따라나서고 나도 그 뒤를 따랐지. 아버지는 마당 수돗가 귀퉁이 연장통에서 삽을 움켜쥐고 뛰어나갔어.

"이놈을 죽여 버리겠어!"

"아냐, 그건 아냐! 안 된다고!"

"애아버지. 안 돼, 안 된다고!"

엄마는 비명을 지르며 아버지 옷자락을 잡았지만 삽을 움켜쥔 아버지는 순식간에 새벽 장대비 속으로 사라졌어. 엄마는 땅바닥에 주저앉아 아버지가 사라진 골목길을 넋을 놓고 바라보며 혼잣말을 했어.

"애아버지, 안 돼! 그러면 자식 앞길 다 막아. 안 된다고!"

그사이 동네사람들이 몰려와서 천막, 합판 따위 온갖 것으로 살림이 젖지 않게 덮어 줘. 몇 가지는 들어서 자기 집으로 옮기는데 그야말로 야단법석이야. 이 새벽에 이웃집 사람들이 달려와 도와주는 걸 보고 얼마나 고맙던지…….

아버지가 삽을 들고 뛰쳐나가고 얼마나 지났을까. 갑자기 밖에서 우는 소리, 여자 비명 소리가 나자 방에서 살림살이를 정리하던 사람들이 마당으로 우르르 몰려나갔어. 나도 따라 나갔지. 장대비가 쏟아지는데 등 뒤로 가로등 불빛을 받으며 아버지가 한 손에는 삽자루 또 한 손에는 누군가의 멱살을 움켜쥐고 질질 끌고 오는데 그 뒤에서 여자가 울부짖으며 악을 써.

"아저씨, 잘못했어요. 살려 주세요. 이 사람은, 이 사람은 그저 시키는 대로 한 거예요, 아저씨!"

헐리지 않고 남아 있는 벽에다 끌고 온 남자를 밀어붙이더니 멱살을 바짝 움켜쥐며 주먹을 얼굴에 문질렀어.

"두 눈으로 똑바로 봐라. 이게 네놈 집이라면, 네 새끼들이 이 꼴을 당했다면 너는 어떻게 할래! 이 개자식아!"

"형님! 잘못했습니다. 잘못했습니다."

"내 눈에, 내 새끼들 눈에 피눈물 나게 하고 너는 자빠져 잠을 자. 너 이 새끼 죽여 버리겠어!"

말하고 그 남자를 번쩍 들어 올려 땅바닥에 패대기칠 자세야.

"이 나쁜 놈아. 내가 왕년에 씨름판에서 황소도 탄 놈이다. 너 하나 정도는 오뉴월 개구리 패대기치듯 집어던지고도 남는다."

순간 동네 사람들이 달려들어 말렸어. 아버지 손아귀에서 벗어난 그 남자는 아버지 앞에 무릎 꿇고 앉아 아버지 바짓가랑이를 잡으며 말했어.

"잘못했습니다. 형님, 저는…… 저는 시키는 대로…… 다시 지붕 씌울게요."

"누가 헐라고 시켰냐? 어떤 새끼야! 저 집에 사는 놈이지. 저 양옥집에 사는 육군 장군이란 놈이 진정 넣은 거 맞지?"

"아닙니다, 아니에요."

"아니긴 뭐가 아냐, 맞지?"

"형님, 저 죽습니다. 살려 주세요. 제가 정말로 지붕 제대로 해 놓겠습니다. 오늘 밤에는 우선 사람들 시켜 천막이라도 급하게 씌워 놓겠습니다."

동네 사람들이 아버지를 끌고 가 달래는 사이 엄마가 그 남자에게 다가갔어.

"동장님! 지금 당장 천막 치세요. 동사무소에 행사할 때 쓰는 대형 천막 있지요! 부자 말만 들어서는 이 동네에서 살아남지 못해요. 동네 사람들 눈빛 봤지요?"

엄마 말투가 달라졌어. 사투리는 어디 가고 옹골차게 말마디마다 꽉꽉 움켜쥐듯 말했어.

"네, 형수님. 알겠습니다."

"우리 애아버지가 동장님에게 못 해 드리지 않았는데 이렇게 하는 건 사람 도리가 아니지요. 오늘은 어떻게 말렸어도 저 양반 불같은 성질 저도 어쩌지 못해요."

"직원들 부르게 전화 있는 집 좀 알려 주세요."

장대비가 쏟아지는 새벽에 비만 피하게 동사무소 직원들이 행사용 천막을 들고 와 우리 집 지붕을 대충 씌웠어. 그렇지만 살림살이는 이미 다 젖었지.

그다음 날 동사무소 직원과 기술자들이 지붕을 만들어 주기는 했는데 그 위에 천막을 씌웠어. 불법 건축물이라 그렇게 하지 않으면 다시 헐린다고 그것만은 봐 달라고 했다는 거야. 그 뒤로 우리 집은 방에 누워 천장을 보면 천장은 없고 곧바로 지붕 서까래와 합판과 천막이 보여. 비가 오면 빗소리와 바람 소리가 그대로 들려. 비만 왔다 하면 여기저기 줄줄 새. 그 뒤로 나는 바람에 천막이 펄럭이는 소리와 빗방울 떨어지는 소리를 들으면 불안하고 화가 나는 이상한 증세가 생겼어.

그 뒤로 아버지는 동장과 술도 자주 마시고 더 친하게 지내면서 그럭저럭 살아 왔지. 그런데 이번에는 그 동장도 어쩔 수가 없는 상황이 되었고 지붕만 뜯어내는 정도가 아니라 아예 전부 헐겠다는 거야.

나라도 아버지처럼 안 할 수 없겠다는 생각이 들면서도 요즘 군인들이 얼마나 무서운데 아버지가 저러다가 헌병대에 잡혀가는 거 아닌지 걱정이 들었어. 별 단 장군 차가 지나가면 경찰이 나와서 신호등도 멈추게 하고, 대학생들이 군인인지 경찰인지 모를 사람들에게 느닷없이 끌려가 무자비하게 맞거나 행방불명되었다는 소문을 떠올리며 집으로 터덜터덜 걸어갔어.

집은 조용해. 방문을 열고 들어서는데 엄마가 내 손을 끌더니 다시 밖으로 데리고 나왔어.

"공부하고 오는 길이구나. 고단하지?"

"아버지가 소리 지르는 거 봤어요. 또 집 헌대요?"

엄마는 쌓아 놓은 블록 위에 앉으라고 하면서 이야기를 해.

"이번에는 헐 수밖에 없대. 동장님이 다녀갔어."

"그럼 이사 비용은?"

"그야말로 허름한 집 사글세도 안 되는 돈을 준대. 집 문제는 우리가 알아서 할 테니 니는 공부에 신경 써라. 니는 공장 다니고 장사하고 할 만큼 했으니께. 때 놓치면 안 되여. 곡식도 씨 뿌리는 때 놓치면 아무리 심고 가꿔도 못 먹는 법이여."

"어떻게 신경을 안 써요?"

엄마는 내 손을 꽉 움켜쥐며 눈을 바라봤어.

"뭔 말이여? 안 돼야. 마음이 흩어지면 죽도 밥도 안 된다니께. 어떻게든 방은 얻을 거고 닌 공부에만 집중하란 말이여. 알겄냐? 내 말 명심혀라."

"……."

"날 보라고! 날 보란 말이다."

엄마는 다부지게 말했어.

"모든 걸 다 간섭하면 하나도 못 혀. 옛이야기 하며 살 날 곧 올 거니께."

"……."

"그러고 니 아버지 저러는 거 틀린 거 아니다. 잘 하시는 거여. 저렇게 무섭게 해야 더 이상 해코지 못 한다. 이번 일은 나머지 식구들한테 맡기고 니 일 혀. 이러구저러구 더 말할 것도 없다.”

매섭게 말을 매듭 짓고 일어서 안으로 들어가는 엄마 뒷모습에서 자신감이라고 할까 강한 힘을 느꼈어.

집이 철거되어도 공부는 해야 하고 그래야 한다는 엄마 말을 들으며 안철 선생님 생각이 났어. 영어 시간에 나를 바라보는 그 눈빛과 교무실에서 내가 사 온 고로케를 먹으며 좋아하던 그 모습이 떠오르면서 조금은 힘이 났어.

‘그래, 맞다. 나는 공부하자. 공부가 살길이다.’

세수하고 옷 갈아입고 책상 앞에 앉아 눈을 감으며 마음을 가다듬었어.

‘나는 집중을 잘한다, 나는 집중을 잘한다.’

오늘 배운 것 가운데 중요한 걸 다시 살폈어. 고래고래 소리 지르며 온 동네를 들었다 놓았던 아버지는 책상 옆에서 이불도 안 깔고 주무시네. 공사장에서 입었던 옷 그대로 홑이불 하나 덮은 채 탱크 굴러가듯 코를 골며 자는 아버지 옆에는 모래와 시멘트 가루가 흩어져 있어.

검정고시가 다가오고

봄이 왔어. 사람 발길이 닿지 않고 볕이 잘 드는 풍문여고 담벼락 아래 듬성듬성 제비꽃이 피었어. 담벼락 콘크리트와 돌 사이 흙도 안 보이는데 어떻게 저기서 살아남았는지 몰라. 이제 다음 달이면 검정고시야.

일요일 아침, 오랜만에 도서관에 간다고 집을 나섰어. 며칠 동안 낮에는 집에 누워 있다 저녁에 학원 수업만 듣고 집으로 돌아왔지. 기침에 몸살까지 심하게 와서 끙끙 앓았거든.

낮에 미리 공부를 해 갈 때는 수업 내용이 쏙쏙 들어오더니 준비 없이 가니 알아듣기는 하겠는데 재미가 덜 해. 수업 흐름을 못 타겠어. 자꾸 생각이 흩어지고 끊어지고 집중이 안 되더라. 오늘부터는 이제까지 쭉 해 온 것처럼 온종일 공부하고 학원에 갈 생각을 하니 기분이 좋네. 오전에는 도서관에서 혼자 공부하고 오후에는 음악 특강 수업 들으러 학원에 갈 거야.

평일 같으면 덕성여중고와 풍문여고 학생들이 가득할 텐데 정독도서관 올라가는 길이 조용해. 처음에는 여학생들 틈에서 걷는 게 어색해 힘들었는데 이제 이 길이 싫지 않아. 자주 만나 그런지 낯익은 학생들은 나와 눈이 마주치기도 하고 왠지 마음이 끌려 자꾸 눈길이 가는 학생들도 있어. 못 보면 궁금하고 보고 싶기도 하고, 몇몇은 내게 눈길을 주면서 빙긋 웃기도 해.

삼월 들어선 뒤로 주말에도 쉬지 않고 학원에 나와 공부해. 음악, 미술, 체육 특강이 있거든. 모든 과목을 60점 이상 맞아야 하고 한 과목만 과락을 해도 검정고시는 불합격이라, 뭐 하나 소홀히 할 과목이 없어. 어떤 일이 있어도 꼭 합격해야 한다는 생각에 일요일에도 빠지지 않고 나와 부족한 과목을 준비해.

도서관 건물 앞 공원 산책로에는 어젯밤에 내린 빗물이 고였는데 비를 맞아 그런지 잔디 광장에는 파릇한 기운이 도네. 봄기운이 느껴지는 공원 위로 서울대병원과 창경궁 쪽 하늘에 아침 햇살이 비쳐. 걸음을 멈췄어. 오늘따라 또렷하게 보이는 북악산이 정독도서관을 감싸듯 품어 줘. 도서관 오른쪽 식당 앞에 구부정하게 옆으로 기운 소나무가 더 멋있어 보여. 이런 데서 공부한 경기고등학교 아이들은 날마다 어떤 생각을 하며 살았을까.

소나무와 봄비……. 시골집 앞에 흐르는 냇물이 생각나. 비가 그치고 나면 집 앞 냇물가에 서서 맞은편 산 소나무 숲에서 피어오르는 물안개를 넋 놓고 바라보곤 했지. 산허리 골짜기에서 피어오른 물안개가 띠를 이루어 봉우리를 감싸는 모습이 신비로워서 그 산은 꼭대기까지 올라가지 않는 게 아이들 사이 규칙이야. 신령한 산이라 함부로 올라가면 병들어 시름시름 앓다가 죽거나 집안에 우환이 든대. 그 신비스런 산에서 피어오르는 물안개인지 구름인지를 보며 산에서 내려오는 소나무내음을 가슴 깊이 들여 마시곤 했어.

'민우는 지금 정말로 농사지으며 엄마랑 살고 있을까? 공장 다닐 때 만난 철룡이 형은 지금도 학원에서 심부름하며 공부하고 있을까? 궁금하네. 어쩌면 군대 갔을지도 모르겠다. 철룡이 형 홀어머니와 동생들은? 공장 사장님이랑 공장장님은? 성환 이발소 사장님 부부도 잘 사시겠지.'

자꾸만 이런저런 생각이 꼬리에 꼬리를 물고 일어나. 이러다가는 오늘 공부 망치겠다 싶어 화장실에 가 세수하고 열람실로 들어갔어. 학원에서 준 《검정고시 기출문제집》을 꺼내서 풀기 시작했지. 시험이 다가올수록 국어, 영어, 수학, 사회보다 음악, 미술, 체육, 상업 같은 과목이 더 어려워. 기출문제를 풀고 채점해 보면 60점 아래가 나와. 이러다간 시험에 떨어지고 말겠어. 허리를 꼿꼿하게 펴고 마음을 모았어. 선생님들이 준 기타 과목 핵심 요약정리 프린트물을 꺼내 놓고 부지런히 살폈어.

체육과 상업은 어느 정도 알아듣겠어. 그런데 오늘 보충하는 음악은 너무 힘드네. 특히 장조와 단조라든가 몇도 화음이니 하는 건 도대체 못 알아먹겠어. 악기라고는 만져 본 적이 없어 그런지 딴나라 이야기 하는 것 같아.

'그래, 좋다. 모르는 건 무조건 외운다. 무식하게 외우는 거다. 외우면 답은 맞출 거 아니냐.'

민우가 헤어질 때 사 준 연습장에다 음표를 그리고 외우고 또 오선지에 그리기를 되풀이했어. 몇 번 되풀이해서 살피고는 화장실 다녀와 음악 기출문제를 꺼내 놓고 풀었어. 틀린 것만 다시 또 외웠지. 이해가 안 될 땐 외우기라도 하면 어느 순간 알게 된다는 선생님들 말을 떠올리면서 그냥 외우는 거야. .

한참 음악 공부에 빠져 있는데 누가 어깨를 살그머니 치기에 뒤를 돌아보니 같은 반 아이 수식이야.

"니 밥 안 묵나?"

일어나서 밖으로 나왔어.

"너도 여기서 공부하냐?"

"우유 배달 일찍 끝나는 날만 가끔 온다."

"그런데 왜 몰랐지?"

"영어 선생님 안 있나? 안철 선생님. 안 선생님한테 들었다 아이가. 니가 정독도서관에서 공부한다는 거. 벌써 며칠째 밥 묵으러 갈 때마다 니 안 찾았나."

"그랬구나. 아파서 도서관에 못 왔다. 가자."

수식이는 나처럼 교실에서 별로 말이 없는 아이야. 수식이와 몇 마디 나누어 새벽에 우유 배달 한다는 것까지는 알고 있지만 더 아는 게 없어. 아무튼 만나니까 반갑기는 하면서도 공부하는 흐름이 끊어질까 마음이 쓰여.

"도시락 싸 오나?"

"응, 너는?"

"내는 밥하고 김치만 싸 온다. 할매가 나이가 많아 반찬까지 챙기는 게 힘들어가 맨날 김치만 싸 온다. 라면이나 우동에 말아 묵는다."

교실에서 이야기할 때는 몰랐는데 경상도 사투리가 정겹게 들려. 굵은 테 안경을 쓰고 늘 허리를 꼿꼿하게 펴고 걷는 모습이 우등생 같은 수식이가 나를 찾았다니 싫지 않네. 비가 그치고 구름 한 점 없이 맑게 갠 파란 하늘에서 내리쬐는 초봄 햇살을 받으며 우리는 도서관 화단 사이로 난 길을 걸었어.

"부모님은?"

"시골, 경북. 내는 용산서 남동생이랑 할매랑 이렇게 셋이 산다."

"남동생?"

"응. 그놈은 맨날 세무대학 간다고 안 하나. 내는 중고등학교 모두 검정고시 공부하고 동생 그놈아는 중학교는 졸업했고 고등학교 과정만 한다."

말하는 사이 식당에 왔어. 수식이는 라면을 사고 나는 간장국만 샀어.

"누가 누구 사 주고 이런 거 하지 말자. 걸기적거려 골치 아프다 아이가."

밥을 국에 말아 먹는 건 별로 좋아하지 않아 밥 먹다 목 막힐 때만 국을 떠서 먹고 있는데 수식이는 라면에다가 밥을 한 번에 탁 털어 넣고 휘휘 저어 먹는 거야. '면을 먼저 건져 먹고 밥을 말아야지, 무슨 맛으로 저렇게 먹나' 하는 생각이 들었지만 아무 말도 안

했어. 나도 라면이 먹고 싶었지만 하루 이틀도 아니고 날마다 사 먹는 게 부담이 돼. 수식이가 먹는 걸 보니 먹고 싶은 마음이 더 드네. 나라면 친구에게 몇 젓가락 집어 주련만 한마디도 안 해. 물 마시듯 씹지도 않고 삼키는지 금방 다 먹어.

나는 밥을 반이나 먹었을까 싶은데 수식이는 다 먹고 벌떡 일어섰어.

"어디 가냐?"

"먹고 있어라."

경상도 사나이라더니 말투만큼이나 무뚝뚝해. 그런가 보다 하고 천천히 먹는데 라면 냄비를 또 들고 나타났어.

"이거 니 묵으라. 내는 조금만 덜어 먹을란다."

"사 주고 그런 거 하지 말자며?"

"니가 먹고 싶어 하는 거 같아 안 그러나. 내도 좀 더 먹고 싶고."

"……."

"세상은 눈치 아니가, 눈치. 보면 안다. 내가 우유 배달만 몇 년 했는지 아나? 낮에는 이 집 저 집 다니며 영업하고, 길에서도 팔고. 그러다 보면 느는 게 눈치다."

라면을 입에 매단 채 수식이를 쳐다보며 웃었어.

"왜 웃나? 내 얼굴에 뭐 묻었나?"

"아니다. 고마워 안 그러나. 고맙데이, 잘 묵을게."

경상도 사투리를 흉내 내니 녀석도 피식 웃어.

혼자 먹을 때는 다른 사람들 눈길이 신경 쓰였는데 둘이 먹으니 언제 밥을 먹었나 싶게 시간이 금방 흘러. 모처럼 따뜻하게 밥을 먹고, 매점에 들러 비스킷을 하나 사서 들고 나왔어.

"야, 바로 들어가지 말고 공원에 가서 좀 쉬다 들어가자."

"정확히 한 시에 들어가는 기다."

"너도 그러냐? 민우라고, 나랑 학원 같이 다니다가 지금은 농사 지으러 간 친구가 있는데 그놈도 너랑 똑같은 말 하더라. 시간 정확히 지키자고."

"저것들 봐라. 하라는 공부는 안 하고 연애질 안 하나. 저그 저 쌍은 열 시도 안 돼 나가 갖고는 저 지랄 아이가. 가방은 폼으로 들고 다니는 기라."

수식이가 턱으로 가리키는 데를 보니 따스한 봄볕이 비치는 벤치에 한 쌍이 앉아 서로 눈을 맞추면서 손을 만지작거려.

"너 부러워 그러는 거 아냐?"

"니는 부럽나?"

"나? 부러운데 다음 달이 시험이라 다른 데 신경 쓸 틈이 나야지."

"바로 그 말 아이가. 학생 때는 공부를 해야 안 쓰나, 공부를. 저게 뭐꼬? 쟈들 집에서 나올 때는 공부하러 간다 했을 기다. 공부는 개뿔, 연애하러 온 기지. 돈은 억수로 쓸 긴데……."

열 내면서 말하는 게 웃겨.

"너는 인생 다 산 놈 같다."

"내는 다 해 봤다 아이가, 연애도 해 보고. 별거 없다. 공부할 때 공부하고 나중에 연애해야 한다."

어이가 없어. 나이는 나랑 같은데 잔소리하듯 말하는 걸 보면 완전 노인네야 노인네. 한편으로는 저렇게 자신감 갖고 말하는 게 부럽기도 해.

"니는 연애도 안 해 봤나?"

"나? 글쎄. 잘 모르겠다. 초등학교 때 잠깐 좋아했던 애가 있었는데 싫은 게 아니라 미워졌지. 6학년 연극할 때 신데렐라 맡은 여자아이인데 기억에 읍내 부잣집 딸이지 싶어. 그 애가 마음에 끌려 쳐다봤는데 그때 그 여자애가 나를 바라보는 눈길을 보고는 미워졌지."

"와? 와 미워지나?"

나는 웃기만 했어.

"니는 말을 하다 마나. 더 해 봐라."

"더 하믄 내 아픈 어린 시절 이야기 다 나온다 아이가. 여기까지만 하자."

수식이는 나를 쳐다봤어. 비스킷을 먹다 말고 가방에서 우유를 주섬주섬 꺼내더니 말해.

"배달하고 남은 기다. 마셔라. 니는 내가 싫으나?"

"……."

"내는 진작부터 니랑 말 좀 해 봐야 쓰겄다고 생각했다. 니한테 마음 있었다 아이가."

"아니다, 싫긴. 난 잘 모르겠어. 누가 막 미치도록 좋고 마음이 당기고 그런 게 별로 없어. 그냥 덤덤해."

"그래? 혼자 밥 먹으면 별로 아이가. 공부는 혼자 하더라도 밥은 같이 묵자."

내게 마음이 있었다니 기분이 이상해. 누가 나에게 관심 있다는 말을 듣는 건, 석 달 다니다 만 중학교 때 공주버스터미널에서 신문팔이 하던 친구한테 듣고 처음이야.

"어째 나 같은 놈한테 마음이 있냐? 애들하고 말도 잘 안 하고 맨날 공부만 하는데……."

"말을 안 하고 조용해서 안 그랬나? 말 많은 아들 다 쓸데없는 기라. 내는 요란하게 떠벌리는 아들 딱 질색인 기라. 말 많은 놈치고 속 찬 놈 없다. 우리 할매가 날마다 입에 달고 사는 말이 뭔지 아나? 말 많은 놈은 일단 조심해야 한다는 기다."

"그럼 너는 나 조심해야 한다."

"와? 와 니를 조심해야 하나. 니는 말도 없고 맨날 지 공부만 하고 그러는데."

"우리 엄마는 나보고 말 많다고 그래. 나는 어려서부터 엄마랑 시장 가는 걸 좋아하는데 시장 가면서 쉬지 않고 떠들거든. 그래서 엄마는 나랑 시장 가면 시간이 금방 간대."

수식이 이놈이 내 어깨를 치면서 막 웃는 거야.

"내도 안 그러나. 시장 갈 때랑 콩 같은 거 깔 때믄 우리 할매가 그런다. 내 주둥이가 참새마냥 정신없이 짹짹거린다꼬. 그래 놓고는 맨날 일거리만 있으면 나랑 같이 하자 안 하나."

도서관에 매달린 시계를 보니 12시 45분이야. '지금 일어서야 1시부터는 공부를 시작할 수 있는데' 하고 생각하면서도 야박하단 생각이 들어 가만히 있는데 느닷없이 수식이가 그래.

"가자."

"……."

녀석은 내 말은 들어 보지도 않고 말 떨어지기 무섭게 벌떡 일어났어. 나 같으면 '이제 그만 들어갈까?'라든가 '시간 관리 못 하면 도서관에서 같이 공부하기 어렵다' 하고 뭔 말이라도 좀 하련만 그냥 일어서서 걸음을 옮기는 거야. '뭐, 저런 녀석이 다 있나' 싶은 생각이 들면서도 판단하고 결정하고 곧바로 몸으로 옮기는 저 모습이 부러워. 무시당한다는 느낌이 살짝 들기는 했지만 나도 공부하러 들어가고 싶었기 때문에 크게 마음 쓰이지는 않았어.

음악 보충수업 들으러 갈 때 다시 만나기로 하고 헤어졌어. 혼자 공부할 때와 달리 마음이 조금 흐트러진 것 같아. 허리를 펴고 눈을 살짝 감았어. 머릿속에 바른 자세로 책상에 앉아 집중하는 멋진 내 모습을 그렸어, 합격하는 모습도. 수식이랑 점심 먹기 전에 외웠던 걸 떠올리고 화음과 장단조의 조표를 마음에 몇 번 되풀이해 그린 다음 눈을 뜨고 연습장에 외운 걸 써 내려갔어. 음악 선생님이 정리해 준 프린트물을 몇 번 읽고 다시 기출문제 푸는 걸 되풀이했어.

수식이와 약속한 시간인 3시가 되어 식당 앞 소나무로 갔어. 몇 번을 망설이다 말했어, 아까 수식이가 매섭게 이야기를 끊으며 '공부하러 가자' 했던 것처럼.

"수식아! 미안하지만 가면서 말하지 말자. 혼자 외운 걸 정리하려고. 그래야 덜 잊거든."

"그래, 좋다."

혼자 걸을 때보다 집중이 덜 되지만 오늘 공부한 내용을 머릿속으로 떠올리며 정리하고 혼잣말로 중얼거렸어. 자꾸 수식이가 신경 쓰이는 걸 뿌리치면서 걸었어. 학원 현관에 들어서니 수식이가 우유를 두 개 건네는 거야. 배고플 거라고 먹고 들어가래. 매점에 가서 고로케를 두 개 사서 하나씩 먹었지.

음악 선생님은 웃음 띤 얼굴로 우리를 휘 둘러보며 강의를 시작했어.

"일요일인데 뭐 하러들 왔어요. 집에서 쉬지."

귀 주변과 뒷머리 빼고는 머리카락이 없고 바싹 말라, 한 번 보면 잊을 수 없는 할아버지 음악 선생님. 오늘따라 나비넥타이에 베이지색 잠바를 입으셨어. 예순 중반도 넘어 보이는데 표정에는 장난꾸러기 같은 모습이 보여. 수업 시간만이 아니라 평소 복도나 계단에서 우리들을 만나면 말을 걸거나 눈웃음이라도 치고 가는 분이라 보기만 해도 기분이 좋아져.

"여러분들도 나도 제정신이 아니에요. 봄볕이 이렇게 좋은 일요일에 강의하겠다고 한 나도 나지만 그렇다고 정말로 강의 들으러 온 여러분들도 이상해. 맛이 갔어. 나야 먹고살아야 해서 출근하지만 젊은 피가 끓어 넘치는 여러분들은 이해가 안 가요. 안 온 사람들이 정상이라니까. 데이트를 하든지 어디를 가든지 할 것이지 여기를 왜 와. 나 같으면 안 온다."

선생님은 교실 창문을 활짝 열었어. 종로2가 시끄러운 자동차 소리가 환한 봄볕과 함께 안으로 밀고 들어왔어. 퀘퀘한 냄새와 후덥지근한 공기로 가득한 교실에도, 코앞에 닥친 시험 때문에 압박감이 가득하던 우리들 가슴에도 밝고 풋풋한 기운이 확 퍼졌어. 선생님은 말없이 창밖을 내다봤어. 봄볕이 밀고 들어오는 창문 앞에 말없이 선 늙은 선생님 뒷모습에 우리들은 빨려 들어갔지.

한참 뒤 선생님은 창문을 닫고 걸음을 옮겨 잠바를 벗어 책상 위에 놓고는 피아노 앞에 앉았어. 건반을 잠깐 바라보다 손을 무릎에 얹고 두 눈을 감아. 우리는 쥐 죽은 듯 조용히 선생님의 몸짓과 호흡에 집중했지. 두 손을 들어 살며시 건반 위에 올려놓는데 나도 모르게 침을 삼켰어.

드디어 손가락이 느리게 아주 느리게 건반 위를 미끄러지듯 움직이기 시작해. 세상에! 손가락 마디가 저렇게 부드럽게 움직일 수 있다니. 농사짓고 집 짓는 데서 막일하느라 거칠어진 손만 보고 살아온 나로서는 저 나이에 피아노 건반 위에서 물 흐르듯 부드럽게 움직이는 손과 팔을 보며 놀랐어. 어느 순간에는 얼마나 빠른지 손가락이 안 보여. 피아노 소리와 선생님 모습에 빠져들었어. 연주가 끝났건만 우리 가운데 그 누구도 박수를 치지 못했어.

"'모차르트 피아노소나타 K545'라는 곡이에요. 지금 이렇게 좋은 봄날 시험을 앞두고 공부하려니 얼마나 힘들까 싶어서 이 곡을 골랐지. 여러분 같은 청춘, 젊은이들에게 선물로 주려고."

"……."

"어때요? 들어 본 기억이 나요? 아냐, 질문을 바꿀게. 느낌이 어때요?"

조용해. 말이 없어.

"그냥 떠오르는 대로 편하게 이야기해 봐요. 클래식이라는 거 너무 어렵게 생각하지 말아요, 가요하고 똑같은 거니까. 그냥 듣고 떠오르는 느낌이 중요해. 그게 작곡하고 연주하는 사람이 여러분에게 주려고 하는 거니까. 괜히 어려운 말로 이러고 저러고들 하는데 그거 다 집어치우자고. 점잖고 어려운 말 던져 버리고 그냥 떠오르는 대로 나오는 대로……."

"밝아요."

"부드러운데 힘차요."

"봄 같아요."

"희망이 느껴져요."

선생님은 벌떡 일어서더니 환해진 얼굴로 이야기했어.

"바로 그거야. 아주 정확해요. 어쩌면 그렇게 콕 집어내. 좋아요. 이번에는 다른 곡을 연주해 볼게요. 잘 들어 보자고."

선생님은 피아노 앞에 앉아 손을 무릎에 모으고 숨을 고른 다음 다시 연주를 했어. 연주를 마친 뒤 우리들 앞에 섰을 때 시윤이가 일어섰어.

"선생님! 곡 이름이 뭐예요?"

"그래, 바로 이거야. 이렇게 그냥 서슴없이 물어보는 거 아주 좋아요. 이름은 조금 이따가 이야기할게요. 이 곡은 어때요?"
"아까와는 달라요. 좀 답답한 느낌."
"날씨로 본다면?"
"흐린 날, 비오는 날."
"슬퍼요."
"절망감."
"좋아하는 사람한테 차이고 돌아서는 마음."
아이들이 낄낄낄 웃자 선생님 얼굴이 더 밝아졌어.
"이 곡은 베토벤이 작곡한 건데 '월광곡', '달빛소나타'라고들 하지. 이 좋은 봄날 그것도 일요일에 강의 듣겠다고 나온 여러분들 보는 순간 고단하고 힘든 게 싹 사라졌어요. 봄볕이 아무리 좋아도 여러분들의 젊음만 할까. 그것도 가난해서 학교도 못 다니고 일하면서 공부하는 여러분 같은 젊음은 더 소중하지. 사는 게 겨울처럼 힘들고 고달파도 참고 해 봅시다. 시험 준비 하느라 몸도 마음도 힘들 거예요. 견뎌 내고 여기 온 여러분들은 모두 합격할 거고 자기 인생을 잘 만들어 갈 겁니다. 하는 데까지 해 보고 떨어지면 어때. 또 하고 또 하고 그래도 안 되면 다른 일 하고, 그러면서 자기 나름대로 살아가는 거지."
잠시 숨을 고르고 다시 말을 해.
"안 그런 사람도 있겠지만, 여기에 온 여러분들은 피아노는 그만두고 악기라고 생긴 걸 만져 본 적도 없을 겁니다. 왜? 없는 집 자식이니까. 그래서 음악이 어려울 거예요."

우리는 숨도 안 쉬고 선생님을 바라봤어.
"설명을 아무리 들어도 귀에 안 들어올 거고. 오늘 수업 핵심은 이거야! 외우고 또 외워도 이게 무슨 말인지 못 알아듣는 거, 그런 걸 골라 실제 음악을 들려주면서 설명하기! 그러면 나머지는 그냥 몇 번 읽으면 대충 이해가 갈 거고 시험 보는 데는 무리가 없을 거예요."
말씀을 이어 갔어.
"지금은 음악이 밥 먹여 주냐고 생각할 수 있지만 음악, 그거 참 좋은 겁니다. '먹고살기 힘들어 검정고시 하는 놈이 무슨 음악이야' 이런 생각 하면 안 돼요. 나중에 어려운 시기 넘어가면, 아니지 어렵고 힘들수록 꼭 음악이나 미술 이런 거, 그러니까 예술을 가까이 하세요. 먹고살기 힘든데 배부른 소리 하지 말라고 할 수 있지만 우리 인생의 또 다른 면을 볼 수 있고 꼭 봐야 합니다. 그냥 모르고 살아가기엔 인생이 너무 아까워요. 나중에라도 꼭 예술을 가까이하세요."
선생님은 잠시 숨을 골랐어.
"난 나이가 너무 많아 이제 강의를 곧 그만둬야 해요. 선생이 아니라 인생 선배가 하는 말이라고 생각하면 좋겠어요."
선생님은 분필을 들고 칠판에 쓰기 시작했어.

장조 / 단조

"내가 두 곡을 연주했는데 어떤 곡이 장조일까요? 앞에 밝은 느낌 주는 곡이 장조고 어둡고 슬픈 느낌 주는 게 단조예요. 꼭 그런 건 아니지만 그렇게 이해하면 크게 어긋나지 않아요."

선생님은 강의하는 동안 아이들이 지칠 만하면 연주를 해 줬어. 유행가도 하고 클래식도 하고, 어찌나 흥이 많은지 왈츠나 탱고 같은 춤곡을 설명할 때는 직접 춤도 추셨지. 춤도 배우셨다는 거야. 음표, 장단조와 음악사조 그리고 감상까지, 직접 연주를 하거나 녹음테이프를 틀어 주면서 설명하는데 귀에 쏙쏙 들어오더라고. 지루한지 모르고 수업을 들었지.

음악 특강을 듣고 나오니 해는 넘어갔고 어두운 밤이야. 수식이하고 같은 버스를 탔어. 수식이는 삼각지를 지나 용산소방서에서 내렸어. 이날 나와는 조금도 인연이 없어 보이던 음악이, 그것도 클래식이나 가곡, 오페라 이런 게 내 귀에 처음으로 들린 날이야. 바싹 마르고 나이 들었지만 우리에게 특별히 나비넥타이를 매고 연주해 준 음악 선생님이 음악이라는 예술 세계에 눈길을 주도록 도와준 날이지.

느닷없는 졸업식

오늘도 나는 정독도서관에서 공부하고 학원으로 갔지. 공부를 하고 쉬는 시간에 매점에서 고로케 하나와 우유를 먹는데 시윤이가 왔어.

"나도 하나 사 주라."

대답도 안 하고 주머니에서 돈을 꺼내 고로케와 우유값을 치르고 시윤이에게 내밀었어.

"고마워. 잘 먹을게."

"……."

"이따가 수업 마치고 오늘은 술 한잔하자. 요기 학원 뒤 포장마차에서 우리 반 남자애들이랑 같이 먹기로 했어. 이번에는 빠지지 않는 거다."

"난 빠질게."

"야! 이제 시험 보고 나면 우린 다 헤어진다고. 그러면 다신 못 만나. 그래서 헤어지기 전에 송별회 하는 거야. 시험 보고 나서도 다시 만나자고 모임을 만드는 거라고. 넌 애가 눈치도 없냐?"

놀라서 쳐다봤어. 늘 생글생글 웃기만 하던 그 밝은 표정은 어디로 가고 순간 무서워져. 말에 가시가 돋았어.

"나는 뭐 네가 좋아서 그런 줄 알어?"

"아니, 그게 아니라……. 난 이번 시험에 떨어지면 안 돼. 어떻게든 붙어야 한다고……. 그래서 그러지, 내가 왜 너를 무시해. 그런 거 아니야. 미안. 그건 아닌데……."

고로케가 목에 걸려 안 넘어가. 시윤이가 눈물이 그렁그렁한 채 옆에 아이들이 다 들리게 큰 소리로 화내는 순간 난 혼비백산하고 말았어. 여자아이가 나에게 이렇게 화내는 건 그야말로 난생처음 겪는 거라 등줄기에 식은땀이 났지.

"우리는 여기가 고등학교라고. 고등학교 다니는 애들은 앨범도 만들고 졸업여행도 가고 그러는데 우리는 아무것도 없잖아. 그래서 헤어지는 마당에 같이 저녁 한 끼 먹자는데 그렇게 빼냐? 넌 도대체 속이 있는 애니 없는 애니? 벽창호 맞구나, 맞아. 여자애들이 너한테 하는 말이 맞다고. 아이고 답답해. 애들 말대로 교과서야 교과서. 선생님들이 하라는 대로 하는 교과서. 재미없다. 너라는 애."

당황해서 멍하니 서 있는데 매점 아주머니가 날 보고 웃으며 말을 건넸어.

"학생! 오늘은 모임에 가 봐. 여학생 말이 맞네. 이제 헤어지면 만나기 어려워. 친구 마음을 봐서라도 가는 게 좋겠다."

아! 미치겠다. 시윤이 눈에서는 그야말로 눈물이 뚝뚝 떨어지고 매점에 드나드는 아이들은 우리 둘 사이에 무슨 일이 있나 힐끗거리며 수근거려. 나는 내가 뭘 잘못했는지 알 수가 없어. 그래도 잘못하기는 한 것 같아.

"미안해요. 난 일부러 그런 게 아니고, 내가 시윤 씨 마음 아프게 하려고 그런 게 아닌데……. 정말 미안해요."

고개를 숙이고 눈물 흘리던 시윤이는 다시 얼굴을 들었어.

"미안하긴 뭐가 미안해. 갑자기 존댓말은 왜 하고……. 관의 씨가 잘못한 건 없는데 갑자기 눈물이 나와. 헤어지는 게 그냥 아쉽고 슬프기도 하고 그래서 그러나 봐. 우린 지금이 고등학교잖아."

마음을 가라앉히고 천천히 말하는 시윤이 이야기를 듣는데 그 순간 곧 내 고등학교 시절이 끝난다는 사실을 깨달았어. 이번 주말에 검정고시를 치르면 다시 못 올 내 고등학교 시절!

마음이 흔들리기 시작했어. 아이들하고 군것질거리 사 먹고, 시시덕거리며 떠들고, 놀고 싶어서 공부를 시작한 건데 중고등학교 시절이 이번 주로 끝이라니! 다른 아이들처럼 학교생활을 하려고 공부를 한 건데 꿈에 그리던 학교생활은 해 보지도 못 하고 이번 주로 끝나는 거야.

학원에 다닌 뒤로 되도록 아이들과 말을 섞지 않았어. 말을 하면 공부에 방해가 되고 결국 내가 학생이 되는 걸 방해할까 봐 말을 안 하고 살았는데, 그사이 고등학교 시절이 사라지고 말았어. 지금 이 순간이 나에겐 고등학교 시절이라는 걸 내 앞에서 눈물 흘리는 시윤이가 퍼뜩 깨닫게 해 주었어. 검정고시에 합격하면 고등학교를 졸업한다는 말뜻이 이제야 내 가슴 안으로 들어왔어.

"알았어, 수업 끝나고 갈게. 같이 가자."

"싫으면 안 가도 돼. 억지로 하지 마."

잠깐 시윤이를 쳐다봤어.

"아냐, 갈게. 나도 가고 싶어. 아이들하고 어울리고도 싶었는데 그렇게 못 했을 뿐이야."

그날 수업은 곧 다가올 시험에 대비해서 기출문제를 푸는 요령을 배우는 거야. 네 개의 답 가운데 정답을 찾아내는 방법, 모르는 문제가 나왔을 때 정확히 찍는 방법이랄까 과목별로 요령을 배웠어. 시험이 곧 있어서 그런지 수업에서 팽팽한 긴장감이 느껴졌지만, 문제 풀이와 해설을 되풀이해 지루하네.

마지막 시간에 영어 선생님이 들어왔어. 시험에 꼭 나오는 내용을 프린트물로 나누어 주고 핵심 내용을 정리한 다음 수업이 반 정도 남았을 때 영어 선생님은 프린트물을 교탁에 내려놓고 우리들 곁으로 가까이 다가섰어.

"오늘이 여러분하고 하는 마지막 수업입니다. 아쉬워요. 특히 여러분은 내 마음에 오래오래 남을 것 같아요. 많은 학생들을 만나고 헤어지고 했는데 여러분은 특별하네요."

그때였어. 시윤이가 일어서더니 선생님 앞으로 가는 거야.

"선생님! 이거."

겉에 카네이션 한 송이가 달린 선물을 드렸어.

"고맙습니다, 선생님. 수업 시간에 틈틈이 해 주신 말씀이 정말 좋아요."

시윤이는 말을 하다 목이 메는지 가만히 있어.

"선생님 말씀 들으면 힘이 나요. 힘들어서 포기하고 싶을 때가 많았거든요. 울고 싶을 때도 많았고. 고맙습니다. 선생님하고 그냥 헤어지려니 마음이 아프기도 하고 슬프기도 하고 그래서요. 고맙습니다."

선생님은 얼굴이 붉어지면서 창 쪽을 봤어.

"야! 시윤이. 너 인마, 사람을 울리고 그러냐. 짜식이 말이야."

아! 그렇구나. 시윤이 네 말대로 지금 이 순간이 우리 졸업식이었어. 그걸 나는 까맣게 몰랐던 거야. 그냥 시험 볼 생각만 했지 지금 이 순간이 우리들 삶에서 어떤 의미인지도 몰랐어. 곧 선생님들과 헤어진다는 것조차 모르고 그저 하루하루 공부에만 매달려 살아온 거야.

내가 그렇게 꿈꾸고 눈물을 삼키며 혼자 그리던 그 학교생활이 이렇게 끝난다는 걸 나는 생각지도 못했어. 혼자 채소 장사 하느라 손수레를 끌고 아침 무렵 골목을 다니다, 학교 울타리 안에서 종소리가 나면 나는 학교 안을 기린처럼 목을 빼고 담 안을 기웃거렸지. 책상과 의자 미는 소리가 시끌벅적하게 울리면 곧 우르르 몰려나와 웃고 떠들던 아이들이 너무 부러웠어. 그게 하고 싶어서, 그러고 싶어서, 나만 학교 밖에 있는 게 서글퍼서 공부를 시작한 건데 이번 주로 내 고등학교 시절이 끝나다니…….

선생님이 눈물을 보이며 말을 더듬거릴 때 여기저기서 아이들이 일어서 나오더니 꽃도 드리고 선물도 드리는 거야. 세상에! 나만 아무것도 모르고 학원에 온 거네. 순간 나는 뭔가로 한 대 얻어맞은 것 같았어.

'내가 제대로 살고 있는 거야? 흘러가는 시간이 어떤 의미인지도 모르고 살다니. 얘네들은 어떻게 알았지? 나는 왜 이렇게 살지? 뭘 모르고 사는 거 아냐? 내 감정이 메마른 건가? 이기적인 건가?'

선생님은 선물과 편지를 받고 아무 말 없이 어색한 표정으로 창밖을 바라봤어. 얼마나 지났을까.

"너희들, 정말 사람을 쑥스럽게 할래? 고맙다."

책상 사이로 천천히 걸으며 아이들과 악수를 나눈 뒤 말했어.

"나는 선물이 없다. 대신 잘 못하지만 노래 한 곡 하마. 그냥 너희들한테 해 주고 싶어서 미리 연습 좀 해 왔다. 알면 같이 하자. 노래 못한다고 흉보지 마라."

난 교실 맨 뒤 구석에 앉아 선생님을 바라만 봤어. 아이들은 소리를 지르고 책상을 손바닥으로 치고 발도 구르는데 난 그러지 못했어.

"그동안 애썼고, 졸업 축하한다. 이 교실에는 아이 엄마 아빠도 있다는 거 안다. 부모님 모두 돌아가시고 혼자 고아로 사는 그런 사람도 있고, 고향 부모님 곁을 떠나 공장 다니며 돈 벌어 보내고 공부하느라 고생하는 것도 다 안다. 빵 한 조각으로 끼니 때

우며 공부하는 너희들 보면 뭐라도 사 주고 싶지만 난 그렇게 안 한다. 어차피 사는 건 외로운 거야. 혼자 힘으로 살아야 해. 있는 집 자식이나 없는 집 자식이나 다 그래. 그렇게 살아가는 거다. 잘 견뎌 줘서 고맙다."

쥐죽은 듯 조용해.

"너희들이 가끔 내 책상에 껌이나 빵, 박카스 이런 거 놓고 가면 정말 고맙고 그랬어. 주간반 아이들이 들으면 미안한 말이지만 주간반에서는 수업하다 졸려도 너희들이랑 수업할 때는 졸 수가 없었다. 너희들이 어떻게 이 자리에 오는지 알기 때문이다. 애썼다. 합격해도 떨어져도 다 졸업이다. 건강하게들 지내라. 힘들어도 지금처럼 살면 좋겠다. 고맙다. 너희들 보며 내가 많이 배웠다. 정말로 졸업 축하해. 속상하고 슬플 때 나중에 와라. 그러면 내가 소주 한잔 못 사겠냐. 으흠, 첫 음이 잘 잡혀야 하는데……. 연습을 했는데……. 내가 불러 주는 졸업식 축가다."

교실이 조용해졌어. 선생님은 숨을 고르더니 웃으며 노래를 시작했지.

"가고 오지 못한다는 말을 철없던 시절에 들었노라. 만수산을 떠나간 그 내 님을 오늘날 만날 수 있다면."

우리들이 아주아주 좋아하는 송골매의 '세상 모르고 살았노라'였어.

"고락에 겨운 내 입술로 모든 얘기할 수도 있지만 나는 세상 모르고 살았노라, 나는 세상 모르고 살았노라."

우리들은 선생님하고 노래를 불렀어. 몇 녀석은 칠판 앞으로 나가 선생님하고 춤도 추고 손뼉도 치고, 아이들은 비명을 지르고 책상을 드럼이라고 두드리고 난리가 났네. 선생님이 노래를 마치자 아이들 몇이 몇 곡 더 이어서 불렀어.

노래가 다 끝나고 선생님은 잠깐 서서 우리를 둘러본 다음 손을 흔들고 나가셨어.

가방을 주섬주섬 챙기는데 시윤이와 수식이, 그리고 화장품대리점을 하는 아이가 왔어.

"이번에는 같이 가는 겁니다."

"네, 그럴게요."

학원 계단을 나오자 시윤이와 수식이가 내 옆에 딱 붙으면서 팔짱을 꼈어.

"우리가 모시고 갈게."

"어디 도망 안 가. 걱정 마. 너무 이러면 이상해."

"아냐, 그냥 좋아서 그러는 거니까 걱정 마. 너 피맛골이라고 알아? 모르지? 네가 알 리가 없지."

"술집 많은 데야. 옛날부터 서울에서 유명한 술집 골목. 거기 포장마차에서 소주 한잔하고 가자."

난 바짝 긴장했어. 내일모레가 시험인데 술을 먹는다는 것도 그렇지만 지금 내 마음이 이상해서 뭔가 일이 벌어질 듯 불안해. 뭔가 안 좋은 일이 일어날 듯한 불안감, 막연한 감이라고나 할까. 고등학교 졸업이라는 것과 내 학생 시절이 끝난다는 것, 그리고 이 아이들과 헤어지고 선생님들하고도 헤어진다는 거. 이 모든 게 뒤죽박죽 섞이면서 슬프면서도 기쁘고 설레기까지 해. 이런 감정에 휩싸여 술 마시는 건 쓸데없는 짓이란 생각이 들다가도 '어떻게 공부만 하고 사냐?'며 아이들과 어울리는 게 의미가 있는 것 같기도 하고 그래.

"팔짱 안 껴도 돼. 나 어디 안 갈 거야. 술은 안 먹으면 좋겠는데……."

"너 술 한 번도 안 먹었어? 아니잖아? 저번에 생물 선생님이 밥사 줄 때 너 잘 마셨다고 하던데."

"먹기는 먹지. 그런데 내가 일부러 찾아가 먹어 본 적은 없어."

"먹어 봐. 우리도 이제 어른이라고. 얘는 애아버지야, 애아버지."

화장품대리점 하는 친구를 가리키며 시윤이가 말했어. 어쩐지 그 친구는 느낌이 신중하고 무겁다 싶었어.

종로2가 뒷골목 포장마차 천막을 들추며 들어섰어.

"아줌마! 말씀드린 거 있지요? 그거 주세요. 내가 미리 얘기해 놨어. 우리 자기소개부터 하자. 시험 보고 나서 뭐 할 건지도."

화장품대리점 하는 친구가 사회를 봤고 쭉 자기 이름과 앞으로 할 계획을 이야기했어. 짐작은 했지만 공장 다니는 사람, 화장품대리점, 공사장 기술자, 운전기사, 중국집 주방장, 목수…… 온갖 일을 다 해. 나는 공장 다니다 그만두고 공부만 한다고 했지. 아마도 대학 갈 준비를 할 것 같다고. 시윤이와 화장품대리점 사장이 돌아다니고 술도 따르면서 모임을 이끌었어. 화장품대리점 사장이 일어서 말을 했어.

"우리 검정고시 합격하고 또 만나면 좋겠다. 우리 고등학교 시절 추억 영원히 간직하고 합격을!"

"위하여!"

난 허리를 꼿꼿하게 펴고 소주잔을 내 입 앞으로 가져왔어.

'술을 먹더라도 절대로 주정을 하지 않는다. 취하면 조용히 잔다. 남에게 어떤 피해도 줘서 안 된다. 말도 많이 하지 않는다.'

어려서부터 마음에 수백 번 수천 번은 새긴 다짐을 나도 모르게 떠올리며 반만 마시고 내려놨어.

"야! 관의야. 쫙악 마셔. 탁 털어 넣고 우리 한 잔씩 돌려 마시자. 나중에 이 자리가 잊지 못할 좋은 추억이 될 거야. 오늘은 마시는 거다."

'시험이 낼모레인데 술을 마시면 안 되지' 하다가 '이렇게 애들하고 어울리는 것도 이제 마지막일지도 모르는데 내가 너무 쪼잔한 거 아냐. 못난 놈 소린 들을 수 없지' 하는, 두 생각이 오락가락해. 결국 분위기에 휩쓸리면서 마시기로 했어. '좋다. 딱 다섯 잔만 마신다. 대신 화끈하게' 하고는 탁 탁 입에 털어 넣었어. 아이들과 가깝게 지내고 싶었어. 나도 너희들과 같다는 걸 보여 주고 싶었지.

"너 술 잘 마시네."

"키가 커서 술을 채우려면 오래 걸릴 거야."

"얼굴이 빨갛다, 빨개."

정확히 다섯 잔 마시고는 더 이상 마시지 않았어. 아이들과 헤어져 지하철을 타고 노량진역에 내려 노량진시장을 지나는데 갑자기 어지러워. 손에 든 책가방을 단단히 움켜쥐고 정신을 가다듬으며 걷는데 이번에는 길 오른쪽이 솟아올라. 오른쪽이 솟아오르니 뒤로 자빠지지 않으려고 오른쪽 언덕을 향해 올라가고, 이번에는 다시 왼쪽이 솟아오르는 거야. 다시 왼쪽으로 조심조심 넘어지지 않게 올라가고. 그러다 문득 걸음이 이상해 뒤돌아보니 내가 그야말로 갈지자걸음으로 휘청휘청 걷는 걸 깨달았어.

술에 취해 이리 비틀 저리 비틀 한다는 걸 그제서야 깨달았지만 여전히 집으로 가는 길은 솟아올랐다 흔들렸다 하네. 속이 울렁거리며 뒤집어져 더 이상 걷다가는 다 토해 버릴 것 같아. 나는 길 복판에 서 있어. 사람들은 무심하게 내 곁을 스쳐 지나가.

더는 걷지 못하겠어. 사람이 많이 지나다니는 길가 전봇대 옆에 쪼그려 앉았어, 가방을 내 무릎 위에 얹고. 자꾸 감기는 눈을 어쩌지 못 하고 가방에 얼굴을 박고 까마득히 잠으로 빠지는 건지 의식을 잃는 건지 아득해지는 순간, 눈을 치켜뜨고 머리를 흔들며 둘레를 살폈어. 어디서 하수구 시궁창 냄새가 나. 내가 앉은 자리가 배수구야.

"아, 이게 뭐야. 하필이면 여기에……."

말이 안 나와. 내가 하는 말과 내 귀에 들리는 말이 달라. 내가 술에 취해도 완전히 취했다는 걸 깨달았어. 게다가 이번 주 일요일인 사흘 뒤가 검정고시라는 사실과 오늘 학원에서 있었던 일이 떠오르면서 정신이 번쩍 들고 등골이 오싹해졌어. 도저히 걸을 수가 없어서 창피한 걸 무릅쓰고 고개를 가방에 박은 채 얼마 동안 그러고 있었어. 얼마를 그러고 있었을까 속이 좀 가라앉더라고. 천천히 일어서서 늘 다니던 길 말고 사람이 적게 다니는 뒷길로 해서 집으로 갔어.

"오늘 늦었구나."

엄마는 슬쩍 내 얼굴을 쳐다봤어.

"고단해 보인다. 가방 이리 주고 수돗가에 가서 닦고 들어와라. 엄마가 몸에 좋은 거 해 놨으니께."

"뭔데요?"

"요기 요 앞 언덕 아래에 연립주택에 사는 내 동무가 있잖냐. 나랑 동갑인 인삼 장사 아줌마. 그 양반이 너 시험 잘 보라고 인삼을 갖고 오셨어. 돈을 줘도 안 받더라. 너 이뻐서 주는 거라고 찹쌀하고 대추까지 갖고 오지 않았냐. 인삼이랑 대추 넣고 푹 끓이다 찹쌀 넣어 죽 끓여 먹이라더라. 밥 대신 먹이라는 거여. 밥 삼아 먹으면 금방 원기가 돈다고."

엄마는 인삼찹쌀죽을 먹는 나를 물끄러미 바라보더니 내 등을 쓰다듬어 주셨어.

"장하다, 우리 아들. 등을 보니 니 아버지보다 더 든든허다. 장가 가도 쓰겄어. 먹고 푹 자. 엄마는 고단해서 먼저 잘란다."

시험 보는 날까지 저녁마다 엄마는 인삼찹쌀죽을 주셨어. 그 힘으로 나는 창덕여고에서 검정고시를 잘 치렀고 합격했지.

마침내 고등학교를 졸업한 거야. 졸업식은 안철 선생님의 노래와 친구들과 마신 포장마차 소주로 대신했어.

대학입시에서 떨어지고

"검정고시 합격한 게 오월. 겨우 반년 준비해서 대학에 도전? 시간이 너무 짧아."

"십팔 개월 만에 중고등학교 과정을 마쳤고 다른 아이들처럼 학교 다녔다면 지금 고등학교 3학년. 서둘 거 없어. 학원에 다니기는 다니되 올해는 친구들도 만나고 그러면서 지내. 그러고는 내년에 시험을 봐라. 사람이 지친다, 너도 힘들다고. 책도 좀 읽고 올해는 조금 쉬어. "

"올해 이과를 갈지 문과를 갈지 결정해. 과까지 결정하면 좋지만 그건 내년에 해도 된다. 공부하다 보면 마음이 바뀔 거야. 심지어는 대학 다니다가 바꾸기도 해. 그래도 안 늦어. 대입 준비하며 이 사람 저 사람 만나다 보면 뭔가 보일 거다."

"올해는 이런저런 생각할 거 없이 일단 중하위권 학원에 다니면서 공부해. 그러고는 대학입시 끝나자마자 네 실력에 맞는 학원에 들어가라. 남들보다 재수를 일찍 시작하는 거지."

검정고시 합격하고 나니 그다음은 대학이야. 하지만 어떻게 준비해야 하는지 아는 게 있어야지. 검정고시 학원 선생님과 대학입시 학원 상담실에 찾아가 상담하며 여러 이야기를 들어 봤어. 그렇게 대입 상담을 받으며 시간을 보내던 오월 중순 무렵, 버스를 타고 집으로 가다 삼각지를 지나는데 용산청과물도매시장이 눈에 들어왔어.

그냥 내렸지. 손수레 끌고 채소 장사 할 때 나를 믿고 물건을 대주던 청과물도매시장 중매인 아저씨가 보고 싶어서. 아저씨한테 고맙다는 말씀도 드리고 그때 사 주던 삼계탕도 얻어먹고 싶어. 무엇보다 이제 중고등학교를 검정고시로 합격하고 대학입시를 준비한다는 말씀을 드리고 싶었어.

지하도를 지나니 넓은 채소시장 광장이 나왔어. 중학교 3학년 무렵 혼자 몇 달째 이불 속에서 무기력증에 빠져 있다가 갑자기 자전거를 타고 찾아온 용산시장이었지. 그때 이 넓은 시장에서 수많은 사람들이 활기차게 일하는 걸 보고 나는 무기력증에서 벗어나 장사를 하기로 마음먹었어. 아무것도 모르는 어린 내게 장사하는 방법을 가르쳐 주고 물건까지 트럭으로 대 주던 아저씨가 보고 싶어 발걸음을 서둘렀어.

새벽 같았으면 트럭과 사람이 뒤엉켜 난리도 아니었을 텐데 오후라 그런지 팔다 남은 채소가 군데군데 쌓였고 바닥에는 채소가 짓이겨져 질척거려. 저 멀리 아저씨 가게가 보여. 가슴이 막 뛰네. '아저씨는 어떻게 바뀌었을까? 뭐라고 말을 시작하지?' 기대와 설레는 마음으로 다가가는데 다가갈수록 가게 간판이나 물건 정리 되어 있는 분위기가 뭔가 달라.

가게 안으로 성큼 들어서지 못하고 안을 기웃거리는데 아저씨는 안 보이고 훨씬 나이가 들어 보이는 분이 내게 다가왔어.

"찾는 물건 있어요?"

"아니, 그게 아니고요. 죄송한데요, 사장님 뵈러 왔는데……."

"내가 이 가게 주인인데, 가게를 잘못 찾아온 거 아니에요?"

"가게는 틀림없어요."

"아! 지난번 사장 말하는구먼. 그 양반 가게 넘기고 다른 데로 갔어요. 여기서 돈 많이 벌었지. 가게를 몇 개 사서 판을 크게 벌인다고 하더라고."

"어디로 갔는지 아세요? 꼭 뵙고 싶은데. 연락처라도……."

"몰라. 그 양반한테서 넘겨받은 사람한테 다시 산 거라."

더 물어볼 틈도 안 주고 안으로 들어가 버려.

'진작 찾아와 뵐걸.'

맨날 이 앞을 지나다니면서 한 번도 찾아오지 않은 게 후회되었지만 어쩌. 그 넓은 용산시장을 몇 바퀴 돌며 아저씨를 찾아봤지만 허탕 치고 말았어.

'이렇게 아저씨를 영영 못 만나나?'

지친 몸으로 터덜터덜 걸어 굴다리를 벗어나 몇 걸음이나 걸었을까, 왼쪽에 '대학입시 전문 삼영학원'이라는 간판이 눈에 들어와. 장사할 때는 있는지도 몰랐는데 여기에 학원이 있다니. 이 길을 한두 번 다닌 것도 아니고 여기에 이런 건물이 있다는 것도 모르고 살았다는 게 너무 놀랍고 신기해. 눈에 안 들어오던 게 갑자기 내 눈에 들어온 거야. 그 순간 '여기 이 학원이 나랑 인연인가 보다' 하고는 그날 바로 등록했어. 아무 생각 없이 그냥 마음이 끌렸어.

그렇게 대학입시 학원에 다니기 시작했어. 그런데 검정고시할 때와 달리 영어와 수학이 너무 어려워. 영어는 모르는 단어가 너무 많아. 검정고시는 시험문제가 교과서에서 벗어나지 않는데 대학입시는 〈타임즈(Times)〉 같은 외국 신문이나 문학작품, 여기저기에서 나와. 더구나 본고사 문제는 풀어 볼 마음조차 못 먹겠더라고. 수학? 그건 더 해. 검정고시는 교과서 기본 원리만 알면 풀 수 있는데 대입은 그게 아니야. 차원이 달라.

눈앞이 캄캄해. 몸부림치며 외우고 또 외워 봤지만 외운다고 되는 게 아니더라. 점점 머리가 뒤죽박죽이야. 거대한 콘크리트 벽 앞에 선 느낌이 들면서 온몸에서 힘이 빠져나갔어. 검정고시 준비할 때는 선생님들이 설명하면 머리에 쏙쏙 들어오고 어려워도 찾아보고 풀어 보면 곧 이해되었는데 이제 아냐. 재미가 없어.

나는 우리 반에서 가장 공부 못하는 놈이 되고 말았다는, 어쩌면 그동안 내가 한 공부는 다 가짜 공부였다는 생각까지 드는 거야. 그냥 중고등학교 졸업이라도 시켜 주려고 정부에서 쉽게 풀도록 난이도 조절을 해 둔 게 검정고시라는 생각이 들어. 좁은 우물 속에서 갇혀 살면서 거기가 세상의 전부인 것으로 착각하며 행복하고 즐겁게 공부했다는 생각에까지 이르자 공부에 대한 기대가 서서히 무너졌어. 그래도 지금 와서 어떻게 되돌아가. 힘들게 시작한 공부를 여기서 포기한다는 건 도저히 받아들일 수가 없어.

학원에 다니는 동안 그 누구와도 말을 섞지 않았어. 선생님들도 검정고시 학원하고 너무 달라. 그냥 시험 준비만 시켜 주고는 아무에게도 관심이 없어. 선생님들은 그냥 수업 마치면 아이들과 이야기도 나누지 않고 바로 교실 밖으로 나가더라고.

아이들도 검정고시 학원 아이들하고 달라. 강의 중에 드나드는 건 기본이야. 옷도 잘 입고 먹는 것도 얼마나 잘 사 먹는지 나는 그 아이들에게 말도 못 붙이겠어. 다 부잣집 아이들인가 봐. 난 잘 해야 라면이고 그것도 먹을까 말까 몇 번을 망설이다 먹는데 이 애들은 그게 아니야. 술집에도 가고, 찻집에도 가고, 영화도 보고, 공부에는 별 관심이 없는 것 같았어. 토요일이면 여행 갈 준비를 하고 오지를 않나, 연극이나 음악회 티켓을 들고 와서 끼리끼리 모여 가는데, 고등학교로 엮이고 중학교로 엮이고 나만 외톨이야.

공부가 재미없어도, 학원 아이들과 내가 살아가는 문화가 달라도, 선생님들과 말 한마디 섞어 보지 못해도, 시간은 사정없이 흘러 겨울바람이 불면서 입시철이 되었지.

용산고등학교에서 예비고사를 치렀는데 평소 모의고사 점수만큼 나왔어. 경희대학교 무역학과에 지원했지. 다른 대학에 복수로 지원할 수 있었지만 별 고민 없이 경희대학교 딱 한 군데에만 원서를 넣었어.

"아들, 원서를 몇 군데 더 넣어 보지 그러냐."

"엄마! 올해는 아무래도 대학 가는 게 어려울 것 같아요. 올해는 그냥 연습 삼아 해 보려고요."

"그려, 그려. 니가 오죽 알아서 하겄냐."

내일이 면접시험 보러 가는 날이야. 학원에서 공부를 마치고 집에 오니 수돗가 화덕 위에 걸려 있는 큰 솥에서 김이 무럭무럭 올라오는 게 잔치 준비하는 거 같아.

"어서 오너라."

"엄마, 뭐 맛있는 거 해요?"

"아버지가 소 내장을 사 오셨다. 아는 분이 평택에서 도살장을 하는데 너 내일 시험 본다고 싱싱한 놈으로 부탁해 놨지 뭐여. 어여 들어가. 사골국 맛있게 끓여 놨다."

아버지가 큰 접시에 싱싱한 천엽과 간을 가져왔어.

"참기름에 찍어서 먹어라. 곧 사골국 들여올 거다."

순간 나는 부모님께 죄송한 마음이 들었어. 내일 시험을 보러 가기는 하지만 대학을 대충 골라 원서 접수한 게 마음에 걸려. 그냥 장사를 해 보고 싶어서, 돈을 벌어야겠다는 생각이 들어서, 무역학과에 넣은 것뿐이야. 나처럼 마음 끌리는 대로 대충 과를 고르는 놈도 있나 싶어. 인생을 준비 없이 대충대충 막 산다는 생각이 들어 어머니 아버지한테 죄책감이 드네. 그런데 부모님은 성의 없이 대충 대학원서를 넣은 아들 먹이겠다고 이 고생을 하시니…….

"아버지께 소주 한잔 따라 드려라. 너 챙겨 준다고 오래전부터 연락해 놓고 오늘 새벽에 내려가서 가져오신 거여."

아버지는 소주잔을 내게 내밀었어.

"너도 한잔해."

"내일 시험인데……."

"면접인데 그냥 한잔하고 푹 자라. 배짱이 있어야지. 자신감 갖고 해. 오냐, 해 볼라면 해 봐라, 비바람 불어 봐라, 내가 꿈쩍하나. 이런 배짱 말이여."

아버지하고 둘이 술자리에 앉아 본 기억이 없어 어색한 걸 참고 두 손으로 따라 드렸지.

"받아. 이제 너도 술 마시고도 남는 나이다. 애썼다. 네가 내일 합격해도 좋고 안 돼도 걱정 안 해. 넌 뭐든지 해서 살아갈 놈인 거 안다."

아버지는 다른 때와 달리 허리를 꼿꼿이 한 다음 잔을 들어 내 잔에 부딪치셨어.

"아들, 수고했다. 그리고 고맙다."

나는 대답 없이 고개를 돌리고 소주를 한입에 털어 넣었어.

"아버지, 고맙다는 말씀 하지 마세요. 난 싫어요. 아버지가 왜 고마워요. 제가 고맙지. 난 엄마 아버지가 더 당당하면 좋겠어요."

순간 아버지 얼굴이 굳어졌어.

"그래, 미안하다. 아버지가 못나서……."

아버지 말을 듣는데 왜 내 안에서 화가 올라오지? 아버지한테 거칠게 말하는 내게 화가 나는 것 같기도 하고 자식에게 당당하게 큰소리치지 못하는 아버지가 싫어서 그러는 것 같기도 해.

"이거 먹어 봐라. 조금 덜 끓은 거 같기는 한데 우선 소금이랑 후추 넣고 먹어. 밥 여기 있다."

엄마는 아버지와 내 이야기를 끊고 들어왔어.

"애아버지, 새벽 기차 타고 내려가 가져 오느라 애쓰셨수. 이것도 좀 드시고."

천장을 바라보던 아버지 얼굴이 풀어졌어.

"잔 비워요, 한잔 따라 드릴게. 아들도."

잘 먹고 밥상을 정리하는데 엄마가 불렀어.

"이리 와서 설거지 좀 같이하자."

엄마가 그릇을 닦는 동안 나는 큰 솥을 수세미로 박박 문질렀어. 아버지는 마당을 깨끗하게 정리했어. 그러고 보니 집 안이 깨끗해. 자식들 시험을 앞두고 집을 깨끗이 치운 거야. 차분하고 안정된 집에서 잠을 자고 가야 편안한 상태에서 마음껏 시험을 볼 수 있다고. 깔끔하게 정리된 집을 보니 나도 기분이 좋아졌어. 설거지를 하고 나니 마음이 좀 편안해지네.

"아버지, 몇 시 기차 타고 다녀오셨어요?"

"응? 새벽 다섯 시 조금 안 돼 나간 거 같다."

"고마워요, 아버지. 저 때문에 일부러."

"아니다, 맨날 일하러 나가는 시간인데. 우리 아들 어렵게 중학교 고등학교 과정 마치고 보는 시험이니 좋은 고기 달라고 내가 특별히 부탁했지. 니가 맛있게 먹으니 좋다."

"아는 분이에요?"

"내가 장호원, 안중, 천안, 성환 여기저기 돌아다니며 소 장사 할 때 그 사람 뒤를 좀 봐줬다. 처자식이 굶어 죽게 생겨 날 찾아왔더라고. 뭐든지 시키는 일은 다 하겠다고 하는데 인상이 참 좋더라. 그래서 도살장에서 기술 배우게 해 줬지. 그러다가 인연이 돼서 평택에 도살장을 차리게 됐고 내가 소 돼지를 대 줬지. 지금은 돈 잘 벌어. 내가 가면 '형님, 형님' 혀."

아버지 목소리가 밝아졌어. 잠자리에 드니 이불이 보송보송해. 어머니가 여러 날 전부터 솜 틀고 풀 먹인 홑청으로 이불을 까슬까슬하게 해 놓으셨네. 눈물이 나와. 난 시험 준비도 제대로 못 했는데 어머니 아버지는 이렇게 챙겨 주고. 그런데도 말마다 아버지 마음에 못질이나 해대 난 참 못된 놈이라는 생각이 들었어. 순간 가슴 저리게 후회가 돼. 좀 더 신중하게 대학을 선택할 걸 하고……. 가슴이 아리고 아픈 걸 달래며 늦게까지 뒤척이다 잠깐 잠들었나 싶었는데 일어날 시간이야.

어제 끓여 놓은 사골국에 아침밥을 든든하게 먹고 휘경동 경희대로 갔어. 일찍 도착해서 여기저기 돌아다니며 학교 구경을 했지. 건물도 운동장도 크고 넓은 게 이런 데 와서 공부하면 좋겠다는 생각이 들어. 내가 다니던 검정고시 학원과 비교도 안 돼. 게시판에 보니 누가 회계사에 합격하고 사법고시에 합격했다고 써 붙인 게 보여. 돌아다니는 학생들을 보니 다들 멋있네.

'여기는 부잣집 애들도 다닐 거 아냐. 탤런트도 있고 영화배우도 있고 유명한 사람들 자식도 다니겠지. 나처럼 가난한 집 애들도 있고……. 그런 애들은 군복 같은 허름한 옷 입고 도서관에서 얼굴이 허옇게 되도록 공부해서 사법고시, 행정고시, 외무고시 뭐 이런 거 붙고 그럴 거야. 나는? 나는 무역을 하는 거지. 외국에 드나들면서. 그것도 좋겠다. 그런데 외국어는? 하면 되지. 그런데 돌아다니는 학생들은 모두 나보다 잘나고 똑똑해 보이고 부잣집 자식들 같아. 나는 죽어라 공부해서 성공하는 수밖에 없겠어. 그래야 살지.'

시계를 보니 들어가야겠어. 수험표를 가슴에 달고 대기실에서 기다렸어. 들리는 말에 면접은 그냥 형식이라는 거야. 이미 점수에서 합격, 불합격은 결정 난 거고 아주 심각하게 문제가 없는 한 결정되어 있다는 거지. 나는 합격일까 불합격일까?

그때 내 수험번호를 불렀어. 별 기대가 없다고 하면서 막상 날 부르니 떨리고 긴장되네. 면접관 세 분이 앉아서 원서를 넘기며 나를 비스듬히 쳐다봐. 순간 바싹 긴장되면서 눈앞이 아득해져.

"무역에 관심이 많아요? 과가 많은데 왜 무역이지요?"

"아, 네. 저는 검정고시를 했습니다. 학교를 못 다니고 용산시장에서 채소를 받아다 장사를 했어요."

"그러니까 채소 장사를? 어떻게? 몇 살 때?"

"네, 중학교 3학년 나이 때 수레를 끌고 했어요. 떡장수도 해 보고 생선 장사도 해 봤어요. 어머니랑 비누도 팔아 보고……."

"그래요?"

"그래서 장사해 본 경험을 살려서 나라와 나라 사이의……."

"됐어요, 알겠어요. 채소 장사 해 본 경험을 살려 무역을 하겠다 이거지? 채소 장사와 무역이라……."

면접관이 잠시 나를 훑어보고는 다시 말을 이어 갔어.

"그런데 다른 대학에도 무역학과가 많은데 하필이면 왜 우리 학교에 왔지요?"

'됐어요' 하는 말투와 그 무시하는 표정에서 자존심이 상하고 화가 확 치밀었어.

'지가 배우면 얼마나 배웠다고 나를 무시해!'

"다른 대학도 많은데 왜 경희대에 왔냐고 물었는데요?"

"네, 점수가 경희대에 맞아서요."

어이없다는 듯 날 물끄러미 쳐다보며 말했어.

"점수에 맞춰서 왔다? 공부 더 해서 서울대 가요. 다음 분!"

나오면서 '아차' 싶어. 말실수를 하고 말았다는 걸 알았지만 어째? 이미 쏟아진 물이고 튀어나온 말인걸.

그렇게 면접을 마쳤어. 속이 아리고 아프고 서럽기까지 하지만 어쩌겠어. 집으로 오는 길에 곧바로 재수 학원을 알아보기로 마음먹었어. 다음 날부터 아직 입시철이 끝나지도 않았는데 나에게 맞는 재수 학원을 알아보며 돌아다니는데 나처럼 빨리 재수를 준비하는 애들은 드물더라.

"내일이 합격자 발표하는 날인데 엄마가 발표장에 가 볼까?"

"엄마, 갈 필요 없어요. 떨어졌어요. 느낌이 있어요. 그냥 바로 재수할게요."

말은 그렇게 해 놓고 합격자 발표장에 갔지. 내 번호는 없었어. 떨어질 걸 알고 있었지만 기분이 안 좋아. 나와 사는 게 비슷한 환경에서 살아온 아이들 말고 차원이 다르게 잘사는 집 자식, 유명한 집 자식들과도 어울려 보면서 살고 싶었는데 그걸 못 해 보는 게 섭섭하고 안타까웠어. 그런 아이들은 어떤 생각을 하고 어떻게 지내는지 궁금했는데…….

집에 오니 아버지, 어머니는 결과를 물어보지 않았어. 내 얼굴이 그 결과를 말하고 있으니까. 세수를 하고 방에 들어와 옷을 갈아입는데 엄마가 쟁반에 뭘 담아서 갖고 들어왔어.

"이리 와라. 엄마가 한잔 주마."

엄마는 어제 아버지가 사 온 돼지머리고기를 먹기 좋게 썰고 후춧가루 뿌린 소금도 같이 가져왔어. 막걸리 주전자도 같이.

"애썼다."

엄마는 큰 대접에 막걸리를 콸콸 따라 줬어.

"시원하게 한잔혀. 그동안 고생했다."

"죄송해요, 엄마. 내년에 다시 해 볼게요."

말하는데 느닷없이 목구멍으로 울컥하고 울음이 올라와.

"이놈아, 미안하다니 그게 무슨 말이여. 여기까지 온 게 기적이라고 다들 그래. 그런디 난 그리 안 봐. 기적이라니. 공장 다니고 농사짓고 장사하고, 그게 더 어려운 공부다. 그 공부는 아무나 하는 게 아니야. 급하게 마음먹지 말고 천천히 혀. 니 뒷바라지 할 테니 걱정 말고. 알겄냐?"

"네, 저 자신 있어요. 할 수 있을 거 같아요."

"그럼. 올 한 해 보낸 게 헛것 아니여. 세상살이 고생치고 헛고생은 없다. 다 쓰일 데가 있는 거여. 자, 시원하게 쭉 마셔라."

엄마가 따라 주는 막걸리를 몇 대접 쭉 들이켜고 나니 면접 때 만난 교수가 자꾸 떠올라.

"엄마! 경희대학교 교수가 나를 무시하는 거예요. 내가 엄마랑 채소 장사 했다고 하니까 그게 무역하고 무슨 상관이 있냐는 거야. 나를 무시하는 투로 말하더라니까. 왜 하필이면 경희대학교냐고 하길래 점수에 맞춰서 오려니까 경희대학교에 왔다고 했어요. 그랬더니 뭐라고 하는지 알아요? 나 참 더러워서. 더 공부해서 서울대 가래요. 욱하고 성질이 나더라니까요. 그냥 참고 돌아서 나왔어요."

"그래, 우리 아들 배짱 좋다. 니가 아버지를 닮았다니께. 그려, 그려. 한잔 더 하고. 할 말은 혀야지. 사람은 말이여 그래야 혀. 니 아버지 한잔하면 맨날 니한테 하는 말 있지? 아랫배에 힘주고 딱 버티라고. 그려, 니 아버지 그 배짱으로 일본 놈들하고도 살았고 전쟁 통에서도 죽을 고비 넘기며 살아남은 거여. 암, 그래야 한다."

"교수는 곱게 살아서 뭘 몰라요. 채소 장사를 우습게 아는데 채소 장사나 무역이나 그게 그거 아니에요? 식구들 한 달 먹고 살 돈을 장사 밑천으로 한번 해 보라고 해요. 그게 얼마나 손발이 떨리고 어려운 건지."

"아들, 니 그때 많이 떨렸어?"

"그럼요, '못 팔면 어쩌나, 괜히 일을 벌였지' 하고 얼마나 조마조마했다고요. 첫날 받은 물건 다 팔고 집에 갈 때 온 세상을 다 얻은 거 같았어요. 뭐든지 다 할 수 있겠더라고요. 내가 그 장사를 어떻게 시작한 건데 그걸 무시해? 지가 교수면 다야? 그 인간은 책으로만 공부해 뭘 몰라요. 길거리 어디에다 수레를 세워야 장사가 잘 될지 고민해 봤냐고요. 그 대학 안 가길 잘 했어요."

"그래, 그 대학은 인연이 아닌 거여. 더 좋은 인연이 널 기다리고 있지. 암, 그러고말고."

"엄마, 그런데 미련이 좀 남기는 남아요. 더 참고 말을 부드럽게 할걸 하고 후회도 되다가 '그래도 자존심이 있지, 잘했다' 싶기도 하고 그래요. 죄송해요. 내년에는 꼭 갈게요."

"아녀, 그게 아닌 거여. 사람은 자존심이 있어야지. 니가 나를 닮았는가 보다. 내 성질이 그러지 않냐. 워낙 사는 게 어려우니께 친정엘 안 가. 친정에 가 본 지가 언제인지 모르겄다. 나도 잘 하는 건가 싶다가도 내가 구질구질하게 사는 거 친정 식구들이 알면 뭐 하겄냐 싶기도 하고. 너무 굽히고 살면 서글퍼. 배고픈데 마음마저 서글프면 뭔 힘으로 버티고 살어. 아들, 잘한 거여. 힘이 있어야 세상살이 헤치고 살지. 암."

"그래도 좀 아쉽기는 해요. 죄송해요, 엄마."

나는 대학에 떨어진 주제에 술에 취해 큰소리치면서 엄마 앞에서 재롱을 떨었어. 얼마나 마셨을까, 어느 순간 엄마 손을 잡고 '죄송해요'를 되뇌며 가물가물 잠에 빠져들었어. 풀 먹인 까슬까슬한 이불 속에서 내 얼굴을 쓰다듬는 엄마의 거친 손길을 느끼며 마음 편안하게 푹 잤어.

1980년 봄

"그러면 학원 등록은 언제 하실래요?"

"지금 하려고요."

"좋아요, 해 봅시다. 한두 달 빠른 게 얼마나 중요한 건지 알게 될 거예요."

새해가 되자마자 미리 마음에 뒀던 '대입전문 등용문학원' 상담실에 왔어. 아직 입시가 완전히 끝나지 않은 일월이라 재수반을 본격적으로 모집하는 학원은 많지 않아. 입시를 일찌감치 포기하고 재수하기로 한 아이들을 위해 학원마다 반을 모집하기는 하지만 한두 학급이나 될까. 오늘 찾아온 이 학원도 세 학급밖에 안 돼. 인원도 한 반에 스무 명 겨우 넘어. 보통은 삼월에 정식으로 학생을 모집하면 다시 학급을 짠다고 그러더라. 그때 시험을 봐서 비슷한 수준의 학생들로 이과 문과 나누어 편성한다고 하더군. 난 문과를 골랐어. 수학보다는 영어와 국어 점수가 높았거든. 검정고시 때도 늘 영어와 국어 점수보다 수학이 뒤로 밀리더라고.

지난해 다닌 학원은 나만 그렇게 느꼈는지 모르지만 문제가 많았어. 선생님들은 학생들에게 마음을 주지 않았고 학생들끼리도 콩가루처럼 서로 쳐다보지도 않고 관심도 없었어. 내가 검정고시 합격하고 중간에 들어가 그런지도 모르겠지만 그게 너무 힘들었거든.

이 학원은 학생 생활 관리를 아주 철저하게 한다는 거야. 고등학교처럼 학칙도 있고 어긋나면 처벌도 받고 날마다 조회도 하고. 공부하다 말 못 할 고민거리나 어려움이 생기면 담임선생님이 함께 풀어 가기도 한대. 그리고 무엇보다 지난해 입시를 실패한 가장 중요한 원인인 본고사를 잘 볼 수 있도록 지금부터 봐 줄 거라고 해. 이런 게 모두 마음에 들었어. 건물이 낡은 1층이라는 게 마음이 걸렸지만 크게 마음 쓰이지 않아. 깔끔한 현대식 신축 건물이더라도 선생님과 아이들 분위기가 안 좋으면 다 헛것이라는 걸 절실하게 깨달았거든.

세 학급 가운데 본고사 대비반으로 들어갔어. 올해 중순까지는 본고사를 중심으로 공부하고 중순 넘어서부터 다른 과목도 준비하는 계획으로 운영하는 반이야. 본고사 대비를 초보부터 하나씩 도와줄 거래. 검정고시 출신인 내가 네 개 가운데 정답 하나 맞추는 공부 습관에서 벗어나는 데 도움이 되겠더라. 다른 아이들이 학원에 본격적으로 오기 전 일이월 두 달 동안 본고사에 몰입하도록 하겠다는 거야. 이게 마음에 들어 상담하는 첫날 망설이지 않고 등록했지. 1호선 남영역과 미8군부대 사이에 있는 등용문학원.

집으로 돌아온 나는 내 책상에 있는 검정고시 책들을 정리해 상자에 넣었어. 중학교 과정 공부할 때 쓰던 공책, 선생님들이 준 참고서, 고등학교 과정 공부할 때 쓰던 모든 것을 다 끄집어내 정리했지.

'이제 난 입시생, 그것도 재수생이다. 이제 다시 시골로 돌아갈 수도 공장에 일하러 갈 수도 없다. 이미 떠난 길이고 되돌아갈 수도 없다. 여기 서울서 대학을 마치고 하고 싶은 일을 한다. 무엇을 할지는 아직 모르겠지만……. 농사도 짓고 싶다. 특히 돼지와 소를 키우는 농장을 하고 싶기도 하고, 장사도 하고 싶고 요리나 빵 굽는 것도 하고 싶다. 솔직히 모르겠다. '이거다!' 하고 또렷하게 들어오는 게 없어. 일단 죽었다 하고 공부하자. 선생님들이 자주 하는 말씀처럼 공부하다 보면 안 보이던 게 보일 테니.'

무엇보다 반 분위기가 너무 좋아. 자꾸 비교하게 되는데 지난해 학원과 달리 아침 수업 전에 담임선생님이 와서 출석을 확인하고, 누가 아픈지 우울해 보이는지 살피고 이야기도 몇 마디 나눈 다음 교무실로 가시는 거야. 다른 과목 선생님에게서 들었다면서 열심히 하는 아이들 이름을 부르며 칭찬도 해 줘.

그렇게 즐겁게 공부에 몰두하던 어느 날 역사 수업 시간이었어.

"이 사진이 뭐지?"

"쌀인데요. 쌀을 들고 있는 손!"

"뒤에 잘 안 보이지? 내가 들고 한 바퀴 도마. 그래, 맞다. 쌀을 들고 있는 손이다."

역사 선생님이 내 쪽으로 가까이 오는데 어디선가 본 사진이야. 아, 맞다, 맞아. 정독도서관에서 공부하다 힘들거나 잠이 오면 들어가던 인문사회관에서 본 〈뿌리 깊은 나무〉라는 잡지 표지였어.

내 마음에 강한 느낌, '뭐 저런 것도 사진이 되나?' 하면서도 뭉클한 느낌을 줘서 그 뒤로는 〈뿌리 깊은 나무〉를 틈날 때마다 봤지. 거기에는 내가 살던 시골집이나 동네에서 본 게 수두룩해. 고무래, 아궁이, 굴뚝, 만신, 산신당, 신줏단지, 산신령 같은 사진이나 민화가 많았어. 다른 잡지에는 예쁘고 잘생긴 연예인, 유명하거나 높은 사람, 으리으리한 집, 외국 음식을 파는 유명한 식당 뭐 그런 게 가득한데 이 잡지에 담긴 사진과 이야기는 내게 익숙한 거야. 무엇보다도 쉬운 우리말로 써 있어서 알아듣기 쉬워 자주 보던 그 잡지 표지네.

역사 선생님은 잡지를 들고 책상 사이를 돌았어. 날마다 내 주변에서 흔하게 보는 거친 손이야. 시골에서 농사지을 때 본 동네 사람들 손이 다 저렇고, 공사장에서 일하는 아버지 손이고 나를 키워준 엄마 손이야. 조금 더 늙어 쭈글쭈글할 뿐 그 손과 다를 게 없어. 그런 손 사진이 담긴 표지를 보여 주는 선생님의 속마음을 알듯 말듯 하면서도 나는 수업 속으로 빨려들어 갔어.

"저 사진작가가 하고 싶은 말이 뭘까?"

"밥을 안 먹으면 죽는다는 겁니다. 누구나 먹어야 사는데 그래서 쌀을 목숨처럼 소중하게 여기자는 말을 하고 있습니다. 저는 할머니랑 사는데 우리 할머니는 밥그릇에 밥풀을 남기거나 흘리면 무섭게 야단쳐요."

"손을 강조한 것 같습니다. 손을 움직여야 농사를 짓고 그래야 밥을 먹지 않습니까."

"시골 할아버지 할머니 손이 생각납니다."

선생님은 교탁 아래에서 또 한 권의 〈뿌리 깊은 나무〉를 꺼내더니 표지를 보여 줬어. 수건으로 머리를 감싼 할머니가 지푸라기 새끼를 들고 웃는 사진이야.

"어떠냐? 이 사진은?"

저 사진도 도서관에서 본 거야. 내가 손을 들었지.

"저는 시골에서 저런 할머니 할아버지를 맨날 보면서 살았습니다. 저 손은 새끼 꼬느라 까맣게 된 손입니다."

"그래, 맞다. 일하느라 까맣게 때 타고 굳은살 박이고 손가락 마디마디가 나무뿌리 같다. 저 손이 있어서 우리는 먹고 자고 목숨 부지하며 산다. 앞서 말한 것처럼 저 손의 주인공은 멀리 있지 않다. 시골에서 농사짓는 어머니 아버지 손이고 너희들 부모님 손이다. 저 손이 우리를 키우고 먹이고 살게 해 주는 거다."

남학생만 모여서 늘 수업 태도가 별로인 우리 반인데 오늘 이 순간만은 조용해. 숨도 안 쉬는 것처럼.

"이집트 피라미드 알지? 경복궁 남대문도 알고? 한글 누가 만들었지?"

아무도 아는 척 안 해. 세종대왕인 거야 누구나 다 아는데 그걸 물어봤을 리 없어.

"그래, 옛날에는 세종대왕이라고 가르쳤어. 지금도 그래. 그런데 정말로 그럴까? 어떻게 왕이 직접 그 고단하고 힘든 일을 했을까? 집현전 학자들과 그 밖에 많은 사람들이 함께 만든 거다. 세종대왕이 그걸 만들도록 뒷받침해 주고 밀어 준 거 중요하지. 왕이 막으면 못 하니까. 그래서 세종대왕 이야기를 한다."

선생님은 다시 책상 사이를 돌면서 말을 해.

"지금까지 우리 역사는 왕조 중심 역사였다. 한국사를 배울 때도, 세계사를 배울 때도 그랬어. 그런데 조금만 더 생각해 보면 저 쌀을 들고 있는 사람, 새끼를 꼬는 사람들 손이 없으면 먹고 사는 게 불가능하다. 피라미드고 경복궁이고 뭐고 다 소용없어. 먹는 것부터 잠자고 입는 걸 누가 만드냐 이거지. 그래서 역사에서 주인공은 왕과 귀족, 사회 상류층이 아니고 일하는 사람들이 주인공이고 주인공으로 대접받아야 한다."

선생님은 교탁 앞으로 가더니 역사책을 펼치면서 흘리듯 말을 던졌어.

"이제 공부를 시작해 볼까. 참, 지난해 박정희 대통령 세상 뜬 거 알지? 그때 많은 사람들이 박 대통령이 돌아가셨다고 나라가 망한다고 울고불고들 난리였잖아? 지금 어때? 나라가 망했어? 아니거든. 그런 의미에서 역사학에서는 왕조나 권력 있는 사람 중심의 역사에서 백성, 요즘 말로 하면 국민, 민중, 인민들에게로 중심이 옮겨지고 있어. 그런 마음 갖고 역사 공부하면 좋겠다. 지난 시간에 삼국시대까지 했지? 이제 고려시대 할 차례네."

나도 그때 '박정희 대통령 서거'라는 뉴스를 텔레비전에서 보면서 이제 우리나라는 망했다고 생각했어. 지난해 10월 26일 이후 모든 방송이 클래식만 트는 거야. 그러면서 '박정희 대통령 서거'라는 뉴스만 나왔어. 나중에 보니 클래식이 그냥 클래식이 아니고 서양에서 장례식 때 많이 연주하는 장송곡이었어. 그때 나는 누나랑 텔레비전을 보면서 막 싸웠거든. 나는 박 대통령이 돌아가셔서 큰일 났다고 했어. 이제 북한에서 쳐들어오고 공장이니 뭐니 다 망하게 생겼다고 누가 박 대통령 각하를 죽였냐고 나쁜 놈이라고 흥분했어.

그런데 누나는 다르게 말하더라. 오히려 박정희가 나쁜 사람이라고. 죄 없는 사람들을 억울하게 잡아다 감옥에 잡아넣고 때리고 고문하고 심지어 간첩죄를 뒤집어씌워서 사형도 시켰다는 거야. 부정을 저질러서 국민들 세금을 도둑질하고, 재벌들하고 짜고서 정치자금을 만들어 죽을 때까지 독재정권을 연장하려고 헌법도 마음대로 바꿨다고 열변을 토하는 거야. 그러면서 반대하는 사람들을 마구 가두고 죽이고 고문하고 그랬다면서 막 화를 내는 거 있지. 이 말을 듣고 나는 누나한테 대들었어. 거짓말이라고.

그런데 주변에 공부 좀 했다는 사람은 다 하나같이 누나랑 같은 말을 해. 정독도서관에서 공부하다가 쉬는 시간에 공원 벤치에 가면 사람들이 정치 이야기를 할 때가 많은데 거기서도 박정희 때문에 우리나라 민주주의가 엉망이 되었다는 거야. 남북한 문제도 그렇고. 박정희가 죽었으니 이제 우리나라 민주주의와 정치가 제대로 될 거라면서 내가 잘 못 알아들을 말을 하고 토론하는 모습을 자주 봤지. 그런 이야기를 귀동냥으로 듣다가 공부 시간을 날리기도 했어.

수업을 마치고 화장실에 가려는데 대진이랑 신석이도 같이 나왔어. 학원 남자들 오줌 누는 화장실은 울타리에 잇대어 지었는데 오줌 누다 보면 자연스럽게 울타리 밖 골목길이 눈에 들어와. 신석이가 턱으로 밖을 가리켰어.

"저기 봐, 저기!"

"뭘 보라는 거냐?"

거기에는 서울역과 삼각지를 오가는 큰 도로에서 들어온 검은 승용차 한 대가 천천히, 아주 천천히 움직이는 거 말고는 없어.

"잘 봐. 저 승용차 유리 봐. 자동차 유리를 보라고."

신석이 말을 듣고 차 유리를 보니 유리가 검정색이야. 안이 하나도 안 보여.

"유리가 까매서 아무것도 안 보여. 운전하는 데서는 보이겠지?"

오줌 누고 나오면서 대진이가 말했어.

"가끔 보면 저렇게 승용차랑 지프차가 들어가. 어떤 때는 안이 들여다보이는 차도 있는데 분위기가 좀 이상해. 무섭게 생긴 남자가 뒷자리 양쪽 옆에 앉고 가운데 사람은 겁에 질려 보여."

그 말을 듣던 신석이가 우리한테 화장실 밖 구석으로 오라고 손짓을 했어. 손가락을 입술에 가져다 대면서 조용히 하고 오라는 거지. 시키는 대로 다시 화장실로 가서 머리를 살짝 빼고 담 너머를 살폈어.

"내 말 잘 들어 봐. 저기 우리 학원 뒤쪽에 있는 검은색 벽돌집 보이지? 저게 뭔지 아냐?"

"글쎄, 무슨 건물을 저렇게 지었나 생각은 했어. 사람 사는 집은 해 잘 들어오라고 창문을 넓게 하잖아. 그런데 저 건물 창문은 사람 머리 하나 드나들 수 있을까 싶게 작고 이상해."

"맞아, 저기 저 건물은 정보부나 경찰 대공분실 같은 무시무시한 데래."

"그래? 그러면 감옥?"

"이런 순진한 놈. 야! 무슨 감옥을 저렇게 짓냐? 아까 드나드는 자동차 봤잖아? 저렇게 자동차로 끌려 들어가면 들어갈 때는 걸어서 들어가도 나올 때는 제 발로 못 걸어 나온대."

"왜? 죄지은 사람 데려가는 거야?"

"아이고, 세상 흘러가는 데 관심 좀 가져라. 이렇게 무식한 놈을 봤나."

"인마, 니가 나 무식한 데 뭐 보태 줬냐! 말하는 싸가지하고는."

"미안, 미안. 너 사회 시간에 배운 거 떠올려 봐. 사람이 죄지었다고 마구 체포 구금하면 불법이다. 법률 위반이고 헌법 정신에 어긋나. 법원에서 발부한 구속영장이 있어야 해. 집을 뒤지려면 수색영장이 있어야 하고……. 마음대로 하면 법 위반이야."

잘난 척하며 입이 마르게 말하는 신석이 이야기를 듣던 대진이가 끼어들었어.

"야! 그게 말이 되냐? 요즘 맨날 길거리 지나가다 보면 일주일에 몇 번은 검문검색 하는데. 저번에 어떤 대학생은 왜 가방을 마음대로 뒤지냐고 대들다 검문하던 경찰한테 얻어맞는 거 봤다. 곤봉으로 맞고 군홧발로 짓밟히고, 피가 나는데도 그냥 질질 끌고 가서는 더 때려. 난 무서워 보기만 했어. 나이 든 사람 몇이 가서 막 따지고 소리 지르고 해서 병원에 데리고 가는 거 여러 번 봤다니까. 그것도 법 위반한 거네."

"그래, 너 헌법 배울 때 봤지? 신체의 자유? 아무리 경찰이라고 해도 법에 의하지 않고는 우리를 체포 구금하는 건 위법이야. 더구나 때려? 이 개자식들! 다 처벌감이야. 파면하고 감방에 처넣어야 한다고."

내가 말을 끊었어.

"딴 이야기 그만하고 아까 말하던 거 해 봐. 승용차에 끌려 들어가서 뭘 어떻게 하길래 자기 발로 못 나와?"

신석이가 입이 마르는지 입술에 침을 바르고는 한 걸음 더 가까이 다가와 말을 이어갔어.

"우리 형이 그러는데 저기는 경찰에서 관리하는 대공분실이 틀림없대. 정보부도 간섭하는 것 같기는 하대. 저기 끌려가면 그냥 마구잡이로 고문을 한다는 거야. 일제강점기 때 하던 고문. 고춧가루 고문, 물고문, 전기로 지지기, 마구 때리기 같은 별 미친 짓을 다 한대. 그래서 형이 알던 선배들도 여럿이 끌려갔는데 죽었는지 살았는지 모르는 사람들이 많다는 거야. 똑똑하고 멀쩡하던 사람이 저기 한 번 들어갔다 나온 뒤로 어리버리가 되어서 부모도 잘 못 알아보고 그런대. 저기 무서운 데야."

"야, 신석아! 그러면 저기는 정부에 반대하는 사람들을 잡아가는 데네. 반정부 데모하는 학생, 교수 뭐 이런 사람들……. 못된 놈들이 착한 사람 잡는 데네."

그 뒤로 화장실에 갈 때마다 유심히 골목 안을 살폈지.

하루는 우리 셋이 수업 마치고 떠들면서 길을 잘 몰라서 들어선 사람처럼 모른 척하고 그 길로 걸어갔어. 그런데 정말로 영화에서나 보는 경호원처럼 생긴 사람들이 간이초소를 눈에 띄지 않는 담 구석에 만들어 놓고 모여 있더라. 우리가 걸어가는 동안에 차가 들어왔어. 초소에 있던 사람들 가운데 한 사람이 턱으로 차를 가리키자 세 명이 우르르 뛰어서 차로 가더니 한 명은 차 앞을 막고 서서 차 안을 뚫어져라 쳐다보고 두 명은 차 좌우로 딱 붙어. 가볍게 경례를 하더니 안을 쓱 훑어보고 신분증을 확인해. 그러고는 무전기에다 대고 뭐라고 하는데 목소리를 작게 해서 우리들은 못 알아들었어. 그런 다음 곧바로 문이 열려.

"지이이잉."

문이 열렸을 때 살짝 봤는데 안에는 잔디밭이 있더라고. 차가 들어가자마자 곧 닫혔어.

간이초소에 모인 사람들에게서 날카롭고 권위적인 기운이 느껴졌어. 지나가는 우리보고 뭐라고 하지는 않았는데, 기분이 안 좋아 다시는 가고 싶지 않아. 우리 셋을 매서운 눈으로 눈여겨보며 표정이나 몸짓 하나도 놓치지 않는다는 게 느껴져. 여차하면 다가와서 검문이라도 할 태세야. 이 골목이 남영역 가는 지름길인데도 사람들이 아무도 지나다니지 않는 까닭을 그제서야 알았어.

학원 자율화, 학도호국단 폐지, 비상계엄, 반정부 시위 같은 뉴스가 하루도 빠지지 않고 나오고 김대중, 김영삼 야당 정치인들 소식이 크게 다루어졌어. 나도 모르게 신문을 자세히 읽고 텔레비전도 눈여겨봤지. 선생님들은 방송을 그대로 다 믿지 말라고, 신문도 마찬가지라며 줄과 줄 사이에 숨은 의미를 찾아서 읽으라는 거야. 때로는 거꾸로 읽으래. 신문과 방송 같은 언론은 사실을 정확히 보도해야 하는데 권력 있고 힘 있는 놈, 재벌들에게 이익이 되게 쓰고 말하기 때문에 조심해서 보지 않으면 바보가 되고 만다네. 정말이지 선생님들 말을 듣고 자세히 보니 뭔가 안 좋은 일이 점점 가까이 다가오고 있는, 어두운 기운이 스멀스멀 퍼지고 있는 느낌이 들었어.

"아버지! 박정희 대통령 죽었으니까 다른 대통령을 뽑아야 할 건데 누가 될까요?"

"지금은 최규하 대통령권한대행이 있으니 선거를 잘 치르게 할 거야. 왜, 걱정되냐?"

"들리는 말엔 군인이 다시 권력을 잡을 거래요. 박정희도 군인이었잖아요. 박정희가 대학생, 교수 이런 사람들이 자기한테 반대한다고 잡아가고 죽이고 그랬다고 다시 군인이 정권 잡게 놔두면 안 된대요. 군인이 대통령 되면 더 심할 거라고……. 피를 볼 거래요."

아버지는 밥을 입에 물고 나를 쳐다봤어.

"너 지난겨울 총소리 들린 거 기억나?"

"네, 12월 12일 밤에 강 건너 이태원 쪽에서 총소리 나던 날요."

"자세히들 이야기는 안 하는데 그날 여럿 죽었어. 군인들끼리 총질해서 많이 죽었을 거여. 나는 전쟁을 겪어서 안다. 어쩌면 앞으로 더 무서운 일이 일어날지도 몰라. 틀림없이 무슨 일이 일어날 거여."

"남북한이 전쟁하면 몰라도 우리끼리야 무슨 일이 있겠어요?"

"내 말 귀담아들어. 니 엄마랑 언젠가 니한테 이야기해야 쓰겠다고 말만 하고 안 했다만, 니가 또 쓸데없는 소리한다고 성질 낼까 봐. 화내지 말고 내 말 들어 봐."

아버지는 어른들이 하는 말처럼 세상일은 어른들한테 맡기고 나는 하던 공부나 열심히 하래. 공연히 정치에 끼어들었다가 잡혀 들어가는 일 일어난다고. 그 말을 듣는 동안 마음이 불편하고 듣기 싫었지만 아무 말 없이 밥을 먹었어. 옆에서 아버지가 하던 말을 듣던 엄마가 밥상으로 바짝 다가앉으며 말문을 열었어.

"니 마음 안다, 세상이 잘못 되었다는 거. 그런데 이 고비만 넘어가자. 지금 세상이 잔잔한 것 같지만 아녀. 뭔가 큰일이 터질 거다. 우리는 배운 것도 없고 무식한 것 같아도 니들 눈엔 안 보이는 걸 볼 수 있어. 내 말 믿어라. 곧 수많은 사람이 잡혀가고 죽고 그럴 것이여. 엄마나 아버지는 안다고."

엄마는 이 말을 하면서 눈물이 그렁그렁해. 순간 나는 놀랐어. 엄마가 왜 우는지를 모르겠어. 조금도 짐작 가는 게 없어.

"엄마!"

"그려, 그려. 내는 말이다, 니가 어디 끌려가 죽으면 못 산다. 내가 어찌 살겄냐. 니도 아버지 닮아서 도리에 어긋나는 꼴을 못 보는 놈인 거 안다. 욱하고 치밀면 죽는 게 두렵지 않은 그런 성질이여. 하지만 이 엄마 아버지 봐서 성질 죽이고 이번 고비만 넘어가자. 응! 아들아!"

엄마는 내 손을 잡고 감정에 복받쳐 우셨어. 마치 내가 지금 당장 끌려가기라도 할 것처럼 말이야. 엄마가 느닷없이 울면서 간절히 말하는데 나는 당황스러웠고 이 상황에서 얼른 벗어나고 싶었어. 아버지가 말씀을 이어 갔어.

"니가 어떻게 시작한 공부냐? 일단 공부하고 그러고 나서 생각해 보자. 니 몸 상하고 죽기라도 하면 엄마 아버지는 못 산다."

"아, 정말……. 제가 왜 죽어요. 저 데모에 별로 관심 없어요. 왜 끌려간다고 그러세요. 전 그런 깡다구도 없다고요. 걱정 마세요."

그러고 보니 지난번 이태원 육군본부 쪽에서 총소리가 나던 날도 지금처럼 말씀하셨어. 심지어 다음 날 학원에 가는 것도 못 가게 막았어. 젊은 놈들 쥐도 새도 모르게 끌려가는 일 수도 없이 보고 겪었다며 날 붙잡았지만 결국 부모님 말을 무시하고 그냥 학원에 갔지.

신문과 텔레비전에서 쏟아지는 굵직굵직한 뉴스에 눈길을 주면서도 나는 공부 맛에 빠져들어 열심히 대학입시 공부에 몰두했어. 그러던 오월 중순, 정확히 5월 14일이야. 느닷없이 수업을 중단하더니 얼른 집으로 가래. 선생님들 말투에서 팽팽한 긴장감이 느껴져. 아버지와 엄마가 한 말도 있어서 뭔가 상황이 긴박하게 돌아간다는 생각을 하며 학원 문을 나섰어.

세상에! 학원 앞이 대학생 시위대로 가득한 거야. 나는 시위대를 보다가, 집으로 가는 버스는 다니기에 버스를 타고 집으로 갔지. 버스는 맞은편 차선에 가득한 대학생과 시민들 때문인지 조심조심 아주 천천히 삼각지, 용산을 거쳐 한강대교를 건너가. 그동안 대학생들 시위 행렬이 끊이지 않고 이어져. 노량진쯤 오니 더 많은 학생들이 빼곡하게 길을 메워 버스는 거의 멈추다시피 했어. 사람이 걷기도 힘들 정도야.

"신군부 물러나라!"

"비상계엄 해제하라!"

"정치군인 퇴진하라!"

"유신잔당 퇴진하라!"

"전두환은 물러가라!"

들고 가는 피켓과 구호를 자세히 살피는데 신군부 이야기가 나와. 그러면 또 군인이 정권을 잡는다는 거잖아. 김대중, 김영삼이 야당 쪽 대통령 후보로 나서려고 준비하는 걸로 알았는데, 어쩐지 뭔가 지지부진한 게 이상하다 했어. 말도 안 돼. 또 군인이 정권을 잡아! 내 가슴이 두근두근 뛰면서 저기 저 시위대와 함께하고 싶었어. 내가 탄 버스 기사 아저씨도 시위대를 향해 손수건을 흔들었어. '너희들과 뜻을 같이 한다. 응원한다' 이런 뜻이지. 나도 창밖으로 손을 내밀고 흔들었어.

그날 저녁 방송을 보니 서울역 광장이 전국에서 모인 대학생들로 가득 차고 온갖 만장과 깃발이 가득해. 또 여기저기서 경찰과 충돌하고 버스 위에 대학생이 올라 깃발을 흔들고 연설을 하고 연기가 솟아올라. 낮에 본 시위대 소리가 귀에 들리는 듯 선명하게 떠오르면서 손발이 찌릿하고 가슴속에서 뜨거운 기운이 치솟는 걸 느꼈어.

그리고 며칠 뒤 학원 공부를 마치고 집에 왔는데 엄마가 내 손을 잡아끌면서 안방으로 들어가. 그리고는 내 두 손을 꽉 잡고 말했어.

"지금 텔레비전을 보니 많은 사람이 죽고 있다."

난 몸이 움찔하며 텔레비전을 켜려고 하는데 엄마가 내 손을 더 꽉 잡으며 말을 해.

"전라도 광주에서 사람이 죽어 나간단 말이여. 폭도라고 하는디 그게 맞는지는 몰라. 아무튼 사람들이 엄청나게 죽고 있단 말이여. 이게 전쟁이다. 죽고 죽이는 게 전쟁인 거여. 니들 맘에는 어디 이상한 놈들이 와서 죽이는 줄 아는디 그게 아니여. 날마다 보고 살던 사람들이, 멀쩡하게 생긴 인간들이 와서 사람을 끄집어내 죽이는 게 전쟁이라고. 엄마가 니한테 사정한다. 저번에 말한 대로 이번 고비만 넘어가자. 알겄냐?"

"엄마! 갑자기 무슨 말이에요? 일단 텔레비전 보고……."

"아니다, 내가 지금까지 살아온 걸로 봐서 텔레비전은 거짓말이여. 거짓이라고. 그런데 그걸 거짓이라고 말하면 끌려가. 조금 참자. 알겄냐! 힘들어도 참자."

"엄마, 내가 엄마 놔두고 가긴 어딜 가요? 죽지 않는다고요. 정말이지 왜 이렇게 불안해해요?"

엄마는 수돗가가 보이는 조그만 툇마루에 나를 앉히더니 이야기를 시작했어.

"니 아버지 저렇게 살아 있는 거 기적이여, 기적. 니 아버지가 어뜋게 살아서 목숨이 붙어 있는지 말할 터이니 들어 봐."

엄마가 가져다준 식혜를 벌컥벌컥 마시며 텔레비전을 보고 싶은 걸 참고 앉았어.

"니 아버지가 지금은 저렇게 시멘트 가루 뒤범벅되어 갖고 남의 집 고쳐 주고 산다만 전쟁 전에는 쌀 장사, 소 장사, 소금 장사, 고물상 하면서 돈 많이 벌었지. 가을이면 곡식 실은 마차가 집 앞에 줄 선다는 소리가 날 정도였어."

엄마는 잠깐 숨을 고르는 건지 생각이 너무 많이 솟아나는지 말을 멈췄어.

"그러다 전쟁이 났어. 전쟁이 나서 피난을 가야 했는데 늦은 거여. 그러다 인민군이 들어오니 니 아버지보고 무슨 위원회에 들어오라는 거여. 싫다고 했지만 그게 마음대로 안 돼서 그야말로 이름만 걸어 놓았지. 그러고 살다가 안 되겄다 싶어 피난을 가다 아버지와 내가 헤어졌어. 그렇게 헤어져 피난을 가서 목숨을 부지하다 다시 국군이 북진하면서 평택으로 돌아왔지. 새끼들하고 나만 온 거여. 왔지만 전쟁 통에 먹고는 살아야 하고 어째. 이리저리 궁리하다 아버지 아는 양반이 선을 대 주더라. 미군부대에서 나오는 빨래를 가져다 빨아서 보내 주는 일을 해서 먹고살도록 해 준 거여. 그것이 돈벌이가 좋았어. 돈을 많이 벌었지. 은행이 있나 그렇다고 장롱에 둘 수도 없고……. 집 마루 밑이나 뒷마당에 항아리를 묻고 거기다 돈을 숨겼지. 돈이 있어야 니 아버지한테 뭔 일이 벌어져도 살릴 거라는 생각이 들더라."

엄마는 지는 오월 저녁 해를 받으며 부드럽게 흔들리는 수돗가 키 작은 단풍나무 잎을 바라보며 말을 멈췄어. 한참 동안 그러고 있더니 말을 해.

"온갖 말이 들렸어. 입 달린 인간들은 다 한마디씩 해 대는디 소식이 들릴 때마다 가슴이 철렁하고 잠을 못 자. 어떤 사람은 아버지 시신을 봤다, 국방군한테 끌려가는 걸 봤다는 거여. 자기가 묻고 장사까지 지내고 왔다고도 하고. 죽은 게 틀림없으니 제사를 지내자며 집안 어른들이 오기도 하고……. 못 살겄더라. 이러다간 자식도 못 키우고 니 아버지 만나기 전에 내가 죽겄어. 어느 순간 내게 와서 말하는 사람 중에는 내가 돈벌이하는 걸 알고 그걸 노리고 오기도 하고 별 잡놈이 다 있드라니께."

엄마는 온갖 생각이 드는지 한숨을 길게 내쉬었어. 어느 순간부터 아버지는 절대로 죽지 않았고 살아서 올 거라는 믿음이 들더래. 그 뒤로 사람들이 아버지 소식을 전하러 오면 말도 못 꺼내게 한 거야. 악다구니를 떨며 화를 냈어. 그런데 어느 날 몇 고개 넘어 동네에 사는 아버지 친구 분이 찾아왔는데 아버지에 대해서 안다고 하더래. 자기도 피난 갔다가 끌려가 수원형무소에서 감옥살이하다 돌아오는 길이라고 하면서 아버지를 봤다고 하더라는 거야.

하도 거짓말을 많이 들어온 터라 귓등으로 흘리는데, 몰골을 보니 말이 아닌 게 툭 건드리기만 해도 쓰러질 것처럼 굶주려 보이기에 우선 밥을 잘 챙겨 먹였대. 아버지도 저러고 다니겠다는 생각이 들어 옷도 챙겨 주고 돈도 좀 챙겨 줬대. 그러고는 이 양반이 막걸리 한잔하면서 살아온 이야기를 풀어내더라는 거야. 엄마는 믿을 만한 사람인지 아닌지 알아보려고 우선 아버지 이야기보다는 이 사람이 살아온 이야기를 먼저 하게 했다네. 그러고 나서 수원형무소살이 하면서 본 아버지 이야기를 하는데 아버지가 틀림없더래. 믿음이 가기에 이 사람에게서 수원형무소 돌아가는 형편, 면회나 사식을 넣어 주는 요령 같은, 수원형무소 감옥살이를 해 본 사람만이 알 수 있는 이야기를 귀담아들은 거지.

그날로 엄마는 돈을 넉넉히 챙긴 다음 갓난아기였던 형을 들쳐업고 수원형무소로 가서는 면회를 신청하니 그런 사람이 없다고 하더래. 틀림없는데, 거기 있는 게 틀림없는데 없다니……. 며칠 묵으며 아는 사람들에게 알아보니 쉽게 안 알려 준다는 거야. 돈이 없으면 백이라도 동원해야지, 이것도 저것도 없으면 생사를 알려 주지도 않고 면회는 더 어렵대.

“나 말이여, 학교라고는 가 본 적도 없어. 내 이름자나 겨우 쓰지만 세상 사는 이치는 배우나 안 배우나 비슷한 거여. 배웠다고 난 척 하지 말고 또 못 배웠다고 주눅 들 거 없어. 내가 못 배웠다고 기죽을 사람도 아니고, 그래서 그길로 니 형을 업고는 형무소 사무실로 갔지. 문을 확 열고 들어가서는 니 아버지 이름을 대고 찾아내라 소리를 질렀더니 나를 밀어내려 해."

"그래서 어떻게 했어요? 그냥 나왔어요?"

"그냥 고분고분하게 나왔으면 니 아버지는 시방 이 세상 사람 아니여. 그때 죽었지. 그 인간들이 무지막지하게 나를 밀어내는데 내가 당할 수가 있어야지. 순간 니 형 허벅지를 꼬집었지. 자지러지게 울어. 어린애가 죽을 것처럼 숨넘어가며 우니께 사람들이 물러서. '야 이 미친놈들아 내 신랑 데려오란 말이여. 여기 시퍼렇게 살아 있는 거 내 다 알고 왔다. 니들 내가 누구인지 알어?' 하면서 책상을 뒤집어엎고 의자랑 책상 위 서류 뭉치를 막 집어 던지고 난리를 쳤지."

"엄마, 그 무서운 감옥에 가서 겁 안 났어요?"

"사람은 말이여, 어느 순간에는 빨리 판단혀야 혀. 놓치면 죽는 그런 때가 있다니께. 그때가 그랬지. 애는 자지러지게 울지, 나는 니들이 내 새끼 죽이고 내 신랑 죽인다고 악을 악을 쓰면서 난리를 치고, 소장 나오라고 고래고래 소리 지르니, 나를 끌어다 의자에 앉히더라. 조금 있으니께 높은 사람이 나와. 그래서 둘이 이야기 좀 하자고 했어, 단둘이. 이 사람이 결정권을 갖고 있겠다 싶어서……. 그러고는 둘이 있을 때 내 남편 만나게 해 달라고 돈 보따리를 내밀었지. 돈 됐다 뭐 혀. 지금 있는 주소를 알려 달래. 그러면 사람을 보내겠다네. 그러고 다음 날 내가 묵고 있는 데로 사람이 오드라. 그래서 니 아버지를 만났잖여. 삐싹 마른 게 죽게 생겼어. 그렇게 고기 좋아하는 양반이 고기는 그만두고 곡기 본 지도 언젠지 모른대. 그냥 멀건 국물만 먹으며 연명하고 있다네. '장질부사', 그러니께 요즘 말로 허믄 '장티푸스'로 하루에도 여러 사람이 죽어 나간다는 거여."

다시 소장을 만났고 우리 애아버지 먹을 것 좀 넣어 달라고 또 돈을 주니 전쟁 통이라 특별한 거는 못 주고 시래기, 그러니까 무청을 먹게 해 주겠다고 하더래. 밥 먹고 들어갈 때나 운동하고 들어갈 때 시래기를 한 움큼씩 갖고 들어가 먹게 해 주겠다는데 그게 장티푸스를 막아 준다나. 걸핏하면 매 맞던 것도 안 맞게 해 줬대. 그때는 감옥에서 사람들을 때려서 죽이는 일이 흔했어. 죄수들끼리도 그러고 간수가 그러기도 하고. 전쟁 중이라 감옥에서 살인사건이 벌어져도 지금처럼 조사하고 그럴 여유가 없어. 그야말로 주먹이 법보다 가까워도 한참 가까운 그런 험악한 세상이었던 거지.

아버지는 시래기를 많이 먹어 그런지 장티푸스에 걸리지 않았고 수시로 끌려가 맞고 괴롭힘 당하는 것도 덜했다는 거지. 그러다가 1·4후퇴 때 급하니까 그냥 재판도 없이 막 총으로 쏴 죽이고는 했는데 아버지도 사형장에 끌려갔다네. 가서는 두 눈을 광목천으로 가리고 총을 쏘는데 아버지는 총을 안 맞았다는 거야. 그때 형을 집행하던 사람이 하는 말이 이 사람은 아직 죽을 운이 아니라며 감옥에 돌려보냈다네. 그런데 말이야 이번에는 인민군이 들어오니 아버지는 또 끌려가 모질게 얻어맞고 고문을 당하고 그래서 거의 초죽음이 되어 집에 왔다네. 다 죽어 온 걸 엄마가 다행히 벌어 놓은 돈이 있어 치료도 하고 몸을 보해서 겨우 목숨을 부지해 지금까지 이렇게 살아 계신 거라는 거야.

"니 아버지가 날이 궂거나 힘든 일 하고 온 밤이면 끙끙 소리 내 앓는 소리를 하지? 그것이 젊어서 인민군, 국방군 양쪽에서 죽도록 맞아 그런 거여. 니들이 그걸 알아야 한다. 니 아버지가 술만 들면 주정하는 것도, 어쩌면 말이다, 죽다가 살아와 그것이 맘에 병이 깊어 그러는지도 몰러."

엄마는 내 손을 지그시 잡았어.

"니들이 아버지 때문에 힘든 거 알아. 알지, 암. 그렇다만 저렇게 살아 있는 것만으로도 없는 것보다는 낫다는 생각해 주면 안 될까? 온갖 고초 겪으며 살아남느라 아버지가 가끔 힘들게 하는 거여. 몸과 마음에 상처가 많아서……."

난 아무 말도 안 했어. 착잡하고 마음이 무거워.

"내가 말이 길었구먼. 지금 전라도 광주나 여기저기서 일 벌어지는 거 보니 지금이 전쟁이여. 지금은 전쟁 때나 다를 것이 없어. 오늘 텔레비전 보니께 또 불쌍한 사람들 수도 없이 죽고 있단 말이여. 전쟁이라면 군인들끼리 총 대포로 쌈질하다 죽는 줄 아는디 아니여. 그냥 멀쩡히 농사짓는 사람들, 정치가 뭔지 모르고 하루하루 착하게 하늘 보고 농사지으며 살던 사람들을 마구 끌어다 쏴 죽이고 생매장하고 겁탈하고 죽이고 그런 게 전쟁이여. 광주만이 아니여. 서울이랑 사방천지에서 그런 일이 벌어질 거여. 살아남아야 혀. 이 어려운 시국을 잘 넘어야 혀."

난 아무 대답도 안 하고 자리에서 일어나 텔레비전 앞에 앉았어. 텔레비전을 트니 계속 광주 소식이 나와. 광주에서 폭도들이 반정부 활동을 해서 군이 진압하고 있대. 광주 상공에서 헬기가 광주시민들에게 전단지를 뿌리는 장면이 나오고 시내에서 불길이 치솟는 장면이 나와. 그런데 뉴스만 보면 광주에서 벌어진 일이 반정부 폭도 때문이라고 믿게 생겼어. 올봄 내내 벌어진 일들이 머릿속에 그려지면서 세상이 뭔가 잘못되어도 크게 잘못 돌아간다는 확신이 들었어.

다음 날 학원에 가려는데 아버지가 내 손을 잡았어. 며칠 쉬라는 거야. 학원 가지 말고 집에서 공부하래. 아버지 경험으로 볼 때 이런 큰일이 있을 때, 누군가가 나처럼 젊은 애들을 쥐도 새도 모르게 끌고 가는 일이 벌어진다는 거야. 틀림없이 그러니 가지 말라고, 나는 키가 커서 눈에 잘 띈다고 잡는 걸, 뿌리치고 학원엘 갔지. 학원은 평소처럼 하던 공부하고 때 되면 먹을 거 먹고 그렇게 시간이 흘러갔지.

며칠 뒤 그날도 대학생들이 군데군데서 데모를 했어. 선풍기 틀고 공부를 하는데 점심을 먹어 그런지 선생님도 우리도 졸다 말다 그래. 그러다 갑자기 선생님 눈이 커지면서 창밖, 그러니까 학원 정문 쪽을 보는 거야. 나도 몸을 돌려 정문을 보니 대학생 몇 명이 다급하게 막 뛰어들어와. 선생님은 소리를 질렀어.

"가운데 자리 벌려! 거기, 그래! 쟤들 앉을 자리를 만들란 말이다."

그러고는 얼른 나가서 교실 문 앞으로 스쳐 지나가는 대학생을 낚아채듯 교실 안으로 끌어들였어. 두 명이 우리 교실로 들어오고 한 명은 복도 안쪽으로 사라졌어.

"거기 앉아서 책 펴. 그리고 다 일어서라."

우리는 엉겁결에 모두 일어섰어.

"야, 이 자식들아! 점심 먹었다고 다들 조냐. 좋아? 의자 편하게 하고 제자리 뛰기 오십 번! 빨리 해!"

우리는 뭐에 홀린 것처럼 팔 벌려 뛰기를 했어. 말이 팔 벌려 뛰기지 교실에서 그게 제대로 돼?

"이번에는 손에 깍지 끼고 뒤로! 더 뒤로!"

그 순간 경찰들이 학원 안으로 뛰어 들어왔어. 그중 두 명이 우리 교실로 들어서려고 하는 거야. 순간 선생님이 문 앞을 막았어.

"뭐 하는 거요!"

경찰은 교실 문지방을 넘어오지 못하고 그 앞에 멈췄어. 그러고는 선생님 어깨를 곤봉으로 툭툭 치면서 비아냥거리듯 거들먹거리며 말했어.

"비키시지요. 이쪽으로 두 놈이 뛰어 들어오는 거 봤다고! 어디 숨었어? 나와 이 새끼야! 숨으면 모를 줄 알아."

"야! 너 지금 뭐 하는 거야? 이게 경찰이면 눈에 뵈는 게 없나. 너

이 새끼, 내 제자도 한참 제자다. 어디 수업하는 교실에 함부로 들어와! 허락도 없이. 한 발만 들여놔 봐라!"

늘 부드럽고 조금은 졸린 표정으로 천천히 걷고 천천히 말하는 선생님에게선 볼 수 없는 모습이었어. 경찰은 독한 기운이 꺾였어. 우리들도 여차하면 한판 붙을 준비를 했지. 남자 재수생 60여 명이 독한 눈을 뜨고 쳐다봤어.

"잠깐만! 알았다고요. 보기만 하고."

경찰은 날카로운 눈으로 교실 안을 훑었어.

"야! 너희들은 뭐 하는 거야! 내가 풀라는 문제 풀어야지, 여기를 왜 봐. 여긴 내가 해결한다."

얼른 고개를 숙이고 교재에 있는 아무 문제나 풀었어. 그때 경찰이 들고 있던 무전기에서 뭐라고 하는 소리가 들렸어.

"아! 다 잡은 놈인데……. 오란다. 가자."

그러고는 복도를 따라 안쪽으로 사라졌어.

우리는 아무 말 없이 그렇게 한참 문제를 푸는 척하고 있었어. 조금 전의 소란과 긴장감은 어디로 가고 빙빙 돌아가는 낡은 선풍기 소리만 지루하게 들렸어.

선생님은 이제야 마음이 놓이는지 한숨을 쉰 다음 분필을 들고 칠판에 뭔가 쓸 것처럼 등을 보이고 꽤 긴 시간 서 있었어. 그리고는 천천히 돌아서서 우리 쪽으로 다가오셨어.

"힘든 세상이 다가 오고 있다. 아니야, 이미 힘든 세상이다. 정신들 바짝 차리고 살자. 어른 노릇을 제대로 못 해서 미안하다. 요즘 같아서는 살아도 사는 게 아니라는 생각이 든다. 답답하다, 마음이 답답해."

선생님은 말없이 몇 걸음 옮기더니 무겁게 말씀을 이어 가.

"지금 들어온 사람에게 누구냐고 묻지 마라. 얼굴도 보려고 하지 말고 그냥 책만 읽으며 그대로 수업 시간을 때우자. 그리고 이번 시간이 마지막 수업이니 학생들이 학원 나갈 때 조용히 섞여서 나가. 건강해야 한다. 살아남거라."

난 그날 맨날 조는 듯한 표정에 느리게 걷는, 젊은 우리 가슴을 설레게 하는 날카롭고 섬광 번뜩이는 쌈박한 느낌이라고는 찾을 수 없는 시골 형님 같은 역사 선생님에게 푹 빠지고 말았어. 역사라는 과목을 아주아주 좋아하게 된 건 말할 것도 없고.

별빛 가득한 밤

"뭔 놈의 여름이 이러냐? 세상이 뒤숭숭하니 날씨도 조화를 부리네."

"엄마 왜요?"

아침밥을 먹다 엄마는 마당 수돗가를 바라보며 날씨 이야기를 꺼냈어.

"여름은 말이여 푹푹 쪄야 혀. 논에 들어가면 숨이 턱턱 막혀 숨쉬기도 어려워야 하는디 이건 여름이 아니라 가을이네, 가을. 벼 이삭이 제대로 패기나 할는지 모르겄다."

"선생님들이 그러던데요, 세상이 미쳐서 그렇다고."

"그려, 내가 봐도 그려. 그건 그렇고 먹는 거 잘 챙겨라. 돈도 많이 못 주지만 너무 돈 걱정 말고 먹으면서 혀."

"네, 걱정 마세요."

서둘러 밥을 먹고 나서는데 누나가 은행에 출근하다 말고 말을 걸었어.

"야! 너 조금 수상해. 뭔가 흘어져 보여. 여자 친구 생겼냐?"

여동생은 눈이 동그래져서 얼굴을 내 코앞에까지 디밀어.

"정말? 오빠 여자 친구 있어?"

난 어이가 없다는 표정을 지었어.

"아침부터 비싼 밥 먹고 웬 헛소리야. 나 간다. 엄마! 다녀오겠습니다."

"오빠, 여자 친구 생기면 나한테 소개해야 해. 꼭."

집을 나서서 학원으로 가는 내내 여자 친구 사귀냐는 누나와 동생 말이 떠오르면서 왜 나는 여자 친구가 없는지 이상하다는 생각이 들었어.

학원에서 보면 다른 아이들은 맨날 여자 친구와 만난 일을 떠벌리고, 심지어는 내게 이성 문제 상담을 해 달라고 덤비기도 하는데 정작 나는 여자아이들과 말도 섞어 보지 못했어. 수업만 끝나면 여자 친구랑 팔짱 끼고 돌아다니는 아이들이 넘치는데 내 곁에는 여자아이들이 다가오질 않아.

쉬는 시간에 대진이에게 말을 걸었어.

"대진아! 나 뭐 좀 물어보자."

"살살 물어라, 아프다. 뭔데?"

"말하는 거하고는……. 나는 왜 여자애들한테 인기가 없지?"

"이놈 봐라. 안 하던 말을 하네. 뭔 일 있냐?"

"아니, 난 솔직히 재수하는 동안 여자애들하고 말 한번 못 해 본 거 같아. 애들이 내게 다가오지도 않고."

대진이는 어이가 없다는 건지 불쌍하다는 건지 혀를 차.

"이놈 이거 완전히 골 때리는 놈이네. 웃기는 놈이야. 야 인마, 이렇게 답답한 놈이 있나. 정말로 그렇게 생각해?"

"너는 인마, 맨날 얘 만나고 쟤 만나고 그러잖아. 바람둥이!"

"야! 이 순진한 놈. 같이 차 한잔하고 술 마시면 다 여자 친구냐? 아이고, 그러면 나는 수십 명도 넘겠다."

나는 대진이 등짝을 손바닥으로 후려쳤어.

"그러니까 넌 바람둥이라고."

녀석은 등이 아픈지 얼굴이 벌게졌어. 장난이 너무 심했나 싶어 등을 문질러 주는데 이놈이 능글맞은 표정으로 내 눈을 뚫어져라 쳐다봐.

"여자 친구 소개해 줄까? 그래, 형님이 무심했다. 좋아, 오늘 수업 마치고 나가자. 나랑 갈 데가 있어."

"어디? 술?"

"아니, 음악다방."

공부 끝나는 대로 대진이와 음악다방에 가기로 했어.

수업하면서 뒤에서 아이들을 훑어봤어. 내가 보기에 이해가 안 가는 아이들이 많아. 수업을 밥 먹듯 빼먹고 어디론가 사라지지만 아침이면 틀림없이 학원에 온다. 하루가 멀다 하고 낮에 벌겋게 취한 얼굴로 학원을 배회한다. 얼굴에 핏기라고는 없고 어깨는 구부정하고 누구와도 말을 섞지 않는다. 수업 시간에도 여자 친구가 교실 문 열고 찾아오고 만나기만 하면 팔짱을 끼고 안고 다닌다. 수업 시간이면 맨날 엎드려 자고 쉬는 시간에는 말똥말똥하다. 뭔 놈의 돈이 그리 많은지 맨날 옷이 바뀌고 고급 가방만 들고 다니고 음악회, 연극 보러 다니고 가수 이름, 영화배우 이름을 줄줄 왼다. 수업 시간에 수업은 안 듣고 지가 좋아하는 책만 읽는다.

그런데 저 녀석들은 이상하게 공부를 웬만큼 해. 웬만큼 하는 정도가 아니라 나보다 더 잘해. 나는 맨날 심각하게 공부만 생각하는데도 이 모양인데……. 물론 나도 공부 말고 다른 짓도 좀 하지만 그래도 저 아이들보다는 성실하게 사는 것 같은데 왜 그럴까. 내가 검정고시를 해서 그런가? 그냥 저렇게 어긋난 행동 좀 해도 아무 일 없이 사는데 나만 내 울타리에 갇혀 답답하게 사는 것 같아. 국어 선생님이 말한 것처럼 내 생각과 몸에 밴 습관이란 울타리에 갇혀 그냥 살아오던 대로 살아서 그러나 봐. 나는 우물 안 개구리인가?

대진이, 신석이와 같이 학원 문을 나섰어. 치렁치렁한 머리카락을 손가락으로 툭툭 쳐서 넘기는 대진이를 따라 음악다방으로 들어서다 말고 나는 멈칫 섰어. 그 안은 음악 소리로 가득해. 테이블마다 내 또래 아이들이 앉아 있는데 대부분 남녀가 같이 앉아 있어. 바글바글한 사람과 귀청이 떨어져나갈 정도로 쾅쾅 울려 대는 음악 소리. 엘피(LP)판이 벽에 가득한 유리벽 안에서 디제이(DJ)가 손님들이 청한 음악을 틀어 주는데 갑자기 비명에 가까운 소리를 지르는 거야. 여기저기 여학생들이 난리가 났어.

"디제이 오빠! 멋져. 오빠!"

종이를 찢어서 머리 위로 뿌리고, 일어서서 소리를 지르고, 거의 광란의 도가니야. 남자아이들도 여기저기서 소리를 지르고 심지어 춤을 추는 아이들도 있어. 난 얼이 빠져서 멍하니 서 있는데 대진이가 귀에다 대고 소리를 질러.

"어이! 촌놈, 이리 와."

그러고는 팔을 붙잡고 하나 남은 빈자리로 데려갔어. 맞은편엔 여학생 셋이 앉아 있는 거야, 그것도 얼굴에 화장을 진하게 하고.

"야! 앉아. 우리 인사하자. 얘는 내 친구 관의고, 신석이는 알지?"

세 여학생이 동시에 나만 쳐다봐. 그것도 '뭐 이런 촌놈이 있나?' 하는 조금은 깔보는 듯, 업신여기는 듯하는 표정이야.

"예, 최관의라고 합니다. 안녕하세요?"

난 쭈뼛쭈뼛 머뭇거리며 인사를 하는데 대뜸 손을 내밀어 악수를 청해. 하도 음악 소리가 커서 알아듣지 못하는 인사만 하고는 어색하게 앉아서 여학생들을 마주 쳐다보지도 못하고 어쩌지 못해 쩔쩔매는데, 여학생들은 나를 보다 자기들끼리 웃다 떠들다 그러네. 난 천장을 보다 테이블 위를 보다 뒤돌아 디제이를 봤어.

여학생 하나가 내게 종이를 건넸어. 거기에 신청곡을 적으라나. 아이들은 종이에 영어로 가수 이름과 노래를 적는데 내게 종이를 건넨 그 여학생은 한참 고개를 숙이고 종이를 꾸미는 거야. 나중에 보니 완전히 작품이야, 작품. 가방에서 필통을 꺼내 색칠까지 하면서 노래 신청서를 꾸몄는데 저런 연애편지를 받으면 가슴이 떨 것 같아.

나는 아무것도 못 쓰겠어. 내가 아는 노래를 여기서 신청했다가는 그야말로 시골 촌놈 소리 듣기 딱 좋은 거야. 내가 아는 거라고는 머리가 허연 분들이나 좋아하는 노랜데 어떻게 적어. 여기는 다 영어로 된 노래나, 라디오에서도 잘 듣지 못한 노래, 들었어도 내 귀에는 '저런 것도 음악이야?' 하는 그런 노래만 나오는 거야. 그런데 손님들은 그런 노래에 더 흥분해.

대진이가 노래 제목을 몇 가지 가르쳐 주었지만 그냥 아무것도 쓰지 않았어. 마음 한구석에 늘 있지만 그래도 많이 가라앉았던 생각, 나란 놈은 다른 아이들과 다르다는 생각이 온몸에 확 퍼졌어. 학교 대신 농사짓고 채소 장사 하고 공장 다닐 때 학교 다니는 아이들을 만난 것처럼 온몸과 마음이 쪼그라들었어. 오그라드는 정도가 아니라 음악 소리가 마치 환청처럼 들리고 화가 나면서 당장 이 자리를 확 걷어차고 밖으로 뛰쳐나가고 싶은 충동이 올라와.

얼굴에 내 기분을 드러내지 않으려고 억지로 웃음을 지으며 디제이 박스를 바라보고 있는데 신석이가 나를 툭 치며 귀에다 대고 말했어.

"잘 들어. 내가 신청한 노래가 나올 거야. 너를 위한 신청곡."

"신석 님이 신청한 노래입니다. 친구 관의를 위한 노래."

디제이 입에서 내 이름이 나오는데 마음이 이상해. 올라오던 화가 멈추면서 '다른 아이들은 다 이 분위기를 좋아하는데 왜 나는 이렇게 불편하고 어색하지?' 하는 생각이 올라와. 디제이가 턴테이블에 놓인 엘피판 위에 막 바늘을 올려놓으니 그렇게 시끄럽던 다방 안이 조용해졌어.

흥분하고 소리 지르던 분위기가 차분하게 가라앉고 어떤 아이는 눈을 감고 생각 속으로 빠지기도 해. 맞은편에 앉은 여자아이들은 두 손으로 턱을 괴고 지그시 디제이를 보거나 의자에 등을 기대고 팔짱을 낀 채 눈을 감기도 했어. 신기할 정도로 갑자기 조용해진 이 침묵을 타고 가라앉은 듯 슬픈 외국 가수 목소리가 다방 안에 퍼졌어.

신석이가 내 귀에다 대고 작게 속삭여.

"빈……."

난 못 알아듣겠다는 표정을 지으며 신석이를 봤어. 신석이는 볼펜으로 종이 위에 썼어.

"빈센트."

그러고는 귀에다 대고 다시 말했어.

"고흐라고 알지? 네덜란드 화가 빈센트 반 고흐를 생각하며 작곡한 노래야. 저 노래랑 너랑 잘 어울리는 것 같아서 네가 좋아할 노래라는 생각이 들어서 신청했어."

알지. 검정고시 미술 시험 보느라 외운 유명한 화가. 렘브란트, 고흐, 라파엘로, 미켈란젤로……. 화가 이름을 꽤 많이 알아. 고흐는 인상파 화가고 귀를 잘랐다는 것도 알아. 그런데 왜 내가 이 노래를 좋아할 거라고 생각하는 건지 잘 모르겠어. 여하튼 신석이가 나를 위해 노래를 신청해 준 덕에 기분이 좀 풀렸어.

노래 몇 곡 더 듣고 다방을 나왔어. 여자아이들은 우리에게 별 관심이 없는지 자기들은 더 있겠다고 해서 우리끼리만 나왔지. 그날 우리 셋은 숙명여대 맞은편에 있는 '목마와 숙녀'라는 술집에서 또 술을 마셨어.

"관의야! 아까 만난 아이들 어때?"

"뭐가?"

"사귀고 싶은 애 있어?"

"모르겠어. 다 예쁘고 좋던데. 그런데 나하고는 잘 안 어울릴 것 같아."

"왜?"

"몰라, 그냥. 나랑 사는 게 많이 다른 것 같아."

"야! 뭐가 다르다는 거야."

"그냥. 난 공부하는 거 말고는 아는 게 없어. 노래도 춤도 연극도. 좋아하는 것도 없고 모르겠어. 밥 먹고 일하고 공부하고 자고 뭐 그런 거만 아는 것 같다는 생각이 들어."

신석이가 끼어들었어.

"키도 크고 잘생기고 공부도 잘하면서 너무 자신감이 없어. 이상하게 힘이 없어 보여."

난 아무 말도 안 하고 술만 벌컥벌컥 마시며 신석이가 한 말을 되받았어.

"너 술 취했냐? 헛소리나 하고. 내가 잘생겨? 키 큰 거야 인정하지. 그거 말고 뭐가 있어. 공부도 그렇고……. 초등학교 다닐 때도 맨날 공부 못한다는 소리, 잘하는 게 없다는 소리만 듣고 살았는데. 도둑놈 소리나 들었지."

"너희 부모님이?"

"아니야, 인마. 우리 엄마 아버지는 그런 말 안 해. 선생님들이 나한테 그랬지. 한 해 꿇었다가 중학교 갔는데 등록금 못 낸다고 퇴학이나 시키고. 그 뒤로 지금까지 검정고시 하며 이렇게 살아온 거 아니냐."

또 술을 내 손으로 따라 마셨어.

"어쭈, 너 오늘 술 제법 한다. 센데!"

"야! 너는 이제 그렇게 못난 놈 아니야. 인마, 넌 잘났다고. 지 주제를 알아야지, 왜 그렇게 넌 너 자신을 작게 보냐. 잘난 척하는 놈도 문제지만 못난 척하는 놈도 문제야. 정신 차려."

혀가 꼬부라지고 어질어질해. 대진이는 술을 몇 잔 들이켜더니 날 째려보는 건지 고개를 숙이고 눈을 치켜뜨며 말했어. 조금은 시비를 거는 듯해.

"너 말이다, 너는 인마, 복 받은 놈이라고. 나? 그래, 우리 아버지 별 달고 퇴역해서 돈 억수로 잘 번다. 돈을 쓸어 담는다. 그런데 그거 다 별거 아니야. 돈만 많으면 뭐 하냐? 너는 아주 짜증 나는 놈이라고. 재수 더럽게 없는 놈."

"웃긴다. 내가 뭘, 뭘 어쨌다고? 너 맛이 갔구나. 취했어."

"취해? 그래. 넌 엄마 좋아하지? 나? 나 지금 엄마가 내 엄마가 아니야. 엄마는 돌아가셨어. 맨날 아버지하고 싸우고 울고불고 살림 부수고 그러다 중학교 때 화병으로 돌아가셨어. 그리고 지금 새엄마가 온 거야. 잘해 주지만 별로야. 착해, 착해서 더 화가

나. 새엄마가 불쌍해서 그냥 엄마라고 부르기는 하는데 엄마라고 부르는 내 속을 니가 알아? 넌 인마! 너 같은 놈은 내가 사는 게 사는 게 아니라는 걸 몰라. 돈? 다 가져가고 우리 엄마 오라 해. 바꾸자고! 난 니가 부러워."

대진이는 주전자에 입을 대고 술을 벌컥벌컥 마셔. 나는 혀가 마음대로 움직이지 않을 정도로 취했는데 정신이 번쩍 들었어. 대진이가 늘 한쪽 구석이 우울하고 아버지하고 맨날 싸우고 집에는 되도록 늦게 가려 하는 까닭을 그제서야 알겠어.

"돌아가신 엄마가 보고 싶다고!"

대진이는 술상에 엎드려 울기 시작했어. 더 이상 내 이야기가 입 밖으로 나오지 않아. 엎드려 울먹이는 대진이를 물끄러미 바라보다 자리를 옮겨 녀석 옆으로 가서 어깨를 안아 줬어. 그리고는 손바닥으로 등을 쓰다듬기 시작했어. 마치 내가 대진이 엄마라도 된 듯이.

"새끼! 너야말로 짜증 나는 놈이다. 그런 상황에서도 공부할 거다 하고 새엄마를 엄마라고 부르고. 난 그렇게 못 해. 아니야, 안 해. 멋있는 놈."

손바닥에 느껴지는 대진이 체온과 울먹일 때마다 흔들리는 그 몸의 기운이 내게 그대로 전해지면서 대진이가 안됐다는 마음이 들고 나도 모르게 눈물이 나와.

"새엄마는 잘 해. 정말이지 눈물겹게 너무 잘 하셔. 나랑 누나가 그렇게 못되게 굴어도 잘 해. 친엄마처럼, 아니야 더 잘 한다고.

그냥 엄마라고 부르며 살아. 그런데 자꾸만 돌아가신 엄마한테 죄책감 들고 미안하고 그래서 힘들어. 신석이 저놈은 어떤지 아냐? 저놈도 나랑 같아."

"야! 신석이 너. 이 샌님같이 생긴 곱상한 오라버님은 무슨 사연이 있나?"

"나? 내 이야기?"

신석이는 고개를 숙이고 잠깐 생각하더니 술잔을 확 들이켜고 내게 내밀어.

"한잔 따라 봐."

내가 술을 따라 주자 연거푸 두 잔을 마시고 입을 열었어.

"엄마가 나 데리고 재혼했어. 대진이 저놈과는 거꾸로지. 아버지는 내가 초등학교 2학년 때 편찮으셔서 돌아가셨고, 엄마랑 나랑 둘이 살다 지금 아버지와 재혼한 거야. 형이랑 누나는 나랑 배가 달라. 이복형제……. 난 괜찮아. 돌아가신 아버지 생각이 나서 힘들 때가 있지만 새아버지, 형, 누나 다 좋아해. 배다른 형제라는 생각 안 들어. 두 분도 사이가 좋아. 문득 가끔은 눈물이 나지만……. 대진이 저놈이 힘들어."

"아이고, 우리 셋 다 아픈 청춘이네. 아픈 젊음! 좋아, 마시자. 우리의 젊음을 위하여."

우리 셋은 속 깊이 담아 둔 이야기를 하며 술을 마셨어. 화장실 가려 일어서는데 속이 울렁거려. 비틀비틀 화장실에 가서 오줌을 누는데 토할 것 같아. 나는 변기에 대고 토하기 시작했어.

"그래, 난 못난 놈 아냐. 내가 왜 못나. 그런데 자꾸 그런 마음이 드는 걸 어떻게 해. 대진이 저놈 슬픈 거나 내가 자꾸 그러는 거나 다 같은 거지. 지가 아프면 아픈 거고 안 아프면 안 아픈 거고……."

손가락을 목구멍에 밀어 넣었어. 내 속에 있는 못난 놈이라는 생각을 확 끄집어내 변기에 쏟아 버려야 한다는 듯이 깊이 넣고 위에 들어 있던 모든 것을 다 토해 냈어.

"난 못난 놈이 아니야, 아니라고……."

혼자 웅얼거리는데 눈물이 나와. 슬퍼. 나도 안됐고 저 두 놈도 안됐어. 변기 물을 내리고 벽에 기댄 채 서 있는데 속이 편안해지고 머리가 맑아지는 거야.

"난 이대로 이렇게 약하게 쓰러질 수는 없어. 정신 바짝 차리자. 난 못난 놈이 아니야. 아니야, 못나도 돼. 내가 못나지 않게 만들면 되지. 내가 어떤 놈인데, 한겨울에 계룡산 꼭대기에 맨몸으로 갖다 놔도 살아서 돌아올 놈이라고. 그것도 돼지처럼 통통하게 살이 올라가지고 내려올 놈. 그래, 나가자. 나가서 쌩쌩하게 집에 가는 거야."

세면대에서 손도 닦고 얼굴도 씻고서 비틀비틀거리며 친구들에게 갔어.

"야! 신석이, 대진이! 고맙다. 이제 집에 가자. 우리 내일 또 학원에 가야지. 집에 가서 복습도 하고."

"니만 잘 났다 인마. 범생이 관의 형! 그래, 가자."

"야, 오늘 술값은 이 형님이 낸다."

지갑을 꺼내 계산하고 나서면서 우리 셋은 어깨동무를 했어.

"야, 신석아! 아까 그 노래, 날 위해 시켜 줘서 좋았다. 고맙다고 인마."

"집에 돈 맥클린 음반이 있거든. 그걸 듣는데 문득 네 생각이 나더라. 키만 멀대같이 큰 네가 좋아할 것 같았어."

"내가 생각나? 노래 제목이 뭐더라. 고흐?"

"빈센트. 돈 맥클린이 부른 노래."

"그런데 가사가 그게 뭐냐. 쏘리 쏘리 나잇! 뭐가 맨날 미안하다는 거야."

"아, 이 돌대가리! 쏘리가 아니고 스타리 스타리 나잇, 별이 빛나는 밤, 하늘에 별이 가득한 밤이란 말이다, 이 싱거운 촌놈아."

우리 셋은 어깨동무를 하고 하늘을 쳐다봤어. 별이 보여. 시골 밤하늘처럼 별이 가득해.

"저 별 가득한 하늘을 영어로 스타리 스타리 나잇이라고 한단 말이다. 알아듣겠냐, 이 키 큰 아우야."

우리 셋은 어깨동무를 하고 남영역에서 서부역까지 걸어갔어. 인적이 드문 길을 그야말로 갈지자걸음을 하며 이리 휘청 저리 휘청 걸었어. 돈 맥클린의 빈센트를 부르고 또 부르고. 나? 나는 한 박자 늦게 뒤따라가며 '쏘리 쏘리 나잇'만 크게 외치고 나머지는 대충 흉내만 냈지.

없는 집 자식

"야구 보러 가자."

"야구? 대진아! 너 제정신이냐? 지금이 시월이야 시월. 대입 시험이 두 달도 안 남았다고."

"황금사자기 결승전이다, 결승전!"

옆에 있던 신석이가 끼어들어.

"선동열하고 박노준 둘이 붙는다. 이거 안 보면 후회한다. 같이 가자. 표도 구해 놨어."

몸이 후끈 달아오른 두 녀석과 달리 나는 별로 가고 싶지 않았어. 시험은 다가오는데 검정고시 때와 달리 공부에 몰두하지 못했어. 밥 먹는 시간, 똥 누는 시간마저 아까워하며 미친 듯 공부하기는커녕 틈틈이 술 마시고 음악다방도 드나들었지. 아이들과 어울리는 재미에 빠져 지내면서도 마음 한구석으로는 밥값도 못 하는 게 아닌가 반성하고 있었거든. 겨우 며칠 차분히 공부에 집중하는 중인데 야구장에 가자고 바람을 잡으니 망설일 수밖에…….

"내일 토요일인데 한 시간만 수업 듣고 째는 거다."

"이 정신 나간 놈아, 수업을 째? 난 안 간다."

대진이가 내 옆으로 바싹 다가왔어.

"야! 인마! 가 봐라. 텔레비전으로 보는 거랑 완전 딴판이다. 우리는 줄 설 필요도 없다. 동대문시장 가서 맛있는 거 먹고 들어만 가면 된다. 이 형님이 표는 다 알아서 해 놓을 거다. 잔소리 말고 가는 거다."

"우리 셋이 꼭 가야 한다. 가서 야구 보고 나오면 내가 술 한잔 살게."

대답을 못 하겠어. 친구들과 함께 있는 게 정말 좋거든. 친구들하고 술 마시고 놀다 들어가는 날이면 마음이 불편했지만 그 맛, 그 즐거움에서 벗어나질 못하겠더라. 안 되는데, 안 되는데 하면서도 친구들 만나 음악다방 기웃거리고 술 마시고 그러게 돼. 그게 자주 되풀이되니까 나 자신이 미워지기까지 하네. 나란 놈 의지가 이렇게 약한가 싶고 게다가 부모님에게 죄책감마저 들어.

"……."

"가는 거다. 내일은 꼭 간다. 이 대진이 형님이 소주 한잔하면서 할 말씀도 있고……."

대진이 신석이 두 녀석 표정이 진지해. 그냥 장난만은 아니야. 무엇보다 내가 이 녀석들을 좋아하니까 솔직히 나도 어울리고 싶어.

"그래, 가자. 하루 땡땡이친다고 뭔 일 나는 것도 아니고. 대신 다음 주부터는 우리 미친 듯이 공부하는 거다."

토요일은 수업도 오전만 있으니 야구장 가서 한판 신나게 놀고 이제 두 달도 채 남지 않은 시험에 몰두하는 것도 좋겠다 싶어 가기로 했어. 내일 놀 생각에 오늘은 학원 자습실 문을 닫을 때까지 아주 열심히 공부를 했지.

토요일 아침이야. 아침밥을 먹다가 동생한테 말했어.

“야! 오늘 오빠 학원 땡땡이치고 야구 보러 간다. 결승전! 누구라더라? 하여튼 유명한 고등학교 야구선수가 나오는 경기야.”

“학원 빼먹고?”

동생은 밥 먹다 말고 부엌에 있는 엄마한테 소리를 질렀어.

“엄마! 오빠가 오늘 학원 빼먹고 야구장에 간대.”

엄마는 노란 고갱이가 맛있게 생긴 포기김치를 손으로 다듬어 가져와서는 먹음직스런 놈을 한 조각 내 입에 넣어 주며 쳐다봤어.

“우리 아들이 야구 보러 간다고? 좋지. 친구들하고 가는구나. 가야지.”

“엄마는, 학원 빼먹고 간다니까. 땡땡이친다고. 다른 엄마들 같으면 야단칠 텐데 우리 엄마는 이상해.”

나는 밥 먹다가 동생을 슬쩍 째려봤어. 그런데 웃으며 말하는 동생이 밉지는 않더라. 땡땡이치는 나를 이르는 건데도 내가 야구 보러 가서 기분이 좋은지 표정이 밝아.

“니 오빠야 학교 대신 공장 다니고 장사하느라 소풍을 가길 했니, 수학여행을 가 봤니, 이럴 때라도 가야지. 괜찮다, 다녀와. 잘 놀다 와야지.”

"그러네. 우리 오빠가 이제 진짜 학생이야. 와! 이제 시험 보면 오빠도 대학생이 되는 거네? 우리 오빠 대단하다. 학교 가면 친구들한테 우리 오빠 중고등학교 안 다니고 대학에 간다고 자랑한다."

엄마가 밥을 먹다 말고 일어서는 거야.

"내 잠깐 옆집에 다녀올 테니 나 올 때까지 기다려라, 꼭!"

"밥 드시다 말고 어디 가세요?"

"아녀, 잊은 게 있어서 그려."

서둘러 나가는 엄마를 물끄러미 바라보다 먹던 밥을 마저 먹었어. 밥을 다 먹었는데도 엄마가 안 오시네. 이러다간 늦겠어. 첫 시간 수업 준비만 해서 다른 날보다 가벼운 가방을 들고 막 집을 나서는데 엄마가 날 불러.

"잠깐만, 잠깐만 기다려라. 어디 보자."

엄마는 가쁜 숨을 몰아쉬면서 내 머리와 옷을 가지런하게 잡아 주는 거야.

"아, 왜 이래요, 엄마. 다 큰 아들을."

"그려, 그려. 알았다. 콧수염이 이렇게 난 자식을, 내가 주책이지. 이거 받아라. 가서 친구들하고 맛있는 거 사 먹고 술도 한잔하고 그려."

엄마가 내 손에 쥐어 준 돈을 펴 보니 내 한 달 용돈에 가까운 큰 돈이야.

"엄마, 이 돈 옆집에서 꾼 거지? 싫어요."

"아니여, 가져가. 너 중학교 고등학교 수학여행 가는 거라고 생각하고 가져가. 가서 즐겁게 놀다 와라. 엄마가 그 생각을 못 했다. 다른 아이들 다 가는 소풍도, 수학여행도 못 가 봤다는 걸 몰랐어. 엄마가 생각이 모자라 그러려니 혀."

"전에 빌려 온 돈도 못 갚아 맨날 아쉬운 소리 하면서……."

"아니여. 그건 엄마 아버지 몫이여. 니가 신경 쓸 일 아니다."

내 어깨에 묻은 먼지를 털어 주는 엄마 표정이 단호해.

"어여 가, 늦어. 남겨 올 생각 말고."

수업을 빼먹고 야구장에 가는 게 마음에 걸렸는데 친구들과 술도 한잔하고 오라는 말 한마디가 나를 편안하게 해.

소풍! 수학여행. 그래, 맞다. 6학년 가을, 아산 현충사로 수학여행을 갔어. 난 수학여행비를 내지 못해 안 가겠다고 하니까 선생님이 나를 그냥 데려갔지. 하지만 현충사 다녀오는 내내 버스 창밖을 보며 후회했어. '오지 말걸' 하고. 육성회비도 못 내고 수학여행비도 못 내는 아이라고 쳐다보는 것 같고, 공짜로 간다는 게 나를 우울하게 했지. 그리고 그때 난 돈 없이는 절대로 학교 안 다니겠다고 결심했어. 그 뒤로 학교에 못 다녔으니 소풍도 수학여행도 간 적 없고 친구들하고 즐겁게 어디 가는 건 야구장이 처음이야.

학원 교실에 들어서니 대진이와 신석이가 다가와 귀에다 대고 속삭이는 거야.

"지금 와서 안 간단 말 하면 죽는다."

내가 고개를 탁 돌리고 목과 눈에 힘을 바짝 주며 낮은 목소리로 말했어.

“짜식! 니들이나 딴소리 마라.”

두 놈은 뜻밖이라는 표정을 지으며 자기 자리로 갔어. 공부를 하는 건지 마는 건지 수업을 대충 때우고는 슬그머니 교실 밖으로 나왔어. 학원 현관을 나와 마당을 가로지르는데, 누가 봐도 우리 셋은 수업 빼먹고 땡땡이치는 학생인 거야. 느닷없이 선생님이 뒤에서 ‘야! 니들 어디가?’ 하는 것 같고 이러다 걸려서 교무실에 가서 벌 받는 거 아닌가 마음이 조마조마해. 내가 소리쳤어.

“뛰자. 걸리면 야구장 못 간다. 뛰어.”

“안 잡아. 학원이 학교냐? 아무도 안 잡는다고. 이놈, 이거 바보 아냐?”

“몰라, 얼른 뛰라고.”

나는 어깨에 걸쳤던 가방을 얼른 옆구리에 끼고 뛰어나왔지. 학원 정문을 벗어나고도 그냥 냅다 남영역 표 파는 데까지 온힘을 다해서 뛰었어. 역에 도착해 숨을 헐떡거리는데 대진이가 내 등을 한 대 쳤어.

“아이고 숨차. 왜 뛰어? 누가 잡는다고…….”

웃고 떠들며 지하철을 타고 동대문역에서 내렸어.

“우리, 점심 먹고 가자. 뭐 먹으러 갈까? 오늘 점심은 내가 쏜다. 맛있는 거 먹자.”

“네가 쏜다고?”

“그래, 인마. 검정고시 할 때 친구들한테서 들은 말인데 여기 어딘가에 닭 한 마리 칼국수라고 맛있는 집이 있대."

"알지. 나 따라와."

대진이가 앞장섰어. 허름한 골목을 이리 돌고 저리 꺾어 가다 일제강점기에 지은 건물 앞에 섰어. 벽에 붙은 간판이 아주 낡았어. 찌그러진 양푼에 토막 친 닭을 국물에 담가 연탄불 위에 올려 주는데 올리자마자 끓어. 한 번 끓여 나온 거야. 온갖 채소를 수북이 올려 주네. 채소와 고기를 어지간히 먹고 나니 거기에 칼국수를 넣어 주는데 우리 셋은 땀을 뻘뻘 흘리며 다 먹었지. 나는 먹으면서도 생각이 많았어. 이 정도면 꽤 비쌀 텐데 이걸 어쩌나 싶어. 하지만 얼른 생각을 지웠어.

'이까짓 거 쓴다. 오늘은 수학여행 온 거니까 이 정도는 써야지.'

둘은 먹는 내내 야구선수와 감독 이름을 줄줄이 대면서 오늘 경기를 분석하는 거야. 야구선수마다 타율, 타순은 말할 것도 없고 승률이 어떻고 감독은 누구고, 그 학교 재단이 야구부에 얼마나 지원하는지까지 다 알아. 뭐 이런 놈들이 다 있어? 그런 거 알아서 어디에 써먹는다고. 나 같으면 그 시간에 공부에 필요한 걸 하나라도 더 외우겠구만 쓰잘데기 없는 걸 외우느라 어지간히 고생했겠더라니까.

칼국수를 먹고 나서 동대문운동장으로 걸어가는데 길에는 사람이 점점 늘어나. 드디어 동대문운동장이 보여. 매표소 앞에는 사람들이 발 디딜 틈 없이 꽉 찼어. 몇천 명 정도가 아니라 이렇게 많은 사람은 처음 봐. 호루라기를 불고 소리소리 지르고 난리도 이런 난

리판이 없어. 군데군데 경찰도 서 있네.

"이리 와. 저기 들어가는 데로 가자. 거기서 누굴 만나기로 했어."

"표 사야지. 저기서 줄 서야 하는 거 아냐?"

대진이가 내 손을 잡아끌었어.

"야, 여기서 사람 놓치면 찾기 쉽지 않다. 날 따라와. 표는 이미 구했다니까."

표 사느라고 줄 선 데를 피해 입장하는 곳에 갔어.

"저기 계신다. 이리 와."

대진이와 신석이는 깔끔하게 넥타이를 맨 아저씨한테 갔어.

"아저씨!"

"시간 맞춰 오셨네요. 부탁하신 거 여기 있어요."

아저씨가 뭔가를 대진이에게 건네는데 가만히 보니 야구장 입장권이야.

"인사드려. 우리 집 기사님이야. 친구예요."

"세 분이 야구 보는군요. 재미있게 보고 오세요."

아저씨는 표만 건네고 갔어. 내가 물었어.

"누구야?"

"우리 아빠 차 운전하는 아저씨야. 벌써 십 년도 넘어. 차도 운전하고 우리 집 일 많이 도와줘."

"그런데 이 표를 왜 아저씨가 갖고 와?"

"응, 새엄마가 야구장 간다니까 셋이 재미있게 보고 오라고 좋은 자리로 표를 구해서 보내 주겠대. 안 그러면 저기 줄 서서 엄청

고생한다고."

자가용이 있는 것도, 그 차를 운전하는 기사가 따로 있는 것도 나는 상상도 못 하는 일이야. 게다가 엄청 고생해서 사야 하는 표를 누군가 사다 손에 쥐어 주는 것까지 모두 드라마에서나 보는 일인데 내 친구가 그렇게 산다니…….

"응원석으로 가야 재미있어. 오늘은 선린상고가 이길 거야. 거기로 가자."

경기장에 들어서니 가슴이 탁 트여. 밖에서 볼 때와 달리 그 넓은 운동장과 맑은 가을 하늘이 한눈에 들어와. 그런데 무엇보다 놀란 건 교복 입은 선린상고 아이들이 응원석에 가득한 거야. 밴드부 연주에 맞춰 응원가를 부르는데 미리 연습한 거 같아. 우리는 응원석 뒤에 자리 잡았어.

응원부로 보이는 몇 명이 반짝이 옷을 입고 손에는 흰 장갑을 끼고서 춤추고 손짓 발짓을 해 가며 멋있게 그 많은 아이들 응원을 이끌어가. 대진이와 신석이는 마치 선린상고 동문이라도 되는 것처럼 미친 듯이 응원을 해. 그런데 내 마음이 이상해. 같이 노래를 부르고 앉았다 일어섰다 신나게 응원하는 데도 가슴에서 울컥하고 무언가가 올라오면서 눈물이 나오는 거야. 그러다 어느 순간에는 갑자기 응원석 무대로 뛰어올라 내가 이 응원을 지휘하고 싶은 충동이 솟구쳐 오르기도 해. 그 충동이 얼마나 강한지 정신 차리지 않으면 나도 모르게 앞으로 나가겠더라. 울컥하는 마음과 무대에 오르고 싶은 충동 사이를 오가며 점점 선린상고 학생이 되어 응원에 빠져들었어.

8회 3 대 3 동점이야.

"여기서 1점만 나면 우승한다."

"박노준이 나왔어. 박노준!"

"안타! 안타!"

"홈런! 박노준 홈런!"

응원부 아이들이 모두 무대 위로 올라가 어깨동무를 했어. 나도 어깨동무를 했지. 응원단장은 손가락을 세 개 펼쳤어. 그리고는 호루라기를 한 번 불 때마다 손가락을 하나씩 접었어. 마침내 주먹을 쥐는 순간 밴드부 연주가 시작되고 우리는 '아리랑 목동' 노래를 목이 터져라 외쳤지.

"야야 야야야야 야야야야야야야 박노준! 야야 야야야야 야야야 야야야야 박노준!"

짧은 응원이 끝나고 드디어 상대 투수 선동열이 공을 던지기 시작했어. 그 중요한 순간에 나는 야구는 안 보고 응원부 아이들을 보는데 갑자기 운동장이 뒤집어졌어.

"어, 어, 안타 아니 홈런, 홈런이야. 홈런! 2점 홈런!"

서로들 옆에 있는 사람을 끌어안고 나도 선린상고 아이들을 안았지. 박노준이 2점 홈런을 친 거야. 밴드부는 다시 아리랑 목동을 연주하고 우리들은 미친 듯이 고래고래 악을 쓰며 노래를 불렀지. 광란의 도가니는 이런 걸 두고 하는 말인가 봐.

"꽃바구니 옆에 끼고 나물 캐는 아가씨야, 아주까리 동백꽃이 제 아무리 예뻐도……."

마침내 경기는 끝났고 대진이가 예언한 대로 선린상고가 우승했어. 관중들이 하나둘 빠져나가도 우리 셋은 시상식까지 다 보고 어둑어둑해진 동대문운동장을 빠져나왔지. 동대문시장에서 저녁을 먹을까 어쩔까 하다 종각 뒤 중국집으로 갔어. 맨날 짜장면만 먹었지만 이날은 탕수육과 몇 가지 요리를 시키고 고량주까지 주문했어.

"오늘 야구 어땠냐? 가길 잘 했지?"

대진이가 고량주를 따르며 내게 물었어.

"말 시키지 마. 하도 악을 썼더니 목이 쉬어서 말이 잘 안 나와. 가슴이 시원해. 너무 좋아."

"아까 홈런 칠 땐 거의 기절하겠더라니까."

술을 몇 잔쯤 했을 때 차분한 목소리로 신석이가 말을 꺼냈어.

"다음 주부터 우리 열심히 공부하자고 건배하자."

"내가 하고 싶은 말."

우리 셋은 쪼그만 잔에 담긴 고량주를 연거푸 두 잔 마셨어. 막걸리에 견주면 입에 톡 털어 넣으면 그만인데 독해서 그런지 제법 술이 올라. 신석이가 말을 해.

"할 말이 있어."

"너희 둘 아까부터 이상해. 야구 끝나고 나면 할 말 있다고 하더니 뭐야. 뭔데? 뭔가 있지? 그렇지?"

두 놈이 나랑 눈을 맞추지 못하고 고개를 숙인 채 술잔을 쳐다보며 만지작만지작해. 뭔가 깊이 생각하는 듯도 하네.

"다음 주부터 대진이랑 나는 입시 때까지 학원 끝나는 대로 집에 가야 해."

"여기서 공부 안 하고?"

"집에서 입시 때까지 집중 과외 하기로 했어."

"야! 과외 금지잖아? 지난번 언제야, 국보위에서 과외 전면 금지 시켰는데, 걸리는데……."

순간 대진이가 말을 해.

"알아, 너만 알아 둬. 친척 형이 와서 공부 도와주기로 했어. 둘이서 맨날 술 마시고 돌아다닌다고 혼났어. 시험 때가 다 되었는데 공부가 엉망이라고 부모님끼리 그렇게 결정했어."

"그 뭐냐, 족집게 과외라는 거 그런 거야?"

말은 그렇게 가볍게 툭 나오는 대로 했지만 가슴 한구석에 찬바람이 이는 걸 어쩌지 못했어. 과외는 그만두고 학원비 내고 끼니 때우고 친구들과 술 한잔 마시는 것도 부담돼 술값은 거의 두 놈이 내는 내 형편이 떠올라. 야구장에 다녀온 뒤 가슴에 남았던 흥분과 떨림이 갑자기 싸늘하게 식었어. 난 말없이 술잔을 들어 입에 털어 넣었지.

"니들은 부잣집 애들이라 다르구나. 난 그동안 풀었던 문제집이랑 선생님들이 만들어 주는 핵심정리 프린트물로 마지막 정리를 하려고 하는데……."

"새엄마가 나를 챙겨 주고 싶대. 아버지도 그러고."

대진이 말을 듣고 보니 두 녀석 부모님 마음도 이해가 가더라. 아무래도 내가 이 어색한 분위기를 풀어야겠기에 잔을 들었어.

"그래, 맞다. 부럽기도 하지만 우리 월요일부터 열심히 하자. 죽었다고 하자. 이제 같이 술 한잔 마실 기회도 없겠네? 꼭 이별하는 자리 같네. 한잔하자."

대진이가 내 뒤통수를 치면서 말했어.

"야! 학원은 계속 나올 건데 이별은 무슨 이별이냐? 시험 잘 보고, 같이 어디 놀러 가자."

우리 셋은 감질나게 작은 고량주 잔이 아니라 물 컵에 고량주를 가득 따라서 몇 잔 들이켜고 휘청거리며 헤어졌어. 집에 돌아오는 내내 야구장의 그 짜릿함과 이제 월요일부터 나 혼자 공부해야 한다는 사실을 떠올리면서 지하철 1호선을 타고 노량진역에서 내려 집으로 걸어갔지.

집에 들어갔더니 동생은 쉬지 않고 내게 질문을 쏟아 냈어.

"오빠, 누가 우승했어?"

"누구랑 갔어? 여자 친구? 솔직히 말해 봐."

"뭐 먹었어? 안주가 뭐야?"

한참 수다 떨더니 동생은 내게 한 마디 툭 던졌어.

"난 오빠가 공장 안 다니고 공부해서 아주 좋아. 나만 학교 다니고 오빠는 힘들게 공장 다니는 거 미안했거든. 이제 오빠가 친구들이랑 야구장에도 놀러 가서 좋아. 이제는 정말로 오빠가 학교 다니는 학생 같아. 엄마랑 오빠 이야기 했어. 엄마는 오빠가 하고 싶은 거 해서 좋대. 맞지, 엄마?"

난 지갑을 꺼내 엄마가 야구장 가서 쓰라고 준 돈을 꺼내 동생에게 줬어.

"이거 친구들이랑 맛있는 거 사 먹어."

월요일이 돌아왔고 수업에 집중했지. 그날 오후 수업이 끝나자 대진이랑 신석이가 내게 왔어.

"관의야! 우리 지금 바로 집에 가야 해. 내일 보자."

"그래, 참 그러기로 했지."

말이 끝나기 무섭게 두 놈은 서둘러 가방을 들고 학원 마당을 가로질러 가는 거야. 난 답답하기도 하고 두 녀석 가는 걸 보려고 뒤따라 나갔지. 학원 정문 앞에 검은색 자가용이 서 있네. 상도동에 사는 어마어마한 부자들이나 타고 다니는 검은색 세단이야. 깨끗이 세차하고 왁스칠을 해 번쩍번쩍 빛나는 세단. 신석이와 대진이가 차로 가자 조수석 창문이 내려가고 여자 분이 웃으며 뒤로 타라고 손짓을 해. 대진이 엄만가 봐. 운전기사가 앞문을 열고 뛰다시피 나오더니 대진이와 신석이 타라고 뒷문을 열어 주는 거야. 그러고는 종종걸음으로 운전석에 올라탔고 곧 차는 스르르 떠났어.

난 대진이와 신석이가 차를 타고 떠난 그 자리에 섰어. 저 멀리 삼각지 쪽으로 달리는 차를 바라보는데 문득 한 장면이 떠올라. 내가 채소 장사 한다고 손수레에 엄마를 태우고 한강대교를 건널 때 버스를 타고 가던 내 또래 학생들과 자가용을 타고 편안하게 가던 아이들. 대진이와 신석이가 나한테 잘못한 건 없는데 이상하게도 야속하고 서운해. 내게서 아주 먼 곳으로 가 버린 느낌이 들어.

'그래, 나는 없는 집 자식이야. 재네들처럼 힘껏 날 도와줄 사람은 없어. 그냥 내 힘으로 내 길을 열어야 해. 내가 정신을 못 차렸지. 어떻게 시작한 공부인데……. 아니야, 아이들하고 어울리지 않고 어떻게 살아? 사람이 어떻게 공부만 하고 일만 하고 살아? 그래도 이제 남은 두 달은 죽은 듯 공부한다. 재네들도 저렇게 열심히 하는데 없는 집 자식이 술이나 마시고 이리저리 흔들리면 안 되지.'

난 주머니에 손을 찔러 넣고 교실로 들어가다 몸을 돌려 대진이와 신석이가 탄 자가용이 떠난 자리를 다시 쳐다봤어.

선생 해 보는 건 어때?

대입시험을 치른 다음 날이라 그런지 잠이 쏟아져. 아침 겸 점심을 먹고 다시 한숨 더 잔 다음 가채점 결과를 들고 학원으로 갔어. 시험이 끝난 학원은 조용해. 이제 여기는 내가 머물 곳이 아니라 떠날 곳이라 그런지, 드나들던 현관도 교실도 썰렁하고 허전해 보여 마음 한구석이 아파. 대진이와 신석이가 왔을까 하고 둘러보니 아는 얼굴이 하나도 안 보여. 다들 표정은 굳었고 멍하니 얼이 빠져 있는 듯 해. 아이들은 나와 다르겠지. 여기는 학교와 달리 거쳐 가는 곳, 목적지로 가기 위한 수단이었을 거야.

마치 친구를 찾아가듯 무심결에 교무실로 발걸음을 옮겼어. 부원장님과 몇 분께 인사드리고 보니 역사 선생님이 계시네. 선생님은 내 점수를 물어보고 대학 배치도를 펼친 다음 지원 가능한 대학이랑 과를 보다가 물었어.

"너, 과 정했어?"

"지난해처럼 무역학과 가려고요. 경영이나 회계학과도 좋고요."

"좋지. 잘 나가는 직업이야. 전망도 좋고……. 나가자. 여기 있어 봐야 할 일도 없고 막걸리나 한잔하자."

그렇지 않아도 남들은 시험 보러 갈 때 부모님이 따라가고 교문 앞에서 내내 기다리거나, 영험한 절이나 교회 찾아간다고 난리도 아니던데 우리 집은 그냥 차분해. 다른 애들은 밤새 술을 마시거나 나이트클럽에 춤추러 간다며 아예 용돈을 두둑이 받아 나오던데, 난 그냥 집에 가 엄마가 끓여 준 김치찌개 먹고 잤지. 그런데 오늘 선생님이 술 사 주신다기에 얼씨구나 하고 따라갔어. 지난번에 선생님과 함께 갔던 남영역 맞은편 빈대떡과 순두부 잘하는 집이야.

주인아주머니는 반갑게 맞이하면서 아랫목이 따스한 방을 마련해 줬어.

"시험은 잘 본 거 같고, 어느 대학 갈까 상담하러 왔구나? 생각해 둔 데 있어?"

"이놈 이거 무역이나 경영 쪽으로 간다네요."

"좋지. 채소 장사도 해봤다며? 장사가 다 그게 그거지. 잘할 거야. 막걸리에 빈대떡? 맞지요, 선생님?"

아주머니는 대답도 안 기다리고 문을 닫고 나갔어. 이상해. 시험을 보고 나니 갑자기 어른이 된 기분이야. 이 방도 다르게 다가와. 내 말투나 몸짓도 좀 달라진 것 같고. 선생님과 아주머니도 뭔가 이전과 다르게 대하시네.

방에 들어가자마자 옷도 안 벗은 채 시험점수표를 한참 살펴보던 선생님이 말문을 열었어.

"국어 점수가 가장 높구나. 영어와 수학은 엇비슷하고……. 너는 어떤 과목이 재미있냐?"
"다 그냥 그래요. 재미로 하는 건 아니고 시험을 봐야 하니까 억지로……."
"그래도 좀 나은 게 있을 거 아냐?"
화 내는 건 아닌데 답답해하는 느낌이 들어 얼른 대답을 했어.
"국어랑 영어가 그래도 좋아요. 생각거리도 많고 이야기가 있어서 좋아요. 다른 건 막 외우고 그러는 건데 교훈이나 철학 같은 게 있어서 그게 좋아요."
"그래? 다른 과목은? 조금이라도 마음이 당기는 거, 재미를 느꼈다거나……."
"네, 역사요. 선생님께 역사 배우면서 사실은 시험공부 안 하고 틈틈이 역사책 읽었어요. 특히 동학에 관해 배울 땐 어린 시절 수수께끼처럼 궁금하던 게 풀리더라고요. 그래서 역사를 전공할까 하는 생각도 하기는 해요."
"그래? 내 강의를 들으며 그런 마음이 들었다니 좋네. 그런데 왜 하필이면 동학이?"
"제가 다닌 학교가 공주에서 부여로 넘어가는 우금치 아래에 있는 공주교대부속초등학교예요. 그때 동네 어른들이 우금치에서 흘러 내려오는 제민천 상류랑 우금치에서 놀지 못하게 하더라고요. 그쪽에 가려고 하면 질색하고 펄쩍 뛰세요. 잘못 가면 귀신 씌어서 미치거나 병들어 죽을 수도 있다고요. 아이들 사이에 떠도는 말로는 거기서 가재 잡거나 산에서 놀다가 사람 해골을 많이 봤다는 거예요. 밤에 고개 넘어 걸어오다 도깨비불 봤다는 사람도 많고요. 그래서 그쪽으로 고개 돌리는 것마저도 두려워했어요. 저는 그래도 친구들하고 제민천 상류 저수지에 가서 가재도 잡고 물고기도 잡았는데, 나무와 풀을 헤치고 냇물에 들어가면 한여름에도 얼음골이에요. 얼마나 시원하고 가재가 드글드글한지. 하지만 잡기만 했지 아무도 가재를 안 먹어요. 사람 시체를 먹고 그렇게 많은 거라고. 선생님 이야기 들으며 거기가 억울하게 죽어간 동학 농민들 시신이 묻힌 곳이라는 걸 그제서야 알았어요. 지금도 그 당시 동학 농민 후손들은 자기 성을 바꾸고 동학 이야기도 안 꺼낸다는 것도요. 정보기관이나 이런 데서 보복당할까 봐 무서워한다는 것도요. 옛날이야기가 아니라 지금 진행되고 있는 아픈 역사라는 걸 깨달았어요."

"이놈 이거 깊이 생각했구나. 그래, 우리 역사에서 치명적인 잘못을 저지른 순간이야. 그때라도 제대로 정신을 차리고 혁명처럼 세상을 바꾸었다면 남북이 이 모양 이 꼴로 안 갈라지고 전쟁도 겪지 않았을 거야. 안타깝지."

"제가 농사를 짓고 장사를 하다가 공장 다니고 그런 것도 어쩌면 어머니 아버지 잘못이 아니라 세상의 흐름과 관련 있다는 생각이 들어요. 아버지 어머니는 일제강점기에 청춘을 보냈고 전쟁을 겪었어요. 그런 아픔을 겪은 것과 제가 힘들게 살아온 게 깊은 관련이 있다는 것도요. 그래서 그 공부를 하고 싶기도 해요.

단순히 개인 잘못으로만 보기에는 뭔가 풀리지 않아요."

조금 있자 문이 열리고 안주가 들어왔어. 돼지기름이 지글거리는 녹두빈대떡과 찌그러진 양은 주전자에 담긴 막걸리를 보자 침이 넘어가. 얼른 주전자 손잡이를 잡는 내 손을 막고 선생님이 먼저 주전자를 드네.

"그래, 나중에 더 이야기해 보기로 하자. 시험 보느라 애썼다. 한 잔 받아라. 어제 술 했어?"

"아니요, 집에 가서 일찍 잤어요."

먹음직스럽게 가득 채워 준 잔을 내려놓고 무릎 꿇고 앉아 두 손으로 주전자를 기울이며 말씀드렸지.

"선생님! 고맙습니다. 선생님 덕분에 시험 잘 봤습니다. 정말 고맙습니다."

"그래, 평소보다 점수가 잘 나왔다. 축하하네. 잔 들고, 합격을 위하여!"

"네, 고맙습니다."

"쫘악 들이켜. 내일 수업이 있는 것도 아니니 마음껏 마시자."

나는 망설이지도 않고 단숨에 벌컥벌컥 들이켜고 잔을 내려놓았지. 술이 고팠는지 선생님이 따라 주는 대로 마셨고 선생님도 강의 부담이 없어 그런지 편히 드시네. 그때 아주머니가 쟁반에 뭘 들고 들어왔어.

"이거 서비스. 시험 보느라 욕봤고 이제 떡하니 합격하라고 겨울에 제맛인 꼬막무침 해 왔어요."

"아주머니, 이거 혹시 그 뭣이냐 벌교 꼬막 아니에요?"

"앗따, 아시네. 아는 양반이 보내왔기에 올 겨울 특별 안주로 해봤어요. 새로 한 쌀밥이니까 얼른 얹어서 드셔 봐. 내일 속이 편할 거여."

꼬막무침을 갓 지은 밥에 얹어 먹으니 참기름 내와 매콤한 파가 정말 맛있어. 순식간에 밥을 다 먹으니 아주머니는 내게 술을 한잔 주시네.

"아까 무슨 과 간다고?"

"돈 번대요. 무역이나 경영학과."

"그려, 좋지."

아주머니는 내게 다시 물어.

"돈 많이 벌고 싶어?"

좀 망설였어. 돈 이야기가 자꾸 나오니까 좀 뭐랄까 내가 천박해 보이는 느낌이 드는 거야. '꼭 돈을 많이 벌어야 해!' 하는 건 아니면서도 말은 다르게 나와.

"돈 때문에 학교도 못 다니고 그래서 돈 벌어야겠다는 생각 많이 했어요. 채소 장사 하면서 느낀 건데요 내가 신용 지키고 머리만 잘 굴리면, 뭐랄까 사방에 돈 벌 거리가 널려 있다는 그런 생각이 들더라고요. 용산도매시장 아저씨가 사람은 많은데 믿을 사람이 없다고 그랬어요. 심지어는 자식마저도 그렇대요. 믿음 주고 머리 굴려서 돈이 흘러가는 길목을 지키면 돈 버는 건 어렵지 않대요. 제 생각에도 그래요."

아주머니도 선생님도 고개만 끄덕이고 말씀이 없어. 이 어색한 분위기는 뭐지 싫어. 그래도 말이 쏟아져.

"공장 다닐 때 봤어요. '신용장'이라고, 물건만 좋으면 살 사람하고 공장을 연결시켜 거래가 이루어지게 해 주면 내 돈 안 들이고 중간에서 수수료를 챙기는 게 무역이더라고요. 관심 갖고 보니까 별의별 게 다 돈이 되더라니까요. 먹는 약, 바르는 약, 옷, 기계…… 뭐 돈이 안 되는 게 없어요. 제가 채소 장사 할 때 해 봤어요. 용산은 도매시장이라 새벽에 거래를 하거든요. 그런데 늦게 들어오거나 뭔가 때가 안 맞아서 못 판 물건이 있어요. 눈여겨보면 그런 게 자주 있어요. 그러면 갑자기 값이 떨어져요. 아니면 시장에서 먹힐 게 있는데 소매상들이 눈치를 못 채고 안 사 가는 게 있기도 하고요. 그런 걸 싸게 사다가 남들보다 헐값으로 파는 거지요. 시골서 물건 가져온 사람은 하루에 다 팔아야 해요. 공산품과 달리 농산물은 하루만 지나도 상품성이 떨어지거든요. 그 사람은 팔 길이 없고 저는 팔 길이 있어요."

내 이야기에 내가 빠져들었어. 술 한잔을 마시고 계속 했지.

"우리 동네 상도동에 단골이 있거든요. 저는 배달하면서 그 집 주소를 다 적어서 가지고 있었어요. 다른 사람들은 안 그러는데 저는 적은 양도 배달해 주고 나오면서 그 집 주소와 위치를 수첩에 적어 놓았어요. 그걸 믿고 물건을 트럭으로 갖다가 팔았지요. 총각무, 오이지 오이, 감자, 통배추 그리고 수박도. 산동네를 뛰어다니며 일일이 문 두드리고 사라고 했어요. 저는 밑천도 안 들였는데 큰돈이 생기더라니까요. 공부하면서 생각했는데요, 나라끼리도 그런 거 아닌가 싶어요. 대신 저는 하늘이 무너져도 신용을 지킬 거예요. 처음에는 사람들이 긴가민가하다가 저를 믿으면 거래를 쭉 할 거고 그러면서 큰돈을 벌 거예요."

신이 나서 이야기하는데 아주머니랑 선생님은 듣고만 계시더라. 아주머니는 손님이 와서 나가고 선생님은 잔을 들어 권하면서 내 이야기를 끊었어.

"너 지난번 수업 때 무슨 시 좋아한다고 했지? 갑자기 기억이 안 나네."

"독립선언서 이야기하면서 한용운 선생님 이야기하실 때였어요."

"그래, 타고르의 무슨 시를 네가 좋아한다고 했는데."

"네, '바닷가에서'라는 시예요."

선생님은 막걸리 한 모금 마셔 목을 축인 다음 이야기를 해.

"거기에 보면 이런 말 나오지? 애들은 고기 잡는 것도 모르고 보석 캐는 것도 모르지만 재미있게 논다고."

"네, 저는 그 시 보면서 제 생각 했어요. 어려서는 아이들하고 흙이나 뭐 그런 것만 갖고도 재밌고 행복했는데 크니까 안 그래요. 점점 이상해져요. 만족할 줄도 모르고 뭘 해도 어려서만큼 재미가 없어요. 그 시를 보면서 그런 생각이 들었어요."

"돈 버는 거 좋지. 나도 돈 많으면 좋겠다는 생각은 해. 돈 버는 거 좋고, 다른 거 하고 싶은 건 없어? 뭐 이런 직업도 좋겠다 싶은 거 아무거나 떠오르는 대로 이야기해 봐. 깊이 생각할 거 없어. 말도 못 하냐?"

선생님이 잔을 들기에 나도 잔을 들어 부딪친 다음 한 잔을 들이켰어.

"고등학교 과정 검정고시 때 생물 선생님을 좋아해서 의사가 될까 생각도 했는데 수학이 잘 안 돼서 접었어요. 어렸을 때부터 꿈은 있어요. 소, 돼지, 닭 이런 거 키우는 농장을 하고 싶었어요. 짐승 키우는 거 좋아하거든요. 그러다 공부 시작 한 뒤로는 가끔, 아주 가끔 선생님이 되는 것도 좋겠다는 생각은 했어요."

"농장? 좋지. 그런데 요즘은 다들 농사 싫다고 떠나는 판이라……. 그런데 왜 갑자기 선생을 생각했어?"

"중학교 석 달 다니다 쫓겨난 뒤로 선생님들이 미웠어요. 농사짓느라 못 간 건데 가정방문이라도 해 제 형편을 알아봐야지 그냥 퇴학시켰어요. 돈 가져와서 중간고사 보라는 편지나 보내고……. 그런데 늦게 공부 시작하고 만난 선생님들이 정말 고마운 거예요. 힘들어 포기하고 싶을 때마다 잡아 주고 격려해 주시고, 또 이렇게 선생님이랑 술을 마신다는 게 꿈만 같아요. 맨날 천덕꾸러기 대접이나 받아서 저는 못난 놈에 쓸모없는 놈이라는 생각을 하며 살았거든요. 혼자 울기도 많이 하고……. 이런 마음, 부모도 형제도 잘 몰라요. 그래서요."

"나랑 술 마시는 게 좋아? 그렇다니 내가 고맙네. 한 잔 쭉 해."

선생님은 화장실에 가려고 나갔어. 잠깐 정신을 가다듬으며 공연히 쓸데없이 말이 많았다는 생각이 들어 찬물을 한 컵 들이켜고 자세를 가다듬었어. 정신 차리자고 되뇌었지.

화장실에 다녀온 선생님한테 찬 기운이 느껴져.

"그러면 지금 네가 생각하고 있는 건 경영이나 무역 그리고 교사? 그중 하나를 고른다면?"

갑자기 말이 막혀. 나 스스로 힘들 때마다 '악착같이 공부해서 돈 벌어야 해' 하는 생각만 하며 힘을 냈는데, 그래서 무역학과나 경영학과를 간다고 했는데 지금은 말이 쉽게 안 나오는 거야.

"너 공부를 왜 했니? 사람들이 왜 공부를 한다고 봐?"

"……."

"내가 너무 어려운 질문을 했나? 그래. 너 지난번에 술 마시며 내게 아버지 이야기를 했지? 아버님께 이런 말을 했다는 게 생각나. 아버지가 돈을 못 벌어 와서 속상한 게 아니라고, 돈 없어도 식구들이 화목하게 지내면 좋겠다고 그랬어. 그러면서 네 친구 집 이야기를 했는데……."

"번데기 장사 하는 집 아들이랑 남대문시장에서 지게질하는 아저씨네 이야기 했어요. 우리 집처럼 가난한데 식구들 사이가 그렇게 좋아요. 그래서 그게 부러웠어요."

난 술이 취하는데 선생님은 멀쩡해.

"공부는 말이다, 돈을 버는 것도 있지만, 시험 봐서 사법고시 합격하고 좋은 직장 들어가고 그러는 목적도 있지만, 진짜 목적은 따로 있어. 그게 뭔지 아니? 사람이 되는 거야. 공부를 안 하면 사람은 자꾸 이상해져. 책 보고 시험 보는 것만 공부는 아니다.

그건 진짜 공부가 아니야. 진짜 공부는 내 몸과 마음을 가다듬는 거다. 네가 저번에 우리 집에서 술 마실 때 멋진 말을 했는데 아, 그게 생각이 안 나네. 아, 맞다. 네가 그랬다. 공부는 도 닦는 거라고 했어. 그거 마음에 들었지. 나도 그렇게 생각한다."

세상에! 눈이 번쩍 떠지고 등골이 오싹해져. 술에 취해 나오는 대로 떠든 말을 다 기억하는 선생님 앞에 앉아 있는 게 어렵기도 하고 좋기도 해. 이런 자리에 앉아 있는 내가 자랑스러워. 나는 얼른 가부좌를 틀고 허리를 꼿꼿하게 폈어. 숨을 깊게 들이마시고 밸고를 천천히 했어. 공장 다닐 때 만난 철룡이 형이 가르쳐 준 말, '공부는 평생 도 닦는 거다. 공부하면 안 보이던 게 보인다'고 한 말이 떠올라 술김에 선생님한테 했거든.

"제가 한 말을 기억해 주니 고맙습니다."

"야! 인마! 갑자기 왜 이래? 편하게 앉아. 나도 돈 생각 날 때 많아. 나이 사십 넘어 자식은 어리고 집은 곰팡이 피고 부모님은 늙고……. 그런데 한 번 사는 인생 내가 좋아하는 거, 하고 싶은 거 하고 사는 게 멋진 거야. 나? 나는 선생이 좋아. 그러면서 한 옆으로 돈 생각도 나. 너나 나나 거기서 거기야. 그런데, 그래도 중요한 건 놓치지 말았으면 해. 너무 욕심 부리면 추해지거든. 돈을 벌어도 아름다운 사람이 있어. 그런 사람이 되면 좋겠다는 생각을 해. 이 자식 이거 술 당기게 하네. 한 잔 더 하자. 나가서 술 한 주전자 더 챙겨 달라 말씀드려라."

아주머니께 말씀드리고 밖에 나가 숨을 돌리고 들어오는데 아주머니가 술 주전자를 내밀며 물었어.

"학생 어디 갈지 결정했어?"

"아직요, 뭘 해야 할지 헷갈려요. 확실한 게 아무것도 없어요."

"그래, 맞아. 사는 게 그래. 답이 없더라고. 주전자 갖고 들어가요. 좀 이따 과일 갖고 들어갈게."

방에 들어가니 선생님이 대학 배치도를 펴 놓고 계시네.

"내일이면 아이들이 상담하러 올 텐데 쉽지 않은 일이야."

"아주머니가 곧 들어오신대요. 과일 가져오신다고."

"아주머니 오시면 너한테 어떤 일이 맞을까 물어보자. 무역, 농장, 선생. 마음에 들어오는 거나 떠오르는 거 더 있냐?"

"선생님, 아까 말씀 드린 거 확실하지 않아요. 그냥, 그냥 떠오른 건데……."

"야! 인마. 사는 게 다 그래. 다 그냥 사는 거지 뭐 확실한 게 있는 줄 아냐? 친구도 그냥, 결혼도 그냥. 솔직히 자식과 부모도 그냥이야, 그냥."

그때 아주머니가 깎지 않은 배를 들고 들어왔어.

"아주머니! 어서 오세요. 오늘 한번 봐 주세요. 이번엔 좀 확실하게. 이놈 이거 뭐가 맞을 거 같아요? 무역이나 장사, 농사짓고 가축 키우는 농장, 아이들 가르치는 선생 가운데."

아주머니는 배를 깎으며 웃기만 하네. 배를 먹기 좋게 깎아 놓고 말문을 열었어.

"내가 보니까 늦어. 매사가 늦돼. 지난번에 이야기했잖아. 스무

살 전에 고생하고 그 힘으로 살아갈 거고 귀인이 모일 상이야. 대신 끝없이 갈고 닦고 베풀어야 해. 샘은 퍼내야 새 물이 고여. 퍼내고 퍼내면 자꾸 솟아날 것이니까 그건 걱정 하지를 말고."

"아주머니! 좀 자세히 말씀을 해 주셔야지요. 지난번에도 그러시더니만."

"세상에 확실한 게 어디 있어요? '너는 이렇게 살아라' 하고 써 놓은 종이 쪼가리라도 있으면 좋지만 사는 게 어디 그래요? 자기가 스스로 판단하는 거지. 그리고 그렇게 확실하게 말해 줘도 지금은 귀에 안 들어와. 턱밑에 갖다 줘도 몰라. 마음 끌리는 데로 가라고 그래요. 그게 길이고 거기서 또 가고 그러는 거라고요. 가다 보면 마른하늘에 벼락 치듯 느닷없이 일이 생겨. 그러면 또 맞춰 사는 거지. 확실한 건 아무것도 없어. 그냥 가는 거야. 사람은 사람 도리를 하고 하늘은 하늘 도리를 하고……."

시원한 배를 먹고 빈대떡 집을 나서는 데 뭔가가 보이는 것 같아. 선생님과 헤어진 다음 삼각지, 용산, 한강대교를 지나 집까지 걸어서 왔어. 오면서 선생님과 아주머니가 한 말을 되새기는데 내게 완전히 다른 세상이 펼쳐질 거라는 기대가 생겨.

집에 오니 늦은 시간인데 엄마가 안 주무시고 기다려.

"한잔했구나. 홍시나 같이 먹자. 이리 와라."

"엄마! 저 선생하면 어때요? 중고등학교 선생."

"니가 선생을? 좋지. 선생님이 되고 싶냐?"

"아니, 그냥. 갑자기 생각이 들어서요. 돈 버는 무역을 해도 좋고 선생을 해도 좋고. 이제 결정을 해야 하는데……."

"니가 생각이 많구나. 무슨 과목?"

"뭐, 영어나 국어, 역사도 마음이 끌리긴 하고……. 영어가 어떨까 싶어요."

"나야 좋지. 니가 하고 싶은 거 혀. 넌 장사를 해도 잘할 거고 선생을 해도 잘할 거여. 채소 장사를 얼마나 잘했냐? 어른들도 못 하는 걸 너는 해냈잖여. 어려서부터 어린애들을 좋아하고 그랬어. 넌 애들 모아 놓고 옛날이야기도 어찌나 잘해 주는지 아이들이 모여들고 그랬으니까. 나도 니 이야기 듣고 있으면 시간 가는 줄 몰랐지."

낮에 선생님과 아주머니 만난 이야기를 했어.

"고마운 선생님이네. 우리 아들 밥 사 줘, 술 사 줘, 이야기도 들어주시고. 그 아주머니도 보통 분이 아니시네. 아닌 게 아니라 니가 복이 많다. 고맙지, 고마운 거여. 다 니가 잘 하니께 그런 분들이 다가오는 거여. 지 복은 지가 타고 나는 거란 어른들 말씀이 맞아."

홍시를 먹고 나니 잠이 솔솔 와. 누워서 비몽사몽 졸면서 엄마에게 말했어.

"선생님 되는 것도 좋은 거 같아요. 애들이랑 사는 거 나쁘지 않아요."

그날 뒤로도 역사 선생님과 몇 번 대입 상담을 했어. 예비고사 점수가 가채점한 결과와 크게 다르지 않아서 상담을 바탕으로 대학을 정했어. 사범대학을 가되 돈이 없으니 국립대로 간다는 것, 국립대인 서울대 갈 실력은 안 되고 여기저기 고르다 공주사범대로 결정했어. 혹시 마음이 바뀌면 갈 학교로 다른 대학 사범대 영어교육과, 무역이나 경영학과를 찍어 놓고 그길로 원서를 세 장 사가지고 집에 가서 썼어.

다음 날 아침 일찍 일어나 공주사범대 원서를 들고 공주행 버스를 탔지. 학교를 정해서 그런지 마음이 놓여 스르르 잠이 와.

"여기가 어디지?"

버스가 몹시 흔들리는 바람에 눈을 뜬 나는 두리번거렸어. 왼쪽 심하게 비탈진 계곡 아래에는 흰 눈이 군데군데 쌓여 있고 냇물은 꽝꽝 얼었는데 오른쪽은 밤나무가 우거진 가파른 산이네. 천안에서 공주 정안면으로 넘어가는 차령고개야. 버스는 고갯마루에 있는 휴게소 앞을 지나고 있어. 버스가 지나온 등 뒤는 천안시고, 이제 저 앞 넓지 않은 들녘은 공주야.

난 공주사범대, 아니지 지금은 이름이 바뀌었으니 공주대학교 사범대에 입학원서 접수하러 가고 있어. 이 고개는 내가 중학교 다닐 나이에 충남 성환에 있는 이발소로 기술 배우러 가느라 트럭 타고 넘었지. 그날따라 눈이 많이 와 트럭이 골짜기 아래로 굴러떨어질 뻔했는데 이제 나는 선생이 되겠다고 거꾸로 공주를 찾아가고 있어.

가방을 열고 원서를 꺼냈어. 열 번도 넘게 본 원서를 다시 훑어봤어. 학력란에 쓴 '공주교대부속초등학교 졸업, 고등학교입학자격검정고시 합격, 대학입학자격검정고시 합격'이라는 글씨에 눈길이 머물렀어. 초등학교부터 고등학교 과정을 마칠 때까지 겪은 온갖 일들이 스치듯 떠올라. 지금 나는 다시 학교라는 곳으로 돌아가려고 원서를 접수하러 가는 길이야. 그것도 중고등학교 선생이 되겠다고 말이야.

공부를 시작할 때는 공부해서 돈 벌겠다는 생각뿐이었는데 지금 나는 돈 버는 것과 거리가 먼 선생의 길로 들어서고 있네. 돈 벌려면 장사나 사업을 해야 하는데 선생이라니……. 돈이 없어 초등학교는 6학년 시월 무렵부터 못 다니고, 한 해 늦게 들어간 중학교마저 석 달 다니다 등록금을 못 내 쫓겨난 놈이 사범대를 간다? 무역학과나 경영학과 가서 돈 벌 생각은 안 하고 월급 받아 사는 교사가 되겠다고 나선 내가 뭔가 잘못 판단했다는 생각이 들어.

그러다 역사 선생님과 빈대떡집 아주머니랑 나눈 이야기를 떠올렸어. 아이들과 이야기 나누고 함께 지내는 걸 좋아한다는 엄마 말씀도. 어쩌면 워낙 없이 살아와 겁먹고 무역이라는 낯선 직업 세계로 들어가는 모험을 피하는 대신 안정된 직업인 교직을 고른 것인지도 몰라. 외국을 누비며 장사하는 그 신나고 짜릿한 맛을 못 본다는 게 아쉬우면서도 나처럼 위축되어 있고 가정형편이 어려운 아이들, 늦되는 아이들을 챙기고 힘을 주면, 그래서 그 아이들 인생이 달라진다면 그것도 보람 있고 행복할 것 같아. 마음이 이리저리 왔다 갔다 정말 어렵네.

중학교 과정, 고등학교 과정 검정고시를 거쳐 남들이 부러워하는 대학에 원서 접수하러 가는 날이건만, 긴장감도 흥분도 설렘도 없어. 예비고사 보러 갈 때도 그랬어. 나는 별 느낌이 없어. 내가 늙었나? 아니면 무감각해진 걸까? 중학교 과정 검정고시 볼 때는 너무 떨려 눈이 안 보이고 쓰러지기 직전까지 갔는데 이제는 안 그래. 그냥 지난 시간만 자꾸 눈앞에 어른거려. 선생님들 말이 젊음은 내일을 보고 늙음은 지난날을 돌아본다던데 벌써 늙었나…….

버스가 공주터미널에 도착했어. 버스에서 내려 차부, 이제는 터미널로 이름이 바뀐 곳을 휘 둘러봤어. 대학원서가 든 가방을 움켜쥐고 표 끊으러 들어가는 입구 오른쪽 벽에 섰어. 공주에 다녀갈 때마다 지금 선 이 자리에서 버스를 기다렸지. 장날 다녀갈 때도, 석 달 다니다 쫓겨난 중학교지만 학교 마치고 집에 갈 때도……. 겨우 다섯 해 지났을 뿐인데 아는 사람은 단 한 명도 눈에 안 띄네. 그동안 나는 몸도 마음도 달라졌어. 그런데 정말 달라진 걸까?

하늘이 어두워. 곧 눈이 한바탕 쏟아붓게 생겼어. 그렇지 않아도 가라앉은 마음이 더욱 가라앉네. 서울 시내버스와 달리 낡아 털털거리고 몸도 이리저리 흔들리는 버스를 타고 금강을 건넜어. 강 가장자리는 벌써 얼었네. 초등학교 다닐 땐 여기서 물고기도 많이 잡았어. 금빛 모래가 끝없이 펼쳐져 있고 조금만 서 있어도 모래가 발을 간지럽히고 햇볕에 반짝이며 빛나던 강물이, 그 아름다운 강물 빛이 눈에 선해.

공주사범대 앞에 섰어. 깊이 숨을 들이쉬고 내쉬기를 몇 번 한 다음 안으로 들어섰어. 접수대가 눈에 보이네. 아직은 접수 초기라 그런지 학생이 눈에 안 보여. 원서를 접수창구 직원한테 내밀었어. 창구 직원이 도장을 찍고 수험표를 찢어서 내게 내밀며 주의사항을 몇 가지 알려 주더군. 읽어 봐야 할 인쇄물도 건네줘. 그 뒤에서 내 원서를 보던 점잖게 생긴 남자분이 내게 말을 걸어.

"음, 학생! 공주교대부속초등학교 나왔어요? 1974년 졸업이네. 그럼 우리 딸하고 같은 해 다녔는데……. 검정고시 출신이군."

그러더니 밖으로 나와서 악수를 하자고 손을 내미는 거야.

"무슨 과를 가려고 해요?"

"영어교육과 가려고 합니다. 영어 교사가 되려고요."

"음, 그래요. 학생 느낌이 좋아요. 집이 서울이군. 내려와서 같이 공부하면 좋겠네. 난 여기 영어교육과 교수예요."

나는 순간 멈칫하고 놀랐어. 교수면 입시 때 면접을 보거나 할 거 아냐.

"나는 입시 담당 아니니까 걱정 마요. 사적으로 그럴 일도 아니고, 그냥 우리 딸이 생각나서……. 합격하면 좋겠어요."

세상에! 나를 위해 문까지 나오는 거야. 나와 보니 함박눈이 내리네.

"눈이 적잖이 올 것 같은데 조심해 살펴 가요. 합격하길 빌게요."

고맙다는 말씀을 드리며 허리 숙여 인사했어. 교문 쪽으로 가다 말고 그냥 운동장에 서 보고 싶어서 운동장으로 내려갔지. 내 학교가 되면 이 운동장에서 축구도 하고 아이들과 어울리기도 하겠다는 생각이 들어. 내가 학교에서 아이들과 어울린다고 생각하니 기분이 좋네. 운동장 가를 한참 서성이다 버스를 타고 공주터미널로 왔어.

아무래도 점심을 먹고 가야겠기에 공주시장 뒤에 있는 순댓국 골목으로 갔어. 눈 오고 바람이 불어 그런지 시장에는 사람이 눈에 안 띄어. 장날이면 쌀이나 보리쌀을 내려 오던 싸전을 지나 함석과 슬레이트로 지은 낡은 집이 모여 있는 순댓국 골목으로 갔어. 김이 뿌옇게 솟아오르는 큰 솥을 보니 입맛이 돌아. 날은 춥고 마음도 을씨년스러워 얼른 들어가려다 문 앞에서 잠시 멈췄어. 그 허름한 골목에 나이가 많은 할머니들이 바닥에 보자기나 자루를 펼치고 그 위에 양파, 대파, 쪽파, 과일이며 도라지, 그리고 팥이나 콩 같은 잡곡을 놓고 앉아 있는 게 보여. 그 모습이 내 눈에 들어온 순간 가슴에 싸한 찬바람이 불어.

순댓국집 안으로 들어가 순댓국과 막걸리 한 되를 시켰어. 이제 내가 술 먹는다고 누가 뭐랄 것도 없어. 주인아주머니는 술과 김치를 먼저 주시네. 한 대접 따라 들고는 혼자 중얼거렸어.

"합격을 위하여!"

빈속에 마셔 그런지 목구멍부터 짜르르하게 술기운이 올라. 어렸을 때 장날이면 아버지가 왕대포 한 잔을 맛있게 드신 것처럼 나도 순댓국에 막걸리를 맛있게 마시고 가만히 앉아 있는데 아주머니가 말을 걸어.

"학생 맞지요? 대학원서 내러 왔나 보네. 여기 공주가 작기는 해도 학교가 많아요. 그래서 옛날부터 교육도시라고 불러요. 하숙

집, 자취집도 많고 그걸로 먹고사는 사람이 많아요. 어느 학교유?"

일부러 서울말투를 쓰려는 게 어색하면서도 정겨워.

"네, 공주사범대에 들어가려고요."

"거기 좋지. 우리나라에서 알아주는 학교예요. 공부 잘하나 보네. 국물 좀 더 드릴까? 아니면 안주 하게 고기 몇 점 더 드릴게."

덤으로 준 머릿고기를 안주 삼아 남은 막걸리를 마시는데 꼭 고향에 온 것 같아. 주전자를 다 비웠기에 인사드리고 문을 나섰지. 눈이 어찌나 많이 오는지 앞이 안 보이는데 그새 바람이 더 세졌어. 이리저리 휘몰아치는 눈발에도 할머니들은 목도리를 꽁꽁 매고 잔뜩 웅크리고 있어. 어느 분은 귀찮은지 목도리와 어깨에 쌓인 눈을 털지도 않네.

골목을 따라 천천히 걷는데 채소 장사 하던 생각이 나. 자리를 잘못 잡아 개시도 못 하던 내가 안돼 보였는지 당신이 장사하던 자리를 내게 양보하고 당신은 그 옆에다 다시 자리를 펴던 할머니 생각이 나네. 전쟁 통에 남편 잃고 장사해서 두 아들 키우고 허름하지만 집도 마련한 분이야.

노점 단속 나와 이리저리 도망 다니던 생각도 나네. 손님이라곤 안 보이는 이 추운 날 얼마나 팔릴까? 할머니를 기다리는 식구는 누구일까? 사람 사는 게 왜 이리 팍팍하고 힘들지? 여기 내려와 자취하면 초등학교 중학교 때 겪었던 아픈 기억이 계속 나를 괴롭힐 텐데 이 쓸쓸한 도시에서 그걸 견디며 살 수 있을까? 구태여 아픈 과거가 곳곳에 밴 공주에 와서 대학을 다녀야 할까? 난 싫다. 이런 어두운 기억을 다 끊어 내고 새롭게 출발하고 싶다. 나를 얽어매는 과거를 끊어 내야 해. 나를 모르는 새로운 세상에서 시작하자.

골목이 끝나는 지점에 멈춘 뒤 다시 뒤돌아서서 지나온 길을 되돌아봤어. 눈보라 속에 할머니들이 군데군데 앉아 있는 모습을 바라보다 나는 공주사범대 수험표를 꺼내 쭈욱쭈욱 찢었어. 아주 잘게 찢어 눈 내리는 하늘에 흩뿌리고 공주터미널로 걸음을 옮겼지.

아쉬움은 없어. 서울 올라가서 그냥 무역 쪽으로 가자. 멋진 무역회사 사장이 되는 거야. 비행기 타고 이 나라 저 나라 마음껏 드나들며 내가 거래를 성사시킨 물건이 세관을 통과해 배와 비행기에 실려 오가는 장면을 떠올려 봐. 왜 구질구질하게 선생을 해? 좋아. 한 번뿐인 인생 화끈하고 크게 놀아 보자.

조금 내려놓는 게 사랑

'술김에 그런 걸까?'

경부고속도로 안성을 지나면서 잠에서 깬 뒤로 줄곧 이 생각이 맴돌아. 공주사범대에 원서를 접수하고 받은 수험표를 찢어 버린 내 행동이 감정에 치우친 치졸하고 철없는 짓인가 싶기도 하고, 혼자 다시 공주에 내려가 과거의 그 어두운 굴레 속에 얽매여 사는 게 정말이지 너무나 싫기도 해. '먹고사는 게 얼마나 어려운데 감정이 뭐 그리 대단한 거라고 수험표를 찢어 버려? 내려가서 다시 수험표 받아와' 하는 생각이 쑥 올라오기도 해. 시외버스 타고 오는 내내 오락가락하네.

하지만 무엇보다 초등학교 5, 6학년과 석 달 다닌 중학교 시절 겪은 아픈 감정이 지금처럼 다시 솟구쳐 오르고 그 그림자 속에서 대학 4년을 보내는 게 견딜 수 없다는 것만은 확실해. 어쩌면 졸업하고 교사로 발령받은 뒤까지도 그 그림자가 내 곁에 따라다닐 수 있다는 생각이 들자 미련이 안 남아.

'그래, 이제 새롭게 가자. 과거에 얽매인 삶은 싫어. 중고등학교 다니는 아이들만 보면 움츠러드는 감정에서 자유롭기 위해 공부를 했잖아. 넓은 길 놔두고 뒷골목으로 피해 다니는, 움츠러든 나에게서 벗어나자고 몸부림치며 공부한 거다. 이제 지난 시간의 굴레, 그림자의 구속에서 벗어나 마음껏 살자. 집안 형편이니 검정고시니 뭐 이딴 거에서 벗어나자. 싫은 건 싫은 거야. 그럼, 프로스트의 '가지 않은 길'이란 시처럼 동시에 두 길을 갈 수는 없어. 내가 선택하고 내가 책임진다. 오늘 수험표를 찢어 버린 결과에 대한 책임은 내가 질 거다. 내일까지 대학원서를 접수하고 그 대학에 들어가서 내가 하고 싶은 대로 할 거야.'

찢어 흩뿌리고 돌아선 수험표 때문에 맴도는 생각에서 벗어나자고 마음 추스르며 용산시외버스터미널을 막 빠져나오는데 누가 내 어깨를 툭 쳐.

"혹시 고려학원 다니지 않았나요?"

주머니에 손을 찔러 넣고 바닥을 보며 느릿느릿 걷던 나는 고개만 돌려 보다가 얼른 손을 빼고 자세를 가다듬으며 머리를 굴렸어. 누굴까? 고려학원, 정독도서관, 아니면 중학교 과정 공부할 때 아는 사람?

"고려학원 다녔는데요. 1979년 4월 검정고시반. 그런데 누구신지……."

"맞네. 원장실에 장학증서 받으러 같이 들어갔잖아요?"

생각이 나. 얼굴만 봐도 공부 잘하는 우등생이란 게 티가 나는 그런 아이였지. 몸놀림이나 말투가 묵직하니 책임감 강한 맏이 느낌이 나서 나는 뭐라고 말도 제대로 붙이기 어려워했어. 그냥 눈인사만 하고 원장실을 나서자마자 헤어졌던 그때 기억이 나.

"어디 다녀오는 길인가 보네요."

"네, 대학원서 접수하러 갔다가 그냥 왔어요. 마음이 안 내켜서."

나보고 바쁘냐고 하더니 어디 가서 이야기나 하자고 하면서 앞장서네. 차나 한잔하자며 삼각지 쪽으로 걸어가다 웃으며 말을 걸어.

"술 할 줄 알아요? 저기 길 건너 용산역 쪽 포장마차에 가서 소주나 한잔 어때요?"

"좋지, 좋아요. 갑시다."

우리는 용산역 왼쪽 용사의 집 뒤 담벼락에 늘어선 포장마차에 들어갔어. 우동과 곰장어구이를 시켰지.

"나도 원서 접수하고 오는 길인데, 어디 내려고 했어요?"

"네, 공주사대요. 사범대에 갈까 했는데 그냥 왔어요."

"그냥? 난 경찰대에 넣었어요. 그런데 우리 말 올리는 게 좀 이상한데, 난 1961년생 소띤데 몇 년생이에요?"

"어! 그래요? 난 형님뻘 되는 줄 알았는데 나랑 동갑이네,"

반갑더라. 그제서야 이름을 주고받았어. 마침 나온 우동에 소주 몇 잔 하고 나니 아프던 머리가 좀 풀어져.

"공주가 고향은 아니지만 사춘기를 거기서 보냈거든. 그런데 그때 겪은 아픈 기억이 자꾸 떠오르는 거야. 그래서 수험표를 찢어버리고 왔어. 내일 다른 데 접수하려고. 민식이 넌 경찰대를 마음에 콕 찍어 놨구나."

민식이는 소주를 몇 잔 더 들이켜고 곰장어를 어두운 표정으로 씹으며 말을 해.

"아냐, 난 사실 법대 가서 사법고시 보려고 했어. 그런데 몇 가지가 마음에 걸려서 조금 뒤로 미룬 거야. 경찰대 가서 길을 찾아봐야지."

"그래? 어렵게 가는데 네가 하고 싶은 거 하지 그러냐. 나처럼 또렷하게 손에 잡히는 게 없는 것도 아니고 목표가 있다면서."

"그게 내 마음대로 되냐? 동생이 셋이나 돼. 아버지는 돌아가셨고……. 내가 경찰대 나오면 확실하게 경위로 임관되고 월급 나오니까 돈 벌면서 공부하려고 해."

"경찰대 이야기 듣기는 들었어. 1회 졸업생 되는 거 아냐? 좋은 점도 있지만 어려움도 있을 텐데……."

이런저런 이야기를 하다 보니 소주를 꽤 마셨어. 장학금 받던 날 서로 마음이 끌렸지만 따로 이야기 나눌 기회가 없었던 거야. 그 뒤로 한 번도 만난 적 없지만 지금 버스터미널에서 만난 순간 그냥 단번에 마음을 열었어. 없는 놈은 없는 놈을 알아보나.

"야! 그냥 법대 가. 그러고 싶다며! 난 이제 내가 하고 싶은 거 할 거다. 맨날 이 눈치 저 눈치 보니까 답답하고 짜증 나. 검정고시도 그래서 확 시작한 거야. 어느 날 너무 공부가 하고 싶어서 미치겠더라니까. 안 하면 가슴이 터질 것 같아서 그래서 시작했어."

민식이는 포장마차 주인아저씨가 퍼 준 홍합 국물을 벌컥벌컥

들이켜.

"그래, 하고 싶은 건 꼭 해야지. 그런데 사랑은 내 거를 내려놓는 거래. 난 교회에 다니는데 내가 좋아하는 목사님이 그랬어. 너무 양껏 갖지 말고 조금 덜 채우라고……. 마음에 둔 대학 가고 싶어. 꿈에서까지 그 대학이 보여. 미치도록 가고 싶지. 내가 거기 가서 사법고시에 합격할 수도 있어. 아니, 할 거야. 그런데 그러면 동생들이 힘들어. 거기는 사립대라 돈이 너무 많이 들거든. 장학금이 보장되는 것도 아니고……."

김치를 뒤적이다 한 점 입에 넣고 말을 해.

"대학? 걔네들 입학할 때는 온갖 말로 4년 내내 돈 줄 것처럼 한 다음 일단 입학하고 나면 이래서 안 되고 저래서 안 되고 그런다는 거야. 경찰대 가면 학비 거의 안 들어. 1회라서 그게 마음에 걸리지만 거꾸로 생각하면 1회라서 혜택을 많이 받을 수도 있어. 내가 조금 내려놓으려고……. 그래야 동생들도 꿈을 포기하지 않을 거야. 그러면 나중에 막내는 양껏 할 수 있겠지. 나랑 둘째가 조금 양보하려고. 다른 대학엔 원서 안 넣어. 점수는 넉넉하니까."

묵직하게 말하는 민식이 눈에 눈물이 비쳐.

"그래, 그렇구나. 난 수험표 찢어 버리고 오면서 내가 가고 싶은 대학에 가기로 결정했어."

"어디?"

"응, 경영이나 무역 쪽으로 갈 거야. 한양대나 동국대에 가려고.

가서 열심히 공부하면 장학금도 받고 그럴 거 같아. 국제무역, 말하자면 나라 사이 떠돌아다니며 장사하는 거지."

다시 소주를 마시고 말을 이어 갔어.

"교사와 무역? 너무 안 어울린다. 뭔가 이상해. 달라도 너무 다른 분얀데."

"응, 검정고시랑 재수 때 만난 선생님들이 정말 좋았거든. 그래서 중고등학교 선생님 될까 했는데 무역 쪽에 미련이 남아."

선택은 쉽지 않다는 이야기를 하다 또 '가지 않은 길'이란 프로스트 시 이야기도 하고 역사에서 선택을 잘못해 벌어진 이야기도 했어.

"나 사실은 여자 친구가 있어. 여자 친구 부모님도 만났고 결혼까지도 생각하는데 아버님이 경찰대 가는 걸 그렇게 반대하시네. 법대 가라는 거야. 여자 친구는 반대하지는 않지만 썩 내켜하진 않아. 어쩌면 이 일로 헤어지게 될지도 몰라. 내 결정을 존중해 달라고 여자 친구한테는 이야기했어."

민식이가 대단해 보여. 나도 어지간히 깊이 생각한다고 하는데 나와 견줄 수 없을 정도로 생각이 깊고 결단력도 있고 배울 점이 참 많은 친구란 생각이 들어.

"넌 참 멋있다. 내가 보기에 넌 경찰이 딱 맞는 것 같다. 뭐라고 말하긴 어려운데 웬만한 사람은 네 앞에 서면 진지해지고 솔직해지고 그럴 거 같아. 나는 혼자 있는 거 좋아해서 혼자 산길 걷기나 절에서 가부좌 틀고 묵언수행하는 나를 가끔 꿈꾸거든. 그러면 행복해. 이상하지? 그래서 친구를 많이 안 사귀는 편이야. 그렇다고 혼자 청승 떠는 건 또 싫어."

민식이는 소주를 한 병 더 시키더니 맥주잔 두 개에다가 소주를 다 따라 내 앞에 하나 자기 앞에 하나 놨어.

"우리 화끈하게 한 잔 마시고 일어서자. 난 널 보는 순간 마음이 끌렸어. 넌 선생님 하면 잘할 거야. 네가 나한테 좋은 말 해 줘서가 아니라 넌 따스한 기운이 있어. 아이들이 좋아할 거야. 아이들 마음을 감싸 주는 선생님! 적어도 남들보다는 덜 아프게 하는 선생님!"

"좋다. 나도 한마디 하지. 난 경찰 하는 것과 사법고시 합격하는 게 다르다고 보지 않아. 넌 경찰 해도 잘할 거고 검사나 판사 해도 잘할 거야. 그거 뭐냐 권력, 힘이 있는 자리에 맞는 스타일이야. 착한 경찰!"

맥주잔에 가득한 소주를 단숨에 마시고 나왔어. 계산? 내가 술김에 용기를 냈지.

"우리 반반 내자. 너나 나나 가진 거라고는 몸뚱이밖에 더 있냐?"

"좋다. 그래, 그래. 나중에 만나도 반반. 또 반반. 좋다, 좋아."

민식이는 지금 고향에 내려갈 거래. 우리는 서로 꼭 안아 줬어. 어깨나 몸에서 느껴지는 힘이 단단한 게 나와는 다르더라.

민식이와 헤어져 겨울바람이 매섭게 부는 한강대교를 건너 채소장사 할 때 다니던 길을 따라 천천히 걸었어.

'양껏 채우지 마라.'

‘내 걸 조금 내려놓는 게 사랑이다.’

‘내가 조금 덜어 내면 동생이 꿈을 키울 수 있다.’

좋아하는 여자 친구와 헤어지는 걸 각오하며 결단을 내린 민식이의 저런 힘이 나에게도 있을까? 양껏 채운다는 게 뭐지? 무역학과, 경영학과에 가는 건가? 내가 가려는 학교도 사립학교고 등록금이 무지막지하게 많이 드는데.

내가 공장 다니는 동안 누나는 고등학교 다녔고 내가 검정고시 공부하는 동안 누나는 대학을 포기하고 은행에 취직했어. 누나도 나도 양껏 산 건 아니네. 그러면 지금 나도 민식이처럼 뒤로 조금 물러서야 하나? 다시 공주사범대로 가야 하는 건가? 수험표야 잃어버렸다고 하면 다시 받을 테고. 선생 하다 사업을 한다는 건 불가능할 것 같은데……. 너무 다르잖아. 경찰과 판사나 검사는 통하는 데가 있지만 이건 달라도 너무 달라.

“다녀왔습니다.”

방에서 텔레비전을 보던 어머니가 방문을 열고 나왔어. 작은누나도 같이 있네.

“방에 가서 옷 갈아입고 저녁 먹게 건너오너라.”

“아니에요, 저녁 먹고 친구 만나서 술도 한잔했어요.”

“돈도 없는데 끼니가 되게 먹었어? 고등어조림 했으니 조금만 먹고 홍시 먹자. 홍시가 아주 맛있게 삭았어.”

배가 불러 안 먹힐 줄 알았는데 쌉싸름하고 달짝지근한 무와 고등어가 어우러져 나는 맛이 어찌나 좋은지 배가 부른데도 밥을 한 그릇 먹고 더 먹었어.

"접수하고 오느라 고생했다. 오랜만에 공주 갔구나."

"눈이 많이 오더라고요. 좋았어요."

"점심은 뭐 먹었어? 추웠을 텐데 뜨끈한 국물 있는 거 먹지."

대답은 안 하고 엄마가 한 말을 다시 되씹었어. 몸도 추웠지만 마음이 추웠지. 내가 너무 마음이 추워 수험표를 찢었다는 생각이 들었어. 내가 많이 추웠어.

"수험표 이리 주거라. 내가 잘 보관하고 있다가 면접 보러 갈 때 주마."

"아니에요. 제가 갖고 있을게요. 나이가 몇인데 이제 제가 챙겨야지요."

밥을 먹고 마당을 가로질러 뚝 떨어져 있는 내 방으로 가 벌렁 드러누웠어. 술을 꽤 먹었지만 정신은 말짱하고 자꾸만 민식이 생각이 나네.

'내 것을 내려놓는다.'

'양껏 채우지 않는 것, 그것이 사랑이다.'

그놈은 점잖기만 한 게 아니라 어른스러워. 꼭 목사님이나 스님 같단 말이야. 그때 문이 열렸어. 엄마하고 누나가 홍시를 가득 담은 쟁반을 들고 들어왔어.

엄마는 홍시 껍질을 살살 벗겨 내게 내밀며 말문을 열었어.

"니가 공주에 원서 접수하러 내려간 사이 누나랑 이야기를 나눴어. 니가 어느 대학을 가면 좋을까 하고."

"왜 갑자기……."

누나가 얼른 말을 해.

"내가 봐서 너는 선생님 하면 잘할 것 같아. 니 말대로 어려서부터 동생들 돌보는 걸 좋아했고 아이들한테 이야기도 잘해 줬잖아. 옛날이야기나 책 읽은 이야기도 니가 하면 아이들이 숨도 안 쉬고 조용히 빠져들더라."

엄마는 홍시를 누나에게 건네며 누나 말을 끊었어.

"아들! 난 니가 원하는 걸 하라고 하고 싶어. 선생님도 니한테 어울려. 그게 뭐냐, 나라 사이에서 하는 장사 그것도 니게 어울리고……. 뭣을 허든 잘할 것이여. 니가 딱 마음을 먹으면 그대로 혀. 근디 내일까지는 접수를 해야 한다며. 늦어도 모레면 대부분 마감이라던데?"

홍시가 참 맛있게 익었네. 입에 닿는 느낌이 보들보들하면서도 그 쪽득쪽득한 느낌이 살아 있고 홍시만의 구수한 듯 달달한 단내가 풍기는 게 참 맛있어. 무엇보다 씨앗을 감싸고 있는 미끈거리면서 오도독 씹히는 껍질이 입에 착 감기네. 기분이 좋아져.

"넌 둘 중에 고른다면 뭘 고를래?"

나는 중얼중얼 떠오르는 대로 말했어. 그냥 떠오르는 대로 교사와 무역 둘을 비교하면서 말을 했어.

"즐겁고 여유롭게 내 마음껏 해 보기는 선생님이 좋고, 새로운 걸 도전하고 폼 나고 멋있는 건 무역이야."

"애들한테는 잘할 거야. 다른 선생보다는 아이들을 덜 아프게 하겠지. 내가 워낙 힘들게 학교를 다녀서."

"선생은 학자 같고 점잖은데 어찌 보면 좀 쪼잔해 보이기도 하고 약해 보이고 배짱 없어 보이는 게 싫어. 예술가처럼 골방에서 세상 고민 다 하는 모범생 같아서 별로야. 모험을 안 하니까 우리 집에는 맞겠네. 최소한 집을 들었다 놨다는 안 할 거니."

"무역은 사업이잖아. 난 회사 안 들어가고 회사 차릴 거야. 그런데 사실 걱정되는 건 아버지 건축 사업처럼 어느 날은 돈이 들어오다가 확 망했다가 이러는 건 싫어. 그게 너무너무 싫어. 난 그렇게는 안 할 거야. 안전하게 선을 긋고 하지. 다른 건 다 좋은데 그게 마음에 걸려."

"사업하면 고급 차 타고 비싼 거 입고 어마어마한 집 가서 술도 먹고 하는 그런 뺑쟁이가 되지는 않을 거야. 계획 세워서 칼같이 딱딱 해 나갈 거고 실속 없이 사업한답시고 으스대고 돈도 없으면서 펑펑 쓰는, 그런 허세 부리지 않는 사업가가 될 거라고."

엄마도 누나도 내가 말하는 걸 듣기만 하네. 얼마나 지났을까 엄마가 천천히 입을 열었어.

"니가 깊게 생각했구나. 이렇게 저렇게 궁리를 많이도 했어. 선생님도 무역도 다 어렵지, 그럼."

홍시 껍질을 손으로 쓸어 모아 쟁반에 담으며 말을 이어.

"오늘내일 어디를 갈지 결정할 건디 너무 걱정허들 마. 사람이 마음먹은 대로만 사냐. 결혼했다가도 아니다 싶으면 뒤집는 판인데 대학 가는 일이야 말해서 뭐해. 그냥 가볍게 마음 가는 대로 가. 그러다 정 아니다 싶으면 그때 가서 또 찾아. 니 아버지 평택서 농사짓다 고물상 하고 서울 와서 집 짓는 일 하잖여. 닥쳐 온 일 하면서 다들 그렇게 사는 거여. 너도 그렇고……."

엄마 말을 들으며 역사 선생님 말씀이 떠올랐어. 빈대떡집 아주머니 말씀도 떠올라. 물방울이 바위 뚫듯 평생 꾸준히 멈추지 않고도 닦는 마음으로 해야 할 일이 무엇일까? 국어 선생님이 노자 이야기하다 들려준 말도 생각나네. 젊어서는 직업마다 다 다른 것 같지만 결국 흐르는 세월 속에서 자기 일을 열심히 하면 거기서 큰 도를 깨우친다는 말. 어떤 일을 하든 정성을 다해 하루하루 살다 보면 세상 이치를 깨달아 막힘이 없다고. 그래, 돈이나 뭐 그런 거에 얽매이지 말고 그냥 가자.

"엄마! 나한테 시간을 좀 줘요. 혼자 생각하고 말씀 드릴게요."

"그래, 그래. 그럼, 그래야지."

엄마와 누나가 방에서 나가고 나는 일어서서 창밖을 내다봤어. 땅거미가 질 무렵 집에 왔는데 이야기를 얼마 동안 했는지 이제 캄캄해. 집 뒤편 운동장 가장자리에 쌓인 눈이 희미하게 보이네. 차가운 겨울 공기를 마시고 싶어 옷을 걸치고 대문을 나섰어. 집이 다닥다닥 붙은 산동네 꼭대기에 섰어. 노량진역이 보이네. 용산도 보이고 한강대교 위에 바쁘게 움직이는 자동차 불빛이 오늘따라 예쁘게 보여. 차가운 겨울바람이 난 좋아. 맑은 기운이 몸 안으로 퍼지면서 막힌 게 뚫리는 기분이 들거든.

좋다! 선생을 하자. 사업하면 빛나기는 하겠지만 떠벌리며 사는 건 싫어. 너무 많은 걸 양껏 가지려 하진 말자. 선생은 멋들어지지는 않을 거야. 해 보고 정 안 맞으면 또 길을 찾지. 까짓것 내가 채소 장사 하고 공장 다니고 할 때 공부할 거라고 꿈이라도 꿔 봤냐고? 내가 뭐는 못 하겠어. 닥치면 다 한다. 일단 지금 내가 끌리는 대로 가고 뒤로 조금 물러난다.

"엄마, 저랑 이야기 좀 해요."

누나와 엄마가 건너왔어. 집에서 이렇게 식구들과 진지하게 이야기를 나누고 생각한 다음 다시 생각을 나누는 그런 일은 처음이라 어색하지만 말문을 열었어.

"선생님 할래요. 여러 가지 생각해 보니 그게 좋겠어요."

엄마는 아무 말도 안 하고 나를 쳐다보네. 누나가 나섰어.

"공주사범대 갈 거야?"

"그래야지. 아니면 다른 대학 영어교육과를 가도 되고, 점수가 그 정도 돼."

"누나가 생각한 건데 잘 들어 봐."

"뭔데?"

조금 망설이다가 누나가 말을 해.

"너 초등학교 선생님 되는 건 어때? 교대를 가는 거야. 거기 가면 군대도 면제해 준대. 대신 학교 다니는 동안 군사훈련 받고 대학 졸업한 뒤에 정해진 기간 동안 선생을 하면 군대 제대한 걸로 해 준대."

"군대 면제? 군대를 왜 피해? 군대가 힘들어서? 난 별로 신경 안 써. 이발소도 가고 공장 생활도 했는데 군대 가면 밥 먹여 줘, 운동 시켜 줘, 시키는 대로 하다가 제대하면 되는 건데 군대 안 가려고 내가 교대를 가? 그건 싫어. 그렇게 하고 싶지 않아."

"초등학교 선생님이 싫어?"

"중고등학교면 몰라도 초등학교 선생님은 좀 그래. 약해 보이고 무기력해 보이고……. 난 그렇겐 살고 싶지 않아."

누나는 잠시 쉬더니 다시 말을 해.

"그래, 그럴 수 있어. 그런데 우리 집 형편이 어렵잖아. 네가 군대 가면 대학 4년에 군대 3년, 앞으로 7년이 지나야 돈벌이를 할 수 있어. 교대는 2년제야. 2년 뒤 발령 나면 월급 받아 우리 집 살림이 나아질 거야. 너도 빨리 자리 잡을 수 있고 장가도 일찍 가고……. 그러면서 네가 공부 더 하고 싶으면 그때 야간대학을 가고 그러면 되니까. 어때?"

아! 하필이면 왜 오늘 민식이를 만났을까? 그놈 말이 맞는 걸까? '내 걸 내려놓는 게, 덜어 내는 게 사랑'이라고 한 그놈 말이 자꾸 떠올라. 그래, 초등학교나 중고등학교나 그게 그거지. 내가 잘하면 되지.

"좋아, 교대 갈게. 대신 난 교대 생활 포함해 십 년을 볼 거야. 나와 맞지 않으면 십 년 뒤에 과감하게 떠나겠어. 그때는 아무도 못 말려. 좋아, 교대는 서울교대, 인천교대 뭐 여러 개가 있던데 어디를 가야 하지? 서울교대는 4년제라고 들었는데."

"너 교대도 알아봤냐?"

"아니, 다른 아이들이 교대 간다고 하면서 하는 말을 귀동냥으로 들었지. 2년제로 갈래. 인천교대에 내일 원서 접수할게."

엄마는 내 손을 꼭 잡았어.

"우리 집 형편 때문에 그러는 거야?"

"아니에요, 엄마. 그냥 제 나름대로 판단한 거예요."

"그러면 다행이고……."

엄마는 더 이상 아무 말도 않고 나갔어. 나는 방에 누웠지만 잠이 안 오네. 한참 뒤척이다 라디오를 틀었어.

너무 진하지 않은 향기를 담고
진한 갈색 탁자에 다소곳이
말을 건네기도 어색하게
너는 너무도 조용히 지키고 있구나.
너를 만지면 손끝이 따뜻해
온몸에 너의 열기가 퍼져
소리 없는 정이 내게로 흐른다.

결정을 하고 나니 마음은 가벼운데 내 눈에는 눈물이 흘러내려. 무역을 하겠다고 할 때처럼 설레고 두근두근하고 심장이 뛰는 게 아니라 그냥 가라앉아.

경희대학교 무역학과에 시험 보러 갔을 때 본 법대, 경영대, 예술대 그리고 외국에서 온 아이들……. 온갖 옷을 입고 표정도 몸짓도 내가 살아오는 동안 겪었던 것과 너무나도 다른 그 세계가, 나를 설레게 하는 세상이 내 앞에서 순식간에 사라져. 그 세계로 들어가는 문이 내 앞에서 닫혔어. 지금까지 살아온 것과 다를 게 없는 세상에 다시 머문다는 느낌이 들어. '다시 또 그날이 그날이겠지' 하는 무기력감이 들어. 그러나 어쩌겠어. 지금 이만큼 사는 것도 채소 장사 하고 생선 장사 하는 것보다는 조금 더 나은 거 아닌가. 만족해야지. 양껏 가지진 말자.

"아들, 자냐?"

"아니에요, 엄마. 들어오세요."

엄마는 쟁반을 갖고 들어왔어.

"뭐예요? 엄마."

"니 마음이 편치 않을 거 같아서 술 한잔하라고. 잔 받아라."

멍하니 엄마를 쳐다봤어.

"저 괜찮아요."

"어려운 결정 했다. 그런데 집안 형편 봐서 결정한 거지? 그러지 않아도 된다. 너는 니 길을 가야지. 아무도 너를 대신해 주지 못혀. 엄마가 그랬지? 엄마 아버지는 엄마 아버지 몫이 있는 거고 형제들은 형제들 몫이 있는 거여. 니가 다 지고 가려고 하지 마라. 할 만큼 했다. 무역 쪽이 좋으면 가. 난 니가 채소 장사 할 때 장사 수완이 보통이 아니라는 걸 알았어. 내 새끼라서가 아니다. 사람은 감이라는 게 있어. 그건 책으로 공부해서 만들어지는 게 아니여. 갖고 있는 게 있단 말이다. 넌 그 뭣이냐 너만의 그 무엇이 있어."

"아니에요, 엄마. 일단 십 년 잡고 선생님 해 볼래요. 어려서부터 '일을 잡으면 십 년은 해 본다'가 신념이에요. 자꾸 뒤집었다 엎었다 하는 건 싫어요. 대신 헛되게 살지는 않을 거예요. 나를 아프게 한 나쁜 선생님들처럼 그렇게 되진 않을 거예요. 몰라서, 능력이 부족해서면 몰라도 알면서 그렇게는 안 해요. 멋진 선생님이 되도록 노력할게요. 가만히 생각해 보면 제가 아이들을 좋아하는 건 맞아요. 해 볼래요. 십 년이면 결정이 날 거예요."

엄마는 막걸리를 한 대접 따라 주고 안주도 입에 넣어 주셨어.

"그래, 그렇게 말해 주니 고맙다. 에고, 내 새끼……."

엄마는 눈물이 그렁그렁하면서 그 거친 손으로 내 얼굴을 쓰다듬어 줬어.

다음 날 원서를 써서 인천교대를 갔지만 바로 어제 원서를 마감했다네. 아무래도 4년제 다닐 팔잔가 보다 하면서 다시 서울교대로 갔지. 그렇게 해서 서울교대에 원서를 접수했고 나는 초등학교 선생이 되는 대학의 학생이 되었어.

이제 진짜 학생이 된 거야.

엄마!

여섯 해, 아니 일곱 해 만에 다시 학교 울타리 안으로 들어왔어. 그렇게 가고 싶던 중고등학교가 아닌 대학이라 조금 아쉽지만. 다른 아이들은 중고등학교를 다니다 와서 그런지 해방감이랄까 자유로움을 마음껏 누리며 즐겁게 지내는 게 보여. 하지만 난 시장, 공장, 검정고시 학원 생활을 하다 와서 그런지 오히려 대학이 더 어색하고 답답하고 불편하네.

대학에 들어온 뒤 나를 짓누르는 건 긴장감이야. 강의는 말할 것도 없고 친구들을 만나는 것 자체가 너무 힘들어. 왜냐고? 중고등학교 생활을 안 해 봐 그런지 여기저기서 구멍이 나.

다른 애들은 강의시간표를 짜도 적당히 시간을 배정해 효율적으로 시간을 쓰건만 난 시간표 짜는 것부터 어려워. 과제를 교수 의도에 맞게 작성하지 못할 뿐만 아니라, 제출할 때를 자주 놓치고, 강의실도 제대로 못 찾아가 엉뚱한 날, 엉뚱한 시간, 엉뚱한 장소에서 강의 듣겠다고 앉아 있지를 않나, 실수투성이야. 오죽하면 엉뚱한 강의실에 앉아 있다가 학점이 안 나오는 꿈을 꾸기까지 할까. 그 바람에 새로운 별명을 하나 더 얻었지. '형광등'이라고. 누가 무슨 말을 하면 그 말 속에 깔린 뜻이나 계산을 눈치채지 못해 생뚱맞은 소리나 행동을 한다는 거야. 흔한 말로 뻘짓 한다는 거지.

난 대학 가면 미친 듯 공부를 하고 싶었어. 하지만 그러지 못했어. 초등학교 교사를 기르는 곳이니 적어도 아이들과 관련된 것을 배울 줄 알았는데 교육 내용은 내 마음에 와닿지 못했어. 아이들 삶과 직접 관련된 것을 배우기보다 이론에 치우친 수박 겉핥기식 교육 과정이었지.

교수들은 초등학교 아이들이 지금 어떤 환경에서 어떤 모습으로 살아가는지 그다지 관심 없어. 아이들이 읽는 책, 아이들이 쓴 글, 아이들이 만든 미술 작품을 분석해 아이들의 삶과 심리 상태를 파고드는 수업을 기다렸지만 수업 내용은 나의 바람과 거리가 멀었어.

과가 많은 일반 대학과 달리 다양한 삶을 맛보지 못할 거라고 각오는 하고 들어갔지만 무력감까지 들 줄은 몰랐어. 그나마 동아리에서 선배들과 서양철학을 틈틈이 공부했지. 불교와 한국사와 세계사에 대해서도 틈나면 책을 읽고 나 혼자 절에서 불교 공부를 하기도 했어. 하지만 날이 갈수록 대학 생활이 싫어져. 이제는 대학을 그만두고 군대를 갔다가 다시 대학입시를 봐서라도 내가 원하는 무역 쪽으로 가자고 마음을 먹었어. 뭔가 새로운 도전을 하지 않으면 내 가슴이 터질 것 같아. 하루하루 지내는 게 너무 힘들어.

'이 재미없고 답답한 학교를 그만둬야지, 이제는 정말 그만둬야지' 하면서도 시간은 흘러 3학년 봄이 되었어. 봄기운이 무르익어 아카시아 꽃향기가 집에서도 느껴지는 토요일 오후였지. 늦게 일어나 마당으로 나가니 장독대 앞에 의자를 놓고 앉은 엄마가 보여.

"엄마! 햇볕 쬐시는 거예요?"

"일어났냐? 어제 술 많이 한 거 같더라. 해장해야지? 그나저나 몸이 무겁고 축 쳐지네. 통 입맛도 없고, 으슬으슬 춥고, 어지러워 이러고 있지 뭐냐."

장독대 옆 의자에 앉아 늦봄 따스한 볕을 쐬는 엄마 옆으로 가서 말을 붙였어.

"엄마, 할 말이 있어요."

엄마는 핼쑥한 얼굴로 나를 보며 옆에 앉으라고 했어.

"자꾸 몸이 안 좋아서 어떻게 해요? 몸살인가? 병원에 가 봐야 하는 거 아녜요?"

"이러다 말겄지. 이런 게 어디 한두 번이라야지 말이여. 오늘은 수업 없냐?"

"네, 엄마. 몇 번 말씀드리려다 말고, 말고 했는데……."

"혀 봐."

"교대 그만두고 다른 대학 가려고요."

엄마는 어느 정도 짐작했는지 놀라는 기색 없이 웃으며 날 바라봤어.

"그래, 니가 고민이 많았구나. 학교 다닐 만한지 물어보고 싶었지만 니 나름대로 생각이 있을 것인디 하고 말었다. 그래 뭐가 하고 싶으냐?"

"무역학과를 가서 일을 하고 싶어요. 졸업하고 회사에 좀 다니다 나와서 제 사업을 하려고요. 교대는 저하고 맞지 않아요. 배우는 것도 그렇고 대학 생활이 너무 힘들고 무력감이 들고……. 뭔가 미친 듯이 해 보고 싶은데, 내 공부를 밤새 해 보고 싶은데, 그러지를 못해요."

나는 잠깐 숨을 고르다 말했어. 엄마는 지그시 나를 바라보며 천천히, 그러나 단호한 표정으로 말씀하셨어.

"그럼! 그래야지. 니가 누구여? 온갖 일 다 겪으며 살아온 놈 아니냐. 난 니가 팥으로 메주를 쑨다 혀도 믿는다. 남들이 다 아니라 혀도 니가 맞다면 맞는 거라니께."

엄마는 일어서서 부엌에 다녀오더니 식혜를 한 대접 떠 왔어.

"교대 그만두고 하고 싶은 거 하고 살아. 암 그리혀야지. 그렇게 해라. 엄마랑 아버지는 너를 밀어줄 거여."

몇 번을 망설이며 내린 결정이지만 흔쾌하게 교대를 그만두라는 엄마 말을 듣는 순간 마음이 흔들려.

"군대 가 있는 동안 집은 누가 돌봐요?"

"니만 있는 거 아니다. 아버지도 건강하고 누나도 있으니 해 보는 거여. 안 그러면 아무것도 못 혀."

"네, 자퇴는 좀 그렇고 혹시 모르니까 휴학해 놓고 군대 다녀올게요. 이번 학기까지 마치고 가려고요."

"그려, 잘 혔어. 어렵게 마음먹었으니 망설이지 말고 그리 혀."

점심 먹고 나가라는 걸 시간이 애매해 집을 나서다 말고 엄마한테 다가갔어.

"병원에 다녀오세요. 저랑 같이 가실래요? 지금 준비해서 저랑 같이 가요."

"다녀와. 조금 쉬다가 혼자 다녀오마. 산부인과 쪽이라 니랑 같이 가기가 그래."

"병원에 꼭 다녀오세요. 학교 가서 친구들 만나고 올게요."

버스는 남부순환도로를 타고 사당동 사거리를 지나 우면산 아래로 들어서는데 날씨가 정말 좋아. 봄기운 때문인지 문득 산에 오르고 싶어져. 버스에서 내려 대성사로 가는 길을 느릿느릿 걸어 올랐어.

오늘따라 학교에 잘 다녀오라던 엄마 목소리가 자꾸 귀에 맴돌아. 볕을 쬔다고 의자를 마당에 놓고 장독대 너머로 상도동 국사봉 쪽을 바라보는 엄마 뒷모습이 쓸쓸하고 외로워 보였어. 병원에라도 모시고 갈걸, 특별한 일도 없는데 공연히 학교에 간다고 나섰나 후회가 되네.

대학교에 들어온 뒤 엄마한테 너무 무심했다는 생각이 들어. 자식들은 다 자기 인생 살아간다고 정신이 없어. 형은 결혼해서 분가했고, 누나는 은행 다니며 방송통신대학교 공부하고, 여동생은 이제 고등학교 2학년이니 입시 준비하느라 바쁘고……. 나? 나는 학교생활에 적응하고 친구들과 어울리며 동아리 활동 한다고 허구한 날 술 마시고 외박하고……. 생각해 보니 엄마가 요즘 무얼 하며 지내는지 떠오르질 않아. 집안 살림하고 가끔 있는 집 살림해 주러 다니는 건 알지만 이야기를 나눈 지가 언제인지 기억조차 안 나네.

우면산 꼭대기가 바라다보이는 능선을 걷다가 걸음을 되돌려 산 아래쪽으로 방향을 잡았어. 아무래도 집에 가서 엄마 모시고 병원이라도 다녀오든가 장을 봐다 맛있는 걸 해서 같이 먹어야겠어. 집에 도착하니 아무도 없네. 옷을 갖춰 입고 나간 걸로 봐서 병원에 가신 듯해. 엄마 혼자 병원에 가게 한 내가 한심하더라. 병원으로 갈까 하다 길 어긋나면 낭패라 집안 청소를 했어.

연탄아궁이 재를 긁어내고 찬장, 부뚜막, 수돗가를 비누칠해 박박 문지르니 집이 좀 깔끔해지네. 안방에서 키우는 진달래를 꺼내다 마당 수돗가에 놓고 물을 뿌려 쌓였던 먼지도 씻어 냈어. 안방 책상 위 온갖 너저분한 것들을 다 내다 버리고 마당도 물을 뿌려 청소하고 나니 기분이 좋네.

"청소하냐?"

"병원에 다녀오세요? 아무래도 병원에 가신 것 같아 청소했어요. 뭐래요?"

"우선 시원한 물이나 한잔 다오. 이부자리도 좀 펴 주고."

엄마는 편한 옷으로 갈아입고 물을 몇 모금 마시더니 병원 이야기를 했어. 의사 선생님이 뭐라고 딱 부러지게는 말을 안 하는데 큰 병원에 가 보라고 했다는 거야. 큰 병원에 가도록 서류도 만들어 줬다며 봉투를 내놓으시더라.

"혹시나 해서 그런다고는 하더만 하루이틀 된 병은 아니라며 꼭 서둘러 가라고 하더라. 에휴, 큰 병이 아니어야 할 텐디……. 없는 살림에 병까지 찾아들면 보통 일이 아닌디……. 에구."

그날 저녁 퇴근한 작은누나와 아버지까지 모여 이야기를 나누었어. 외삼촌댁이랑 여기저기 수소문해 휘경동 경희대병원에 진료 날짜를 서둘러 잡았어.

엄마가 진료를 받은 그날부터 우리 집에는 어두운 기운이 내려앉았어. 엄마의 병명은 암이었고 너무 늦게 발견해 이미 많은 곳에 암세포가 퍼진 상태였어. 대학입시를 앞둔 막냇동생에게는 비밀 아닌 비밀로 하면서 진료 결과를 받아들이고 거기에 맞게 대책을 세울 수밖에 없었어. 드라마에 나오듯 진지하게 공감해 주는 의사는 없었고 하늘이 무너지지도 않았어.

나는 때가 되면 배가 고팠고 수업을 들으러 가야 했고 졸리면 잠도 자야 했으며, 세상에는 아무런 변화도 일어나지 않았어. 그냥 그날이 그날이야. 다만 엄마 주변에 어둠과 불안과 막막함이 내려앉아 있을 뿐.

엄마 손아래 외삼촌 두 분과 숙모님들이 멀리서 왔어. 회의를 했지. 항암 치료를 열심히 받는다, 음식을 잘 드시게 하고 되도록 마음을 편하게 갖도록 한다, 돈이 있어야 치료도 하니 누나는 은행에 다니고 통원 치료는 내가 맡는다, 대학입시를 앞둔 동생에게는 비밀로 한다, 자식들은 하고 있는 일을 쭉 해 나간다 같은 대책을 세웠지. 숙모 말씀이 엄마는 자존심이 강하기 때문에 마음 상하지 않도록 해야 한다는 걸 명심하라고 하네. 사람은 자존심이 무너지면 인생을 버티는 버팀목이 부러지는 것 같아서 치료 의지를 잃어버린다고 하면서 조심하라고 강조했어.

항암 치료 시간과 대학교 수업시간을 맞춰 보니 조정이 필요해. 담당 교수는 사정을 듣고 다른 시간에 들어와 수강하거나 보고서로 대체해 주더군. 동아리 친구들한테도 사정을 이야기하고 활동에 많이 참석하지 못하더라도 이해해 달라 부탁했어. 특히 동아리 친구들은 어느 날 어머니 병문안을 한다고 먹을 것을 사고 돈까지 모아 우리 집에 찾아왔어. 나중에 악화되고 나면 다 소용없다고 뭔가 드실 수 있을 때 해 드리라고 하면서 말이야. 어찌나 고맙던지…….

방사선 항암 치료를 몇 차례 하고 나니 엄마는 음식을 먹었다 하면 토하고 잠도 깊이 못 들면서 하루가 다르게 기력이 약해졌어. 그럼에도 의사 선생님 말씀으로는 이 정도 버티는 것도 대단한 거라며 몇 번만 더하면 되니 억지로라도 음식을 먹게 하고 살살 바람도 쐬면서 견뎌 보자고 하더라.

오늘도 항암 치료 하러 가는 날이야. 수업 마치자마자 뛰다시피 집으로 왔지.

"엄마! 오늘은 업히세요. 우리 집이 산동네라 계단이 많아서 위험해요. 고집 피우지 마시고."

"아니여. 가방이나 잘 챙기고 옆에서 잡아만 다고. 가 보자."

눈이 퀭하니 십 리는 들어가 보이고 근육이 풀어져 일어서려면 다리가 부들부들 떨리건만 엄마는 고집을 피우네. 하긴 끼니 때우기도 힘들고 자식들이 학교를 못 갈 때도 친정집 근처에도 안 간 엄마야. 그만큼 고집이 세. 친정식구들에게 못사는 꼴 보이기 싫다고 막내 외삼촌이 왔을 때는 동네에서 쌀 꾸어다 시루떡 해서 드시게 한 다음 남은 건 싸서 보낸 분이야.

휴지, 수건, 물 따위를 담은 가방을 메고 엄마를 부축해 나서는데 여동생이 가방을 달래. 자기가 들고 아래까지 가겠대. 동생은 엄마가 어떤 병인지 아는 것 같은데 물어보지 않았어. 입 밖으로 병명을 끄집어내는 순간 엄마가 잘못될 수도 있다고 느끼는 것 같아. 식구들도 나도 동생에게 뭐라고 말하지는 않고 그냥 이렇게는 말했지.

"엄마가 아픈 건 다른 사람이 어떻게 해 볼 테니 너는 네 일을 열심히 해. 그게 네가 할 일이야. 정말로 엄마를 위한 일이고."

동생은 엄마한테 말 몇 마디 하려면 울컥울컥하고 눈에 눈물이 그렁그렁하면서도 입 밖으로 엄마의 병을 말하지 않았어. '동생도 나처럼 혼자 이불 속에서 울겠지' 하면서 나 또한 동생에게 알고 있냐고 물어보지 않았어.

오늘따라 엄마는 계단 하나 내려가는데도 식은땀을 흘리네. 아무리 부축을 해도 몸을 가누지 못해.

"엄마, 오빠 등에 업혀요. 이러다 넘어지면 큰일 나요."

"조금 쉬었다 다시 갈란다. 병원 시간은 넉넉하지?"

숙모님이 한 말, 엄마는 자존심이 센 분이라는 말이 다시 떠올랐어. 엄마는 자식이 힘들까 봐 그런 걸까? 몸을 당신 스스로 가누지 못하는 걸 받아들이는 게 싫은 걸까? 공장 다닐 때 사장 사모님이 식구들과 먹으라며 싸 준 여러 가지 먹을거리를 들고 올 때 한편으론 고마우면서도 서글퍼 눈물이 나오던 내 마음이 떠올라.

"엄마! 시간 넉넉해요. 천천히 한 칸 내려가고 앉아 쉬고 또 한 칸 내려가고 그래요."

까마득하던 계단을 다 내려오더니 엄마는 길게 숨을 내쉬네.

"한길까지 걸어갈 수 있겠어요? 제가 가서 택시 잡아 올 테니 여기서 기다리세요. 아니면 천천히 길 따라 쭉 내려오고 계시든가요. 얼른 택시 잡아 올게요."

봉천고개에서 내려오는 찻길까지 뛰어갔어. 아무래도 진료예약 시간에 늦게 생겼거든. 택시 한 대가 오길래 세웠어.

"저기 죄송한데요, 환자가 있어서 안으로 들어갔다 모시고 원자력병원까지 가려고 하는데……."

"지금 바빠요."

그러고는 인상을 쓰면서 문 닫으라고 손짓을 해. 그렇게 몇 대를 보내고 나니 화가 나. 이번에는 택시가 서기에 그냥 올라탔어. 그러고는 말했지, 태워야 할 사람이 있으니 오른쪽 골목으로 들어가자고. 기분 나쁜 표정으로 날 쓰윽 훑어보는 눈길을 모른 척했어.

"저기 왼쪽에 있는 분 태울 겁니다. 바쁘신데 죄송해요."

기사는 운전대를 휘익 꺾고는 엄마 앞에 급하게 섰어. 내려서 엄마를 뒤로 태우려는데 내가 같이 안 가는 줄 알고 기사가 퉁명스럽게 말했어.

"어르신 혼자 타라고 하면 어떻게 해요. 보호자분이 같이 앉아 가요."

마음은 급하고 온몸을 뭔가로 쥐어짜는 것 같아. 동생은 택시가 사라지도록 그 자리에 서서 손을 흔들고 있네. 다시 한 번 목적지를 확인하려고 말했어.

"기사님, 고맙습니다. 광화문 원자력병원 앞에 세워 주세요."

들었는지 못 들었는지 대답이 없어. 기사 눈빛을 보니 한 번 더 말했다간 일 나겠어. 택시는 한강대교를 건너 용산을 지나 삼각지로 들어서더니 털컹거리며 가다 서다를 반복해. 지하철 4호선 공사를 하느라 길이 막히고 길바닥이 울퉁불퉁한데, 기사는 급브레이크를 잡았다 놨다 하니 웬만하면 멀미 안 하는 나도 멀미가 나. 엄마 표정을 보니 사색이야. 입을 앙다문 게 힘들어 보여.

"기사님! 죄송한데요, 어머니 몸이 안 좋아서 그런데 조금 천천히 가 주시면 안 될까요?"

"어떻게 더 살살 가라고 그래요?"

'뭐요?' 하는 말이 목구멍을 타고 넘어오고 화가 치미는 걸 참았어. 엄마 앞이라 겨우 참은 거야. 엄마는 내 허벅지를 움켜쥐면서 가만히 있으라는 신호를 보내.

"다 왔어요."

차를 세우기에 둘러보니 병원 건너편에 세웠어. 이 넓은 길을 아픈 엄마가 걸어서 건너야 하는 거야.

"기사님, 늘 저 건너편 원자력병원 앞에 세워 주셨는데……."

"그럴 거면 미리 말을 해야지! 염천교 서대문 쪽으로 왔어야 하잖아요. 에이, 정말 재수 없을라니까!"

엄마는 다시 내 손을 잡아 흔들었어. 하는 수 있나 그냥 내렸지. 다만 기사에게 잔돈을 동전까지 빠짐없이 받아 챙긴 다음 문을 쾅 닫았어. 엄마는 속이 뒤집어지는지 걷지 못하고 길가 화단 옆에 쪼그리고 앉았어. 나는 엄마 등을 손으로 한참 문질러 드렸어.

사람들이 눈에 들어와. 반짝반짝 빛나는 눈빛으로 뛰듯이 걸어 지나가는 사람들. 광화문이라 그런가? 세상을 움직이는 주인공 같아 보이네. 엄마는 환자고 나는 보호자. 넥타이 매고 예쁘게 차려입고 바쁘게 움직이는 저 사람들도 집에 가면 엄마 같은 환자가 있을까? 하긴 사람이 태어나면 늙고 아프고 죽는 게 너무나 당연한 건데 그런 사람이 왜 없겠어. 그냥 하루하루 살아가는 거지. 그런데 왜 그 당연한 것이 슬프고 마음이 칼로 에이듯 아프고 그럴까?

지나가는 사람들에게 가 있던 눈길을 엄마에게 돌리다 엄마와 눈이 마주쳤어. 빙긋 웃으시네. 아픈 아기가 웃는 듯한 표정에는 힘이 하나도 없어. 핏기 없는 창백한 얼굴로 배시시 웃는 얼굴을 보는 순간 애틋한 마음이 드네. 엄마랑 살면서 한 번도 이런 애틋함을 느껴 본 적이 없는데…….

"아들! 이제 가자."

"아직도 얼굴이 안 좋아 보이는데 괜찮으시겠어요?"

"화장실이 급해서 어여 가세."

부축해 드리니 엄마는 가볍게 뿌리치고 혼자 걸으셔.

"으이그, 엄마! 그냥 아들한테 기대며 가요. 평생 아플 것도 아니고 잠깐 고생하면 다시 회복할 건데, 뭐 그렇게 혼자 다 하려고 해요."

"아니여. 사람은 말이여, 움직일 때까지 움직여야 혀. 어쩔 수 없을 때야 똥오줌도 받아내지만 내 힘을 쓸 때까지는 움직여야 혀. 걱정 마. 머지않아 니한테 손 빌릴 때가 올 것 같어. 못 볼 꼴이나 안 보여 줘야 할 텐디. 어여 가자."

병원에 들어가니 예약이 밀려서 꽤 기다려야 하네. 의자에 앉아 얼마쯤 있었을까 간호사가 대기석으로 오더니 엄마 이름을 불러.

"오래 기다리셨지요? 이쪽으로 들어오세요."

진료실은 저쪽인데 다른 데로 안내해. 침대 하나가 놓인 방으로 데려가더니 미리 주사를 맞아야 한대. 너무 기운이 딸려서 영양제 맞고 잠깐 쉰 다음 방사선 치료를 하자는 거야. 의사 선생님이 영양제를 처방했대. 오자마자 의사가 잠깐 봤을 뿐인데 그새 얼굴에서 지친 걸 읽어 낸 게 고맙더라. 웃으면서 설명하는 간호사와 눈이 마주쳤어. 나도 웃으며 인사를 했지.

"시간이 얼마나 걸릴까요?"

간호사 얼굴이 발개져.

"시간이 꽤 걸려요. 이불 덮고 좀 주무셔도 돼요. 다 맞으면 제게 알려 주세요."

엄마를 눕힌 뒤 핏줄을 찾는 손길이 너무나 예쁘고 다정다감해. 몸짓과 말 한마디 한마디에 내 마음이 뛰는 거야.

‘야! 너 웃기는 놈이다. 엄마 치료하러 온 놈이 간호사한테 반해? 정말 못 말린다, 못 말려. 정신 차려 인마.’

환자를 보호할 생각은 안 하고 간호사한테 넋이 빠지다니……. 그러면서도 자꾸 그 간호사에게 마음이 쓰여.

방사선 치료를 마치고 나서 택시를 타려고 병원 앞에서 기다렸어. 이번에는 아무 택시나 잡지 않고 유리 너머 운전기사 얼굴을 봤지. 늦더라도 인상 좋은 사람이 운전하는 차를 타야지 안 되겠더라고. 몇 대를 보내고 나서야 나이 지긋하고 점잖게 생긴 분 택시를 잡았어.

“기사님! 어머니가 많이 편찮으셔서 그런데 상도동까지 좀 부탁드려도 될까요?”

“네, 모시고 오세요.”

“어머니를 안으로 들어가게 하고 문 쪽으로 아드님이 앉으세요. 앉아 계시기 힘들어 보이는데 아드님 다리 베고 누우면 좀 나을 겁니다.”

운전기사는 얼른 내리더니 왼쪽 뒷문을 열고 엄마가 택시 타는 걸 부축하면서 나보고는 오른편에 자리를 잡고 앉으라네. 엄마가 내 허벅지를 베개 삼아 눕도록 해 드렸어.

“고맙습니다, 기사님!”

“천천히 갈게요. 그래도 지하철 공사장을 지나야 해서 출렁거릴 겁니다. 출발합니다.”

아까 타고 온 택시기사와 달라도 너무 달라. 나도 엄마도 마음이 편안한 거야. 뒤에 오는 차가 답답하다 싶게 천천히 가고 브레이크도 되도록 살살 잡는 게 느껴져.

“관의야!”

엄마는 나를 작게 불렀어. 귀를 입 가까이 대라고 하시네.

“내릴 때 기사님 수고비 챙겨 드려라.”

“네, 그럴게요.”

편안해서 그런지 엄마는 잠깐 깊은 잠에 들었어. 나는 엄마를 내려다보다 아까 광화문 길가에 쪼그리고 앉아 창백한 얼굴로 배시시 웃는 엄마를 보는 순간 내 가슴에서 솟아오른 감정이 생각나. 왜 그 순간 엄마가 아기처럼 느껴졌지? 엄마의 마음과 사랑을 내가 어찌 안다고 내가 지켜 줘야 할 어린아이처럼 보이지? 지금 이렇게 내게 모든 걸 맡기고 잠든 엄마, 이제는 내가 보호자인가? 엄마는 지는 해고 가을이고 낙엽이란 말인가? 서글퍼 눈물이 나와.

하지만 조금만 생각해 보면 해가 동쪽에서 떠 서쪽으로 지는 것처럼 생로병사는 너무나도 당연하고 평범하고 누구나 겪는 일인데 왜 내게는 특별한 일로 다가오지? 남들도 다 겪으며 사는 일을 말이야. 그런데 어째, 내 마음이 아픈 것은 어쩔 수 없는 명백한 사실이고 그러니 그냥 조용히 견디어 내야지. 잘 될지는 모르겠지만…….

날마다 새날

"요즘 어머니 건강은 좀 어떠셔?"

교대 정문 앞 광명분식 주인아저씨는 끓인 라면을 익숙한 솜씨로 그릇에 나누어 담으며 내게 물었어.

난 대학에 들어간 뒤로 틈만 나면 온갖 돈벌이를 하며 학교를 다녔어. 그러다 어머니가 편찮으시면서 지도교수님께 좋은 일자리를 부탁드렸고, 그래서 국민은행 방배동 지점 야간 경비 일을 하게 되었거든.

밤에 은행 경비 일을 하고 등교할 때는 만만한 게 라면이야. 아침마다 라면 끓여 달라니까 한두 번은 줘. 그러다 야간 경비하고 학교 간다는 걸 알고는 라면값만 받고 아침밥 같이 먹자고 하시네. 라면만 먹으면 속 버린다고 김치에 달걀프라이 해 줄 테니 밥을 먹으라는 거야. 그런 마음이 고마워 점심시간처럼 한창 바쁠 때는 가끔 일을 거들었지. 그러면서 내가 어떻게 해서 학교에 오게 되었고 어머니가 편찮으시다는 이야기까지 나누는 그런 사이가 되었어.

"방사선 치료 할 땐 음식도 못 드시고 여위었는데 요즘은 음식을 잘 드세요. 가을이라 그런가? 고기를 얼마나 찾는지, 돈이 없어 소고기는 못 하고 돼지고기를 대여섯 근 사다 아예 큰 양푼에 고추장 주물럭을 만들어 놓고 끼니마다 드세요. 고기를 별로 안 좋아하는 분인데……."

"수술하거나 방사선 치료 받으면 몸에 단백질이 필요하다던데, 많이 드시게 해요."

아주머니는 라면에 말아 먹으라고 밥을 퍼 주었어.

"친정엄마 보니까 아프다가 잠깐 거짓말처럼 몸이 좋아지셨어. 한 대여섯 달 좋아져서 자식 집에 다니고 가까운 데 여행도 가고 그랬지."

"지내고 보니께 잠깐 시간을 주는 거란 생각이 들더구만."

"시간을 주는 거라는 게 무슨 뜻이에요?"

아주머니는 아저씨에게 눈치를 주었어.

"저 양반은 쓸데없는 말을 하고 그래요."

"아, 내가 뭐 틀린 말 했남. 학생! 서운해 말고 내 말 들어 봐요. 자식 같아서 하는 말인데 우리 마누라랑 학생 이야기 가끔 해."

아저씨는 소주 한 병을 꺼내 내 쪽으로 오셨어.

"장사도 마무리하는 중이고 허니 내가 마실라고 사다 논 건데 같이 한잔하자고. 그래도 될랑가?"

"그럽시다. 영업 끝났으니 문 잠궈요. 제육볶음 해서 한잔하자고. 그렇지 않아도 어머니 병원 모시고 다닌다고 한동안 안 보여 마음이 쓰였어."
"네, 저녁에는 은행 경비하고 낮에는 수업 듣고, 어머니 모시고 병원 다니고 그랬어요."
"오늘은 안 가는 거지? 하긴 그러니까 이 시간에 여기 오지."
"젊은 놈이 맨날 밤마다 경비만 한다고 오늘 쉬래요. 청원경찰 아저씨가 대신 하신대요. 친구들하고 한잔하고 집에 가다 두 분이 뵙고 싶어서 왔어요."
아주머니는 금방 제육볶음과 탕수육을 해 왔어. 그리고는 소주를 두 병 더 가져오시네.
"우리 셋이 한잔하자고. 학생 보니까 돌아가신 친정엄마 생각나네."
나는 소주병을 따서 공손하게 아주머니한테 한 잔 올렸어.
"아이고, 선생님 될 분이 이렇게 주시니 고마워서 어쩌나."
"아저씨, 아까 하신 말씀이 무슨 뜻이에요? 잠깐 회복하고 안 좋아질 수도 있다는 말씀이지요?"
아주머니는 어서 잔을 비우라고 손짓을 하면서 병을 들고 계시네. 얼른 잔을 비우고 술을 받았어.
"이 양반이 쓰잘데기없는 말을 해갖고……. 하지만 어긋난 말은 아니지. 때를 놓치면 나중에 후회하니까."
아주머니는 상추에 제육볶음을 싸서 내게 건네줬어.
"친정엄마 봐도 그렇고, 사람이 다 죽게 생겼다가도 잠깐 짬을 주더라. 짧게 몇 분 몇 시간을 주기도 하고 몇 날이나 몇 달을 주기도 하고. 그때를 놓치면 나중에 땅을 치고 후회해. 사람 세상에 나고 가는 거야 당연한 이치인데 요즘은 도시서 살아 그런가 통 몰라. 학교서 가르치는 것도 아니고."

술을 잘 하시네. 한 잔 더 드셨어.

"그래서는 때를 놓쳐. 하늘이 잠깐 짬을 줄 때 그때 얘기도 많이 나누고, 맛있는 것도 드시게 하고, 먼 데 간 자식이나 보고 싶어 하는 사람 만나게 하고……. 할 수만 있다면 여행도 보내 드리고 그래야 하는데."

아주머니 말씀을 듣고 보니 정신이 번쩍 들어. 가을 기운이 돈 뒤로 엄마는 얼굴도 밝아지고 화색이 돌면서 밥을 잘 드시기에 계절이 바뀌어 그러나 했거든. 어쩌면 회복되어서 그 어렵다는 5년을 넘길 수도 있겠다고 생각했는데, 만일 이게 내 착각이라면 이 시간을 그냥 흘려보내서는 안 되지.

"이 사람 보소, 나보고 뭐라 해 놓고 자네는 한 술 더 뜨네, 더 떠. 심각하게 생각할 거 없어. 다 나아 버리면 좋지. 혹시 아닐 때를 대비해야 쓴다 그 말이니께 너무 심각하게 새기들 말드라고 잉."

"우리 이 양반 술 한잔하니까 고향 말 막 나오네."

"아니에요. 두 분 정말 고맙습니다. 사실은 내일모레부터 대학 축제잖아요. 저는 아직도 멀었어요. 저는 어머니가 저렇게 편찮은데도 축제 때 놀 생각만 했어요. 다 취소하고 어머니랑 여행을 가야겠어요. 은행에 이야기해서 휴가도 받고."

아저씨 아주머니 얼굴이 환해졌어. 말을 뱉어 놓고 걱정이 됐는지 자꾸 위로를 하다가 내 말을 듣고 좋아하시네. 나는 두 분에게 고맙다는 말씀을 드린 뒤 학교서부터 집까지 걷기 시작했어. 서울고등학교를 거쳐 방배역을 지났어. 은행 출퇴근할 때 거의 날마다 걸어 다녀 익숙한 길이야. 사당동 까치고개 쪽으로 갈까 하다 총신대로 방향을 잡았어.

총신대를 지나니 사람이 드물고 길가 수풀에서는 풀벌레 소리가 들리는데 그제서야 가을이 깊어졌다는 게 느껴져. 숲에서는 여름내내 뜨거운 볕 받아 머금던 기운이 빠져나오는지 진한 숲 내음이 지치고 우울한 마음에 힘이 돌게 하네. 몸은 지치는데 머리는 맑아져. 숭실대학교를 지나 장승백이 쪽으로 가는데 내가 채소 장사 하던 골목시장이 보여. 늦은 시간이라 다 문을 닫았고 과일 가게만 몇 군데 열었네. 내가 장사할 때 도와주신 분들이 있나 살펴보니 다 낯선 분들만 보여.

엄마랑 장사하던 자리에 섰어. 엄마만 다시 건강해진다면 검정고시고 대학이고 다시 다 물리고 그때로 돌아가고 싶어. 검정고시 합격하고 대학 가서 선생 하는 거 이런 게 무슨 의미가 있다고 그렇게 악착같이 했나 싶어. 다시 건강한 엄마와 채소 장사 하고 떡장사 하고 비누 장사 하면서 먹고 싶은 거 먹고 가고 싶은 데 가고 그러면서 살고 싶어.

무엇이 성공이고 실패이며 어떤 삶이 값어치 있는 삶이지? 이제 다시는, 아니 영원히 돌아갈 수 없는 그 시간이 너무도 안타까워. 맨날 침울한 얼굴로 이불속에서 뒹굴고 끼니도 거르던 아들이 채소 장사 한다고 나선 날, 그 물건 다 팔고 갈 때 그렇게도 좋아하던 엄마가 이제는 힘을 못 쓰고 죽음을 눈앞에 두고 있으니 얼마나 두렵고 무서울까? 자식이란 놈은 놀 생각이나 하고. 가자, 집에 가서 내일 당장 엄마랑 여행 계획을 세우는 거야. 엄마가 가고 싶은 데로 가자. 까짓것 돈이 들면 얼마나 들겠어. 은행에 가서 가불이라도 해 오지.

다음 날 아침을 먹고 엄마랑 바람도 쐬고 운동 삼아 걸으려고 중앙대학교로 갔어. 용 분수가 있는 연못가 의자에 앉았어.

"엄마! 우리 다음 주에 여행 가요. 학교 축제라서 시간이 돼요."

"여행? 갑자기 뭔 여행이여. 돈이 어디 있다고. 에미 걱정 말고 그럴 시간 있으면 애들 만나고 혀. 맨날 돈 번다고 야간 경비하느라 젊은 놈이 술 한잔도 제대로 못 하면서……."

"제 걱정 마요, 엄마. 엄마랑 여행하고 싶어서 그래. 좋잖아. 어디 가고 싶은 데 있어요? 어디 갈까?"

"가을 단풍은 계룡산이 좋지. 어쩨 계룡산 밑에 살 때도 단풍 구경 한번 가 본 적이 없구먼."

"좋다, 엄마. 좋아요. 계룡산 좋아요. 보고 싶은 사람 누구 있어요? 누구?"

"너한테 소 빌려준 오 씨 할아버지 뵈면 좋은데 두 분 다 돌아가셔서……. 참 세상 둘도 없는 분들인디. 우리 아들도 그렇게 그 두 분마냥 늙으면 소원이 없겄다."

나는 엄마 얼굴을 쳐다봤어.

"엄마! 난 그 할아버지 할머니처럼 늙을 거예요. 그때 소 빌리러 갔을 때 일부러 차려 주던 그 밥상이 지금도 생각나요. 김치를 정갈하고 예쁘게 썰어 접시에 담고 노릇노릇 구운 갈치를 밥상에 올려 안방에 차려 주시던 모습. 그때 생각하면 지금도 고마워서 눈물 나고 그래요. 그런데 돌아가시고 한참 지나서야 그 소식을 들어 너무 죄송하고 보고 싶고……."

"그러지. 그런디 너무 마음에 짐 지고 살 거 없다. 사랑이란 게 다 내리사랑이라고 너는 나중에 니 도움이 필요한 사람 만나거든 두 분 만난 줄 알고 챙겨. 타지에서 온 어린아이한테 목숨 같은 소 빌려주는 거, 그거 아무나 하는 거 아녀. 잊으면 안 되지."

우리 둘은 일어서서 순댓국 한 그릇 먹으려고 흑석시장으로 걸었어.

"제가 다니던 중학교랑 초등학교 가 볼래요? 가 보고 싶어요."

"그래, 그거 좋은 생각이다. 선생님들 만나면 고맙다고 인사도 드리고. 스님, 스님 뵈러 가자. 니가 출가한다고, 스님 된다고 갔더니 절집 사람 될 인연이 아니라고 하던 그 고마운 스님 생각이 나네. 건강하실라나?"

"우리 집 뒤에 살던 부두골댁 만신 아주머니도 뵈러 가요."

"좋지. 나랑 동갑 동무인데 어떻게 사나 모르겄네. 세상에 피붙이라고는 없고 그 양반 혼자 사는데 몸이라도 단단해야 쓸 텐데."

우리는 흑석시장에 가서 순댓국을 먹고 집으로 왔지. 엄마와 단

둘이 같이 이야기하며 걷고 여행 계획도 세우고 나니 은행 경비하러 나가면서도 마음이 가벼워. 나는 그날 은행에 가서 다음 주 월, 화 이틀 휴가를 달라고 서무대리님한테 부탁드렸어. 사정을 얘기했는데 그다음 날 아침 교대 시간에 지점장님이 날 찾는다는 거야.

"자네, 휴가를 이틀 쓰고 싶다고?"

"네, 자꾸 부탁을 드려서 죄송합니다."

"어머니는 좀 어떠셔? 많이 편찮다고 들었는데."

"치료받고 요즘 좀 회복이 되셨어요. 그래서 모시고 여행이라도 다녀오고 싶어서요."

지점장님은 서랍을 열고 뭘 꺼내 오시는 거야. 봉투 두 개를 내밀어.

"이거는 자네가 부탁한 가불이야. 돈이 필요하다고 하기에 준비했네. 그리고 이거는 어머니 모시고 여행 잘 다녀오라고 조금 넣었어. 맛있는 거 사 드리고 편하게 모시고 다녀와."

휴가도, 가불도 받았고 이제 시간만 내면 돼. 학교에 가서 친구들과 약속했던 걸 다 취소했어. 아쉬움이 없진 않았지만 가벼운 마음으로 정리를 했어.

"엄마! 이게 무슨 냄새예요? 사골뼈 고아요?"

"아니여, 쇠족을 샀어. 삶아서 계룡산 갈 때 가져가려고."

"쇠족을요? 국물을 어떻게 싸 가요?"

엄마는 말없이 웃기만 했어.

드디어 날이 밝았어. 오늘이 엄마랑 여행 가는 날이야. 다른 식구들은 쇠족 고은 곰국을 먹고 나가고 이제 엄마와 나 둘만 남았어. 엄마는 소쿠리를 들고 방으로 들어오네.

"그런 건 저 시켜요. 몸도 안 좋은 분이 자꾸 움직이시고……."

"가만히 있으면 더 아픈 거여. 움직여야 혀. 나가서 도마랑 칼 가져오너라."

엄마는 삶은 쇠족을 뼈는 발라내고 고기만 추려서 소쿠리에 건져 식혀 놓았어. 이걸 도마에 놓고 먹기 좋은 크기로 썰어 소금을 찍어 먹어 보니 맛이 기막히네. 돼지고기 편육하고는 비교가 안 돼.

"이걸 한지에다 싼 다음 보자기로 잘 싸서 가방에 넣어서 가져가자. 출출할 때 먹으면 시장기도 가시고 술안주도 하고."

나나 엄마나 여행이라고는 가 본 적이 없어 기껏 준비한다는 게 삶은 쇠족에 달걀 삶고 과일도 좀 사서 가방에 넣는 거야. 가방을 둘러메고 용산시외버스터미널에서 버스를 타고 공주로 떠났어.

공주는 서울로 떠날 때 좋게 떠난 게 아니라 빚도 제대로 갚지 못하고 떠난 곳이라 그 뒤로는 거의 내려가지 않았거든. 그런 곳에 가려니 살짝 마음에 걸리기도 해. 하지만 이 여행이 어떤 여행이야. 어쩌면 엄마와 마지막이 될지도 모르는 여행이야. 안 그러고 오래오래 사시면 더욱 좋지만. 광명분식 두 분 말을 따르기 잘 했다는 생각이 들어. 집에 있을 때와 달리 엄마 표정이 밝고 얼굴빛도 불그레하네.

"공주 도착하면 점심땐데 뭐 드실래요?"

"그러게. 너는 뭐 먹을래?"

"엄마가 드시고 싶은 거 먹어요. 나야 뭐든지 맛있으니까. 오늘은 엄마를 위한 여행 아니우."

"밥에 김치면 되지 뭐가 또 필요혀. 공주 가면 먹는 게 뻔하지. 장날이라고 가도 기껏해야 순댓국이나 돼지머릿고기, 떡, 국수 다 그런 거여."

"그럼 버스에서 내려서 시장 걷다가 맘에 드는 집 가요."

솔직히 나도 그 이상 머리에서 떠오르질 않아.

"음식이야 뭐든 좋지, 입맛이 없어 그렇지. 오늘은 뭐든지 먹겠다."

이제 버스 타는 것마저 힘든지 엄마는 잠이 들었어.

버스가 천안을 지나 차령고개를 넘어 정안면을 지나 공주에 다다르도록 나는 잠이 오지 않아. 공주사범대에 원서 접수하러 온 뒤로 처음 오네.

우리가 살던 집은 폐가가 되었을까? 가 보고 싶다는 생각을 하다 엄마도 내 맘 같을까 싶어. 내가 모르는 아픈 사연들이 많을 수도 있겠지. 같은 곳, 같은 일을 놓고도 사람마다 다르게 받아들인다는 건 너무나도 당연한 사실인데 그 뻔한 사실을, 엄마는 나와 다른 존재라는 걸 깨닫지 못한 채 살아온 게 놀라워. 엄마가 나의 삶 하나하나를 알지 못하듯 어쩌면 구태여 기억을 되돌리고 싶지 않은 이야기가 있을 수도 있겠다 싶어. 엄마가 가자고 하기 전에 내가 먼저 어디로 가자고 말하지는 말아야겠어.

맞아, 나는 지금까지 엄마와 살면서 나를 중심으로, 내 욕심, 내 입맛에 맞춰 말하고 먹으며 살아온 거야. 거꾸로 엄마는 당신 입맛이

나 좋아하는 것은 내리누르고 자식과 남편에게 맞춰 살아온 거고. 엄마는 장사 수완이 좋았는데 아버지가 못 하게 막았다고 해. 평택장에 들어가는 길 어귀에 살면서 엄마는 장에 들어오는 곡식을 받아 모았다가 큰 장사에게 넘겨 돈을 벌었어. 그래서 밥 안쳐서 뜸들이는 사이에 쌀 몇 말씩 벌어들일 만큼 장사 수완이 있었건만 그걸 못 하게 아버지가 틀어막았어. 엄마 사주팔자에 장사를 하면 오래 살고 그러지 못하면 단명하는 게 있다고 하던데 그래서 이렇게 편찮은 건 아닐까 하는 생각도 드네. 나를 비롯해서 자식들도 엄마 가슴을 시원하게 뚫어 주는 그런 놈은 없어 보이고……. 이제라도 엄마 마음 가는 대로, 엄마 마음대로 먹고 만나고 지내실 수 있도록 해야겠어.

생각에 빠져 있는 새 버스는 금강다리를 넘어 공주산성을 지나고 있네. 곧 내려야겠어.

"다 왔나 보구나. 아들이랑 와 그런가 눈 감았다 뜨니 공주구나. 넌 눈 좀 붙였어? 지난밤 설치는 거 같던데."

"좋다, 엄마. 우리 둘이 아무 일 없이 그냥 오니까 모든 게 달라 보여요."

달라 보여. 다른 때는 금강 물을 보면 맑다는 거, 고기 많겠다는 거 그런 게 떠올랐는데 오늘은 아니었어. 그리스 철학자가 한 말, '사람은 같은 물에 두 번 발을 담글 수 없다'는 말이, 강물도 변하고 산도 변하고, 세상 그 무엇도 가만히 그대로 머물지 않는다는 거, 나도 엄마도. 변화라는 낱말이 머리를 뱅뱅 돌아. 변화는 슬픈 건가? 변화는 이별이고 헤어짐인가. 적어도 지금 내게는 그래. 변화는 헤어짐이고 슬픔이야.

"여기만 와도 콧구멍이 이렇게 시원하네. 출출하지?"

몸을 추스르던 어머니가 버스터미널 뒤쪽을 보더니 말을 해.

"너 고기 먹을래? 넌 고기가 좋지?"

"저야 고기라면 자다가도……. 엄마! 뭐 당기는 거 있어요? 뭐?"

"……."

어깨를 감싸며 엄마를 안았어.

"가요. 저쪽 큰길로 갈까, 아니면 뒤로 갈까?"

엄마 눈길이 머무는 곳을 보니 공주시장으로 가는 버스터미널 뒤쪽에 있는 국숫집이야. 잔치국수를 말아서 파는 가게가 몇 개 있는 곳.

"니 괜찮으면 국수 먹자. 국수 한 그릇 먹으면 쓰겄다. 어뗘?"

"좋아요, 가요."

말 떨어지기 무섭게 어머니 걸음이 빨라져. 그러더니 국수를 삶아 막 건지는 주인아주머니 옆에 선 다음 장난스럽게 말을 거네.

"동무야! 바쁜가?"

아주머니는 못 들었는지, 국수 건지는 게 급해선지 들은 기미가 없어. 엄마는 아무 말 않고 지켜보기만 해. 주인아주머니는 국수를 찬물에다 헹궈 소쿠리에 건져 낸 뒤 '아구구' 하며 허리를 펴다 엄마와 눈이 맞았어.

"어! 이게 누구여? 계룡면 사는 동무 아닌감. 아니 이 사람아! 오면 온다 해야지. 갈 때도 간단 말 없이 가더니만. 에이그, 이 무심한 사람아."

아주머니는 주걱을 던지듯 놓고 엄마를 안았어. 엄마는 아주머니 얼굴을 두 손으로 잡으며 말해.

"자네는 갈수록 젊어지네 그려. 보고 싶었어."

"이 사람, 동무야말로 도시 사람 다 되었구먼. 얼굴이 말끄름허고 허연 것이 귀부인이 되어 버렸어. 이리이리 들어와. 때가 되었으니 뭘 좀 먹어야지. 어쩌냐? 국숫집이라 국수밖에 없어."

아주머니는 엄마 손을 끌고 안쪽으로 데려가서 깨끗한 의자를 손으로 싹싹 문지르며 앉으라고 권해.

"가만, 이게 누구여! 넷째 아닌감. 그 십 년 만에 낳은 아들, 맞지. 이놈 이놈이……."

그러더니 우느라 말을 못 이어.

"아줌마, 예전에 그러니까 여기서 신문팔이하던 애 있잖아요. 아버지 돌아가시고 동생 셋이나 데리고 사느라 신문팔이하던 놈. 그 친구랑 국수 먹으러 왔을 때 아줌마가 국수를 얼마나 많이 주셨는지……. 지금도 고마워하고 있어요. 고맙습니다."

아주머니는 말을 못 잇고 울기만 하면서 내 머리를 쓰다듬고 볼을 만지고 하시더니 마음을 추스르고 말을 해.

"그래. 난 니를 알지만 아는 척 안 했다. 니놈이 학교 못 다닌다고 장날 나올 때마다 눈물바람하던 엄마한테 니 이야기 들어 알지. 그해 농사지어 쌀 팔아 갖고 친구 국수 사 먹이는데, 이놈이 글쎄 이 앞에서 어찌나 우물쭈물하다 들어오던지. 돈이 목에 걸려 못 들어오는 두 놈 마음을 내 다 알지. 아는 척하려다 국수만 줬어. 그려, 그러던 놈이 이렇게 컸구나. 에구, 니 엄마가 한 시름 놓겄다."

엄마는 아주머니를 데리고 와서 의자에 앉혔어.

"자식들은? 나보다 일찍 낳아서 다 시집장가 보냈을 건디?"

"그랬지. 이제 한 놈 남았는데 농사지어. 땅도 어지간히 갖고 있고 부지런한 놈이라 걱정 없지. 나는 여기서 벌어 내가 쓰고 싶은 데 써. 아들 얼굴 보니께 농사짓는 것 같지는 않고, 학교 다니는 거 맞지? 장사하면 사람 관상 웬만큼 본다."

"그려, 아들이 이제 두 해 있으면 초등학교 선생님 혀. 검정고시 해서 그리했네."

아주머니는 엄마 두 손을 꼭 잡았어.

"그려, 그려. 자네 정성이 아들을 살렸네. 아이고, 내가 다 춤을 추고 싶구먼. 마음 같아서는 막걸리라도 사다 한잔하고 동무랑 풍물치고 놀아야 쓰겄는디. 장하다 장해. 잠깐, 이럴 것이 아녀. 저기 순댓국집이라도 가자."

엄마는 아주머니를 붙잡아 앉혔어.

"동무야! 국수 두 그릇 말아 줘. 자네 국수가 가장 먹고 싶네."

"뭐가 맛있다고 이걸 먹어. 요즘 젊은 애들은 잘 안 먹어."

"난 자네가 말아 주는 국수가 진수성찬이네."

"아니에요. 아주머니가 말아 주던 국수가 얼마나 먹고 싶었다고요. 곱빼기로 주세요. 신문 팔던 녀석을 만나고 싶은데……."

"언제부턴가 안 보이더라. 고등학교 가고부터인지 통 못 봤어. 그놈도 착하고 부지런하니께 어디 가서도 잘살 거여. 그럼, 잠깐 기다려라."

아주머니는 손님들에게 팔려고 건져 놓은 국수가 많건만 굳이 새로 삶아서 말아 왔어. 아주머니도 한 그릇 가져오시네. 먹으며 쉴 새 없이 이야기를 나누고 손님들이 몰려올 시간이 되어 일어서는데, 엄마가 화장실에 간 사이 아주머닌 내 소매를 살짝 잡아끌어.

"엄마 어디가 편찮으시냐? 영 안색이……."

말이 안 나와. 갑자기 눈물이 나오려고 하는 걸 꿀꺽 삼키고 말씀드렸어.

"네, 많이 편찮으세요. 그래서 만나고 싶은 분들 만나게 해 드리려고 왔어요."

아주머니 얼굴이 붉어지더니 눈물이 쏟아지네.

"그랬구나, 그랬어. 에구, 우리 동무 불쌍해 어쩌나. 곧 고생 끝내고 호강하겄구먼. 이 아들 두고 어찌 그럴까. 잠깐 기다려라."

다시 가게 안으로 들어가더니 나오셨어.

"여보게 동무, 잘 가고 다시 또 놀러와. 그리고 아들 장가갈 때 나 불러. 내가 가게 문 닫고 올라갈게. 꼭 그래야 혀. 내 그날은 술 한잔한다. 에이, 이 육시랄 놈의 눈물은……. 오랜만에 만나고 금방 헤어지려니 자꾸만 우라질 눈물이 나와 싸. 그리고 이거 갖고 가서 맛있는 거 사 먹어."

마다하는 엄마 손에 돈을 쥐어 주고 엄마를 꼭 안아 줬어. 손을 몇 번이고 잡고 또 잡아. 나는 고개 숙여 인사드리고 돌아섰지. 아주머니는 손님들이 기다리건만 들어갈 생각은 않고 우리가 안 보일 때까지 손을 흔들었어.

"엄마, 어디 가서 사이다라도 한잔할까요?"

"못난 사람, 당신 집안도 어려울 텐데 뭔 놈의 돈을 이리도 많이 쥐어 줘. 이거 잘 챙겨 둬."

"먼 데서 왔다고 반가워 그러시는 거예요. 뭐 맛있는 거 사 먹어요. 이제 어디로 갈까?"

"너 다니던 중학교 가 보고 싶다. 너도 가 보고 싶지?"

사실 가 보고 싶기도 하고 안 가고 싶기도 하고 그래. 집안이 어려워 농사짓느라 학교에 못 나갔는데 내 얼굴 한 번 보지 않고 퇴학시킨 선생님들이 밉기도 했지만 지금 와서 선생님들을 만난들 무슨 의미가 있겠어. 어떤 까닭으로 퇴학시켰는지 궁금하면서 내 안 깊은 곳에 응어리진 게 있는 것 같기도 해.

그러는 사이 발걸음은 중학교 쪽으로 가고 있어. 공주박물관 입구에 섰어. 중학교 입학하던 날 엄마는 고개 너머 버스 타는 데까지 나와 내가 입학식 하러 가는 걸 배웅했지. 그날 아침 설레고 두려운 마음으로 지금처럼 이렇게 공주박물관 울타리 옆에 서서 한참 동안 중학교 건물을 쳐다봤는데……. 한 해 늦게 들어가는 중학교 이제 다시 제대로 해보자고 다짐했는데……. 그렇게 시작한 중학교를 겨우 석 달 다니다 쫓겨났지.

막상 학교에 들르려니 다시 망설여져. 올라갈까 말까.

"아들, 올라가지 뭐 하냐? 가서 선생님들 뵙고 나오자."

숨을 깊게 들이마신 다음 걸음을 옮겼어.

'왜 이렇게 긴장이 되지? 이제 나는 중학생이 아니야. 내후년이면 교사로 발령이 날 거고 나도 곧 선생님이라고. 들어가자. 가서 인사라도 나누고 와야지.'

"저기, 학생! 말 좀 물을게요. 교무실이 어디에 있어요?"

지나가던 학생 둘이 가던 길을 멈추고 따라오라며 앞장서네. 드디어 교무실 앞에 섰어. 야단맞으러 온 것도 아닌데 왜 이렇게 긴장되는지 모르겠어.

"무슨 일이시지요?"

"저는 이 학교 졸업생입니다. 선생님을 뵙고 싶어서 왔습니다."

"성함이 누구신지?"

"이구용 선생님이십니다. 그리고……."

그때 한 선생님이 반가운 표정으로 내게 다가왔어.

"이게 누구야. 가만있자, 너 저기 계룡산 있는데 살던 녀석인데, 몇 달 다니다 말았지? 맞지?"

"맞아요, 석 달 다니다 만 걸로 기억해요. 최관의입니다, 선생님. 국어 선생님, 성함이 김희진 선생님이신 걸로……. 안녕하세요? 선생님 뵙고 싶었어요."

"야! 이놈 내 이름을 기억해! 반가운 정도가 아니지. 이렇게 컸어. 이리 와라. 아, 어머님이세요? 좀 조용한 데로 잠깐 오시지요."

"수업 있으신 거 아니세요?"

마침 수업이 없다며 아이들이나 학부모와 상담하는 조용한 곳으로 데리고 갔어. 마실 걸 꺼내 주고 손을 잡으며 내 눈을 지그시 보셨어. 선생님은 무척 괄괄하고 무서웠지만 나처럼 없는 집 자식들을 아껴 갔어. 공주터미널에서 신문 팔던 그 녀석이나 나같이 없는 집 아이들이 숙제를 안 해 오거나 속을 썩이면 야단은 쳐도 미워하지는 않았지. 그래서 나랑 그 녀석이 참 좋아했어.

"그래, 물어봐도 될까? 지금 뭐 하며 지내? 학교를 그만둬서 늘 마음에 걸렸다."

엄마가 입을 열어.

"선생님, 아들한테 국어 선생님 좋아한다는 말 자주 들었어요. 고맙습니다. 녀석이 학교를 안 다니고 이런저런 일 하면서도 선생님을 잊지 않더라고요. 좋은 기운 주셔서 고맙습니다."

"아니에요, 관의 마음을 조금 더 헤아려야 했는데 그러지 못해서 늘 마음이 아팠습니다. 미안하고……."

이럴 마음은 없었는데 갑자기 눈물이 나오고 감정이 북받치는 거야.

"학교 그만두고 많이 속상했어요. 혼자 울기도 많이 하고……."

"그래, 그래. 네 마음을 어떻게 다 헤아리겠니? 지금은 뭐 하며 지내? 군대 갔다 왔어?"

"교대 다니고 있어요. 3학년이라 내후년에 초등학교 교사로 발령이 날 거예요."

선생님은 벌떡 일어서더니 내 두 손을 꼭 잡았어. 눈에는 눈물이 그렁그렁하네.

"잘 했다, 잘 했어. 그리고 미안해. 나중에 네가 농사짓느라 학교 못 온 걸 알았어. 그게 누구야? 신문 팔며 학교 다니던 그 녀석이 버스터미널에서 너를 만났다고 내게 말하더라. 농사꾼이 다 되었다고. 이 녀석, 장하다. 건강하게 커 고맙다."

선생님이 말하는 내내 나는 울컥울컥 울기만 했어. 마음속에 벼르고 벼르던 말을 꼭 하고 싶어서 울음을 참으며 말했어.

"선생님, 저 알고 싶어요. 제가 어떤 까닭으로 퇴학을 당했는지, 그리고 담임선생님도 뵙고 싶고요. 다른 사람들은 아무것도 아닐지 몰라도 저 많이 아프고 힘들었어요. 제가 잘못한 건 알아요. 어머니가 학교에 와서 선생님 뵙고 휴학을 하든 뭔가 하겠다는 걸 어머니가 학교 가면 제가 가출하겠다고 고래고래 소리 지르는 바람에 못 오신 거예요."

선생님은 내 옆에 앉아서 어깨를 감싸며 말했어.

"내가 대신 사과하마. 너를 만나지도 않고 그냥 학적을 정리한 건 잘못이야. 미안해. 그런데 이제 너도 선생님이 될 거고 지난 일을 용서하면 어떨까? 내가 대신 사과하마."

어깨를 들썩이며 울고 나니 가슴이 휑하니 허전해지면서 엄마 얼굴과 눈물이 그렁그렁한 선생님 눈이 보여.

"죄송해요, 선생님. 이럴 생각은 없었는데 그냥 인사만 드리고 가려 했는데……."

"아니야, 잘 왔어. 어머니! 그 힘든 과정을 겪으면서 아드님이 자기 길을 찾아가는 모습 대견하시지요? 좋은 선생님이 될 거예요. 우리 반은 아니었지만 마음에 남는 학생이에요. 이렇게 만나니 무척 좋네요."

"선생님, 고맙습니다."

선생님은 정문까지 배웅해 줬고 올 때보다 가벼운 마음으로 언덕을 내려갔어. 곧바로 내가 다니던 초등학교도 찾아갔어. 담임선생님은 다른 학교로 전근가셨는데 마침 공주교대에서 연수를 받는다는 거야. 혹시나 싶어 연수 장소로 찾아갔어. 6학년 때 담임선생님이 쉬는 시간이라 잠깐 교실 밖으로 나왔어. 선생님은 나는 못 알아보고 오히려 엄마를 알아보시는 거야.

"아니, 어머님! 어떻게 여기를 오셨어요? 관의는 요즘 어찌 지내는지……."

"건강하시지요, 선생님? 이렇게 뵙게 되었네요."

"관의가 6학년 겨울부터 학교에 못 나왔잖아요. 졸업식에도 못 오고……. 일 년 지난 다음 겨울에 졸업장과 우체국통장을 받아 가셨는데 그 뒤로 처음 뵙네요. 얼굴이 밝아 보이네요, 어머님. 그런데 옆에 이 청년은, 혹시 관의?"

"네, 저 관의입니다, 선생님!"

선생님은 놀라는 표정으로 나를 바라보더니 점점 얼굴이 환해졌어. 계단 위에서 말하다 아래로 내려서서 가까이 다가왔어.

"이 녀석 이거, 어른이 되었구나. 그래, 지금은 어떻게 지내?"

엄마는 내가 초등학교 졸업한 뒤 살아온 과정을 이야기했어.

"그래, 그랬구나. 고생했다. 장하다. 우리 반 여학생 한 명도 교대에 들어갔는데 혹시 만났어?"

"입학하고 며칠 안 되어 학교 도서관 앞에서 만났어요."

"그래. 그 녀석이 졸업생 가운데 공부를 가장 잘했지. 네가 교대에 들어가리라고는 꿈에도 생각을 못 했다. 잘 했다. 잘 했어."

선생님은 내 손을 잡고 흔들면서 말씀을 이어 갔어.

"연수만 아니면 어디 가 소주라도 한잔 사 주고 싶다만 다시 들어가 봐야 한다. 건강하게 잘 커 줘서 고맙다."

곧 연수가 시작되어 돌아 나오는데 뭔가 아쉬워. 육성회비를 못 내서 자주 교무실, 교장실까지 불려 갈 때 아프고 힘들었던 이야기, 내가 우리 반 아이 돈을 훔쳤다는 누명을 써 6학년 내내 도둑놈으로 몰려 따돌림과 괴롭힘 당한 이야기를 나누고, 선생님은 그 일에 대해 어떻게 생각하는지, 지금도 내가 그 돈을 가져간 아이라고 믿는지 묻고 싶었지만 그냥 돌아서 나왔어. 우금치에서 흘러 내려오는 제민천 옆으로 난 길을 따라 한참 동안 아무 말 없이 엄마와 걸었어.

엄마가 말문을 열었어.

"어떠냐? 맘이."

"……."

"니가 알아서 하겄지만 말이여, 지난 일에 매달리면 못쓴다."

엄마 얼굴을 보니 너무 많이 걸어 그런지 피곤해 보이고 입술이 하얗게 탔네.

"시방 하는 일에 마음을 줘야 혀. 지금 만나는 사람, 지금 하는 일이 중한 거여. 모자란 놈이 지난 일에 매달리는 거라고. 감옥살이도 그런 감옥살이가 없지. 지난 일에 갇혀 살면 살아도 사는 것이 아녀."

"네, 안 그래도 마음속으로 미워하고 그랬는데 이렇게 만나 보니까 좀 풀리는 거 같아요."

"그려. 어째 안 그러겄냐. 어려서야 부모나 어른 잘못 만나 그러려니 하지만 어른이 되면 자기 인생 자기가 책임져야 혀. 누구 탓도 아니여. 이제 스스로 만들어가야 한다 이 말이여. 니야 앞가림을 하니 걱정 없다만……."

초등학교, 중학교 시절 겪은 아픔에 얽매여 산다는 게 뭘까? 얽매여 살면 지금 만나는 사람과 지금 하는 일에 충실하지 못하게 된다는 말인데 왜 그렇게 될까? 주변에 보면 부모가 잘못 판단해서 내 인생이 지금 이 모양 이 꼴이라고 투덜대는 이가 꽤 많아. 아무리 부모가 잘못했다 해도 나이 먹으면 다 자기 탓인데…….

"이제 어디 가실래요? 잠은 어디서 잘까요?"

"꼭 만나 보고 싶은 분이 있어."

"누구? 저도 많기는 한데, 엄마가 보고 싶은 분들 만나요."

하마터면 '다시 못 만날지도 모르니 만나고 싶은 사람 다 만나고 가요' 하는 말이 나도 모르게 튀어나올 뻔했어.

죽는다는 건 헤어진 뒤 다시 못 만나는 거구나. 이별이고 떠남이고 헤어짐이며 보고 싶어도 못 보고, 그래서 기억에서 점점 사라지는 거구나.

엄마 얼굴을 물끄러미 바라다봤어. 이렇게 엄마 얼굴을 자세히 들여다본 적이 있었나? 얼굴을 자세히 보면 엄마를 아는 걸까? 겉모양을 본다고 사람을 안다고 할 수는 없지. 그럼 좋아하는 게 뭐고 싫어하는 게 뭐며 무엇을 목숨만큼 소중히 여기고 누굴 좋아하는지 내가 알고 있나?

"우선 말이여, 갑사 아래 암자 스님부터 뵈러 가자. 니가 스님 된다고 찾아갔던 절 스님 말이여. 그러고는 사과 과수원 정 씨 할아버지 댁에 가서 자자고. 너한테 소 빌려준 할아버지 할머니야 말로 꼭 뵈면 좋지만 두 분 다 돌아가셨으니."

"뭘 사 갈까요? 절이야 가서 시주하면 되지만 과수원 정 씨 할아버지 댁엔 뭘 좀 사 가야 할 텐데……."

"두 양반 국 끓여 드시라고 국거리로 쇠고기 끊어 가자."

정육점에 가서 국거리 고기 두 근을 사 가방에 넣고 갑사 가는 버스를 탔어. 공주에서 논산을 오가는 국도 옆 코스모스와, 누렇게 여문 벼가 출렁이는 논 위에 쏟아지는 가을볕이 만들어 내는 오후 이 아름다운 풍경을 내년 가을에도 엄마랑 같이 볼 수 있을까? 내년 가을에도……. '올가을 내년 가을' '올봄 내년 봄' 시간이 흐르면 당연히 내 앞에 오던 것을 맞이할 수 없다는 것, 그게 헤어진다는 거구나. 어쩌면 내년 가을은 엄마 없이 맞이할지도 몰라. 엄마 없는 가을! 같은 강물에 두 번 발을 담글 수 없듯이 같은 가을은 없어.

초등학교에 들렀다 내려오며 엄마가 하던 말이 떠올랐어.

'지금 만나는 사람, 지금 하는 일이 중한 거여.'

그래, 지금 저 가을볕에 빛나는 예쁜 코스모스도 다시는 되돌아 오지 않아. 다시는 못 봐. 지금 코스모스는 내년, 아니지 당장 내일 코스모스랑 달라. 지금 내 곁에 다가온 것, 내가 머물고 싶은 곳, 내가 보고 싶은 사람을 놓치지 말자. 어쩌면 엄마랑 같이 바라보는 가을이 오늘로 끝일지도 몰라. 내 앞에 다가온 맑은 하늘과 가슴을 시원하게 해 주는 바람과 누렇게 익어 출렁이는 벼, 이 모든 것이 다 너무나도 소중한 선물이고 축복인데 내가 몰랐던 거야.

엄마를 봤어. 두 손을 무릎 위에 가지런히 포개고 앉아 부드럽게 웃음 띤 얼굴로 창밖을 바라보고 있어.

엄마도 이 가을이 마지막일 수 있다는 걸 느끼고 계실까? 그래, 날마다 맞이하는 하루하루가 누구에게나 마지막인 걸 그저 습관적으로 받아들이며 살았구나, 습관적으로.

참으로 어려운 공부

버스는 어느새 갑사 주차장에 도착했어. 가슴이 두근거려. 거의 십 년 만에 스님을 뵙는 거야. 건강하시겠지? 지금도 어려운 아이들을 데려다 키우실까? 나를 보면 반가워하실까?

물어물어 찾아간 절은 예전과 너무 달라졌어. 산속에 있을 땐 절이 참 예쁘고 아늑해 아무나 대웅전에 들어가 기도할 수 있었는데, 옮겨 지은 절은 울타리가 아닌 담을 쌓고 대문까지 달아서 안에서 문을 열어 주지 않으면 들어갈 길이 없네. 도시 절 분위기야. 대문은 높고 커 사람을 작아지게 만들어. 문이 단단하게 잠겨 있기에 문틈으로 들여다보니 대웅전 앞마당은 넓지만 산 위에 있을 때와 달리 삭막하고 쓸쓸해. 초인종이 있나 아무리 찾아봐도 안 보여. 별수 있나, 큰 목소리로 부르는 수밖에. 웬만큼 소리 질러서는 들리지도 않겠어.

"실례합니다. 안에 계세요?"

마음 같아서는 '스님! 스님!' 하고 소리 지르고 싶은데 나도 모르게 예의를 갖춘 말이 튀어나와. 인기척이 없어.

"실례합니다!"

"……."

안 되겠어. 문손잡이를 잡고 앞뒤로 흔들면서 다시 소리를 지르니 그제서야 신발 끄는 소리가 들려. 그런데 발소리가 좀 이상해. 문틈으로 봤더니 어른이 아니라 초등학교 2학년 정도 되어 보이는 여자아이가 나와서 문은 열지도 않은 채 조심조심 말을 해.

"누구세요?"

"스님 뵈러 왔어요. 스님 안 계시나 봐요?"

"계세요. 그런데……."

"서울에서 왔어요. 옛날에 스님께 큰 도움을 받아서 뵙고 싶어서 왔어요. 말씀 전해 주세요."

"스님 요즘 손님 와도 안 만나세요."

"정말 보고 싶어 왔어요. 꼭 뵈어야 해요. 나중엔 뵙기 어려울 수도 있어요. 중학생 때 스님 되려고 왔던 사람이라고 어머니랑 같이 왔다고 전해 주세요."

아이는 대답도 없이 신발을 끌며 안으로 들어갔어. 기다리는 것 말고는 어떻게 해 볼 길이 없네. 나는 속이 탔어. 오늘 못 만나면 나는 몰라도 엄마는 영영 못 뵐 수도 있는데……. 답답한 마음으로 기다리는데 얼마 되지 않아 다시 신발 끄는 소리가 나. 스님인가 했더니 다시 그 아이야. 문은 열지도 않은 채 또 말만 하네.

"그냥 가시래요. 요즘 스님 몸이 많이 아프세요. 그래서 아무도 안 만나요."

엄마가 나섰어.

"학생! 난 요기 고개 넘어 살다가 서울로 이사 갔어요. 스님이 우리 집에서 여러 번 주무시고 가기도 하고 하면서 많은 도움을 주셨어요. 신세를 져서 정말로 고마워 인사드리러 왔어요. 인사하고 얼굴만 뵙고 갈게요. 다시 잘 말씀드려 줘요. 문 열어 주면 안 될까?"

"요즘 스님이 아무도 안 만나는데……."

아이는 다시 들어갔다가 금방 나와.

"스님이 지난 인연에 미련 갖지 말래요. 그냥 가시래요. 안녕히 가세요."

그러고는 합장하며 인사를 하고 안으로 들어가네. 어떻게 해 볼 길이 없어. 엄마와 나는 멍하니 대문 앞에 서서 서로 얼굴만 쳐다보다 돌아서고 말았지.

"정부에서 갑사 주변 정리할 때 절이 헐리지 않게 하려고 갖은 애를 쓰다 마음에 상처를 많이 받으셨다더니만……. 들리는 말엔 아들 삼아 키워 변호사가 된 사람이 있다는 것이여. 절이 헐리게 생겼을 때 도와 달라고 사정을 하는데도 쌀쌀맞게 거절했다더라."

"어째요?"

"세상은 말이여, 가까운 혈육이 아프게 하는 거야. 에구 스님 딱해서 어째. 문 좀 열어 주시지. 아플수록 사람을 만나야 하는디.

얼마나 마음이 아프면 저러실까."

엄마는 스님이 안 만나 주신 까닭을 훤히 알고 있는 듯 몇 번이나 뒤돌아보며 눈물을 흘리시네. 나도 마음이 안 좋아. 활달하고 거침이 없는 분인데, 웬만한 남자도 들었다 놨다 할 정도로 강단이 센 분인데, 안타깝고 마음이 아파. 세월이 참 무섭다는 생각이 들어. 뵌 지 겨우 아홉 해밖에 안 되는데 그새 절은 헐리고 옮기고 그 하늘 같던 스님이 아프고 엄마도 아프고……. 세월이란 건 참으로 많은 걸 바꿔 버려.

계룡산 갑사 골짜기에서 흘러 내려오는 개울을 따라 걷고 논둑길을 이리저리 걷다 보니 정 씨 할아버지네 과수원 탱자나무 울타리가 나타나. 계룡산을 마주보는 산 아래 정 씨 할아버지 댁이 보여. 오른쪽에 잇닿은 산자락에는 밤나무가 우거지고, 앞마당 싸리나무 울타리 너머에는 수백 년도 넘은 느티나무 세 그루가 서 있어. 오늘따라 정 씨 할아버지네 검은 기와집이 그림같이 예쁘고 정겹네. 기와집이면서도 지붕이 높지 않고 나지막해서 그런지 굴뚝에서 올라오는 연기에 마음이 푸근해져.

싸리나무로 울타리만 둘렀지 문이 없어 마당이 훤하게 들여다보이는 집. 문 없는 문에 아무 말도 안 하고 섰는데 부엌에서 나오던 할아버지와 눈이 마주쳤어. 아궁이에서 재를 치워 부삽에 담아 나오다 구부정하고 무덤덤한 기색으로 한참 보시더니 삽을 내려놓고 우리 쪽으로 와. 눈이 잘 안 보이는지 눈을 가늘게 뜨고 목을 앞으로 빼고 천천히 와.

"가만있자, 낯이 익구먼. 재 너머 살다 서울로 이사 간 집 안주인 아니오?"

"네, 아저씨. 정정하시네요."

"그래, 맞네. 들어와요. 저기 마루에 앉아요. 내 이 재 치우고 오리다."

우리는 조심스럽게 집 안을 둘러보며 마루에 걸터앉았어. 마루 맞은편에는 동글동글한 돌을 두른 꽃밭이 있고 오른쪽에는 초가지붕 외양간과 닭장이 있어. 사람 발자국은 없고 비질 흔적만 가지런히 난 마당을 보니 마음이 편안하고 차분해지는데 왠지 쓸쓸한 기분이 드네.

엄마는 갑자기 일어서더니 부엌으로 가며 할아버지한테 말을 걸었어.

"아저씨! 아주머니는 일 나가셨어요? 안 보이시네."

"응. 그 사람? 뭐가 그리 급한지 먼저 갔어. 내가 먼저 가려 했구먼……."

"네? 제가 여기 떠날 때만 해도 정정하셨는데, 나물 뜯어다 장에다 내다 팔고 그러실 정도로. 장에 가실 때도 보따리를 이고 들고도 어찌나 날듯이 잘 걸으시던지. 많이 편찮으셨어요?"

"아녀. 나랑 저녁밥 잘 먹고 자려는데 얼굴이 허옇게 되더니만 며칠 누웠다 자식들 다 보고 그러고 갔어. 갈 때도 되었지. 이제 나도 곧 갈 거여."

"아저씨는 장수하셔야지요. 끼니는 어떻게 챙겨 드세요?"

"읍사무소에 다니는 아들 며느리가 자주 와. 읍내로 나오라는데 내가 거길 왜 가. 여기서 났으니 여기서 가야지. 안 나가. 가만있자, 저녁은 어쩔꼬?"

엄마는 부엌에서 먹을 걸 챙긴다는 할아버지를 마루로 모셔 왔어. 어머니가 챙길 테니 우선 절부터 받으시라고 하니 할아버지는 벽을 등지고 앉으셨어.

"그래, 이 아들이 넷째라 했지? 자네가 이발소 가서 기술 배우러 가던 그 아들 맞지?"

"어떻게 저를 아세요?"

"자네 어머니가 우리 집에 자주 놀러 왔지. 장정이 되었구먼."

나는 일어서서 정성껏 절을 올렸어. 할아버지는 내 손을 꼭 잡고 당신 쪽으로 나를 끌더니 손바닥과 얼굴을 눈여겨본 뒤 고개를 끄덕여.

"자네 어머니가 고생 끝을 봤네. 잠깐 기다려. 귀한 사람이 왔으니 술을 내와야지."

댓돌 위 고무신을 신고 주전자를 들고 뒤뜰로 가는데 엄마도 얼른 부엌으로 따라 들어갔어. 엄마는 할아버지와 뒤뜰로 난 부엌문을 사이에 두고 한참 말씀을 주고받더니 날 부르네. 그새 부뚜막에 밥상을 차렸어. 할아버지는 뒤뜰 장독대 돌 위에 걸터앉아 말씀을 하고 엄마는 할아버지 말씀에 따라 여기저기서 밥과 찬을 꺼내 밥상을 차린 거야. 나는 상을 들어다 마루에 놓았지.

마당 꽃밭에는 수국, 진달래, 철쭉, 단풍나무, 배롱나무, 개암, 백

합, 취나물, 구절초, 개나리처럼 아는 것도 있지만 이름 모르는 가지가지 나무와 꽃이 자라고 있어. 잎만 있는 것도 있고 구절초처럼 하얀 꽃 보랏빛 꽃을 피운 것도 있고 단풍이 예쁘게 든 것도 있어.

"이 술은 저기 꽃밭에 있는 오갈피로 담근 술이여. 내가 심고 가꾼 거지. 귀한 손이 오셨으니 이럴 때 내야지. 아주머니는 술을 못 하지요?"

"네, 친정아버님 연세인데 말씀 낮추세요. 올해 연세가 여든여섯이고 생신이 삼월 초닷새 걸로 아는데."

"어허, 이사람 이거. 자네가 어떻게 내 나이도 알고 난 날도 안단 말이여?"

"어머니는 가끔 '오늘이 누구네 아버지 제삿날이고 아랫말 누구네 어머니 생신인데' 하며 혼잣말을 하세요. 어떻게 그걸 다 기억하는지 모르겠어요."

"생신을 기억하는 게, 제가 이 앞을 지나가는데 아주머니가 마당에서 보더니만 들어왔다 가라고 부르시더라고요. 그러고는 때가 되었는데 어딜 그냥 가냐고 밥상을 차려 주는데 어찌나 걸게 챙겨 주는지……. 그러다 그날이 아저씨 생신이라고 해서 알게 되었어요."

밥상을 앞에 놓고 이야기하느라 수저를 들지도 못했네. 할아버지는 주전자를 들고 내게 잔을 내밀고 술을 따라 주는 거야. 무릎을 꿇고 두 손으로 받았지. 술 따르는 할아버지 손이 흔들려.

"좋은 술이다. 맛있게 마셔라. 취하게 마셔도 된다. 어머니 모시고 다니는 게 보기 좋구먼."

"예, 할아버지. 어머니한테 만나 뵙고 싶은 분이 있으면 말씀하시라 했더니 할아버지와 할머니를 가장 먼저 말씀하셨어요. 저도 뵙고 싶었고요. 제 술 한잔 받으세요."

"그래, 언제 다시 자네 술을 받겠는가."

아무래도 풍이 온 것 같아. 잔을 받는 할아버지 얼굴과 몸을 슬쩍 보니 턱과 입이 살짝 어긋난 게 분명해. 머리카락은 검은 머리가 하나도 없는 백발이고 손이 떨리고 입도 돌아가고 눈도 떨리고 피부에 저승꽃이라고 하는 검버섯이 피었네. 하지만 눈빛이며 얼굴 표정은 편안해.

할아버지는 잔을 받다 몇 말씀 하고는 그저 웃는 얼굴로 고개 끄덕이며 듣기만 해. 그런데 엄마와 내 입에서는 오래전 겪은 일, 심지어 평소 기억조차 못 하던 이야기가 거미 똥구멍에서 거미줄 나오듯 편안하게 술술 풀려나와.

"할아버지! 우리 누나가 읍내 다녀오다 밤에 혼자 고개를 넘을 때 데려다주셨던 거 기억나세요? 밤에 혼자 재 넘어가려면 무섭다며 손전등으로 불 비춰 주시면서 데려다주셨잖아요."

"그려, 그랬지. 달도 없는 그믐밤에."

"딸아이가 어째서 가까이서 비춰 주지 않고 두어 발 떨어져서 비춰 주시냐고 와서 물어보더라고요."

"조심스러워서 그랬지. 내가 가까이 가면 편하겄어?"

"그러지 않아도 딸한테 그리 말했어요. 아이가 집 안으로 들어갈 때까지 큰길에 서서 비춰 주시는데 너무너무 고마웠다고 그러더라고요. 한 번도 아니고 여러 번 그리해 주셔서, 고맙구먼유. 아드님도 여러 번 그랬어요. 읍사무소 다니는 큰 아드님 말이에요."

"자네 식구들이 끼니를 못 잇고 지낸다는 얘기가 들리더라고. 다른 식구들 다 서울 가고 니 엄니 혼자 있을 때 빚쟁이가 들이닥쳐 니 엄니한테 온갖 포악을 다 부렸다는 것도. 자네가 중학교 못 가고 이것저것 하고 사는 것도 들었네. 서울 사람이라 동네 텃세도 있고 살림살이가 얼마나 외롭고 고될까 싶었어."

"그래서 그러셨구먼유."

엄마가 눈물을 훔쳐. 할아버지는 고개를 들고 엄마 입에서 뭔 말이 나올까 지그시 보네.

"아저씨가 사과 가져다 팔아서 쓰라고 부르셨잖아요? 그때 식구들이 먹을 게 없어 아랫동네서 상한 쌀 얻어다 죽 쑤어 먹으며 버틸 때였어요. 사과 팔 수 있는 만큼 가져다 팔아 쓰라고 하면서도 이 추운데 이 골 저 골 찾아다닐 수 있겠냐고 하실 때 정말 고마웠어요. 지가 서울 올라가 살면서도 잊은 적이 없어요."

할아버지가 꺼내 주는 목화솜 이불을 덮고 가을 산에서 내려오는 산 내음과 할아버지 댁의 기운을 느끼며 잠자리에 들었어.

아침까지 챙겨 먹고 갑사로 올라가려고 나서는데, 할아버지는 목숨이 붙어 있으면 또 보자며 동네 어귀까지 나와 배웅을 해. 갑사로 오르는 길 느티나무 잎이 곱게 물들었는데 이른 시간이라 그런지 사람이라고는 어쩌다 보여. 느릿느릿 걷다 엄마 손을 슬그머니 잡았어.

산이 가팔라지자 엄마는 힘든지 걸음을 멈추고 주변을 둘러보시네. 어느 순간부터는 엄마도 나도 말없이 걸었어. 엄마 혼자만의 시간을 갖는 것도 필요하겠다 싶어 천천히 걸어 거리를 벌렸지. 자식 키우며 남편과 살아온 시간 속에서 당신만의 삶은 얼마나 누려 봤을까? 엄마 안에서 저절로 솟구쳐 불현듯 모습을 드러내는 욕망, 희망, 꿈 뭐 이런 걸 얼마나 누리며 살아왔을까 싶어.

누구의 딸, 누구의 아내, 누구의 엄마, 이런 거 말고, 주민등록에 올라 있는 이름으로 불리는 우주에 단 하나뿐인 사람으로 존중받고 자기 자신을 마음껏 활짝 펼쳐보며 살아 봤냐는 거지.

부모는 저 낙엽처럼 떨어져 땅을 덮어 주고 거름이 되어 새끼들이 살아갈 수 있도록 다 주고 가는 거라고 말하지만, 그건 말하기 좋아 하는 말이고, 어떻게 사람한테 그런 희생을 강요해? 봄과 여름을 마음껏 누리지도 못한 채 스러져 가는 아픔을 강요할 수는 없어. 그건 너무 잔인해.

"힘드냐? 어째 걸음이 무거워 보여. 어디 풍광 좋은 데 앉아 뭐 좀 먹고 가자."

"조금만 더 가면 연천봉인데, 엄마 끌리는 데 앉아요."

"그러자. 저기 저 마당바위처럼 생긴 데 앉자."

엄마 말대로, 뜻대로, 내키는 대로, 끌리는 대로! 그래. 이렇게 작은 것도 엄마 마음에서 솟아나는 대로 해야 했는데……. 싸전에서 곡식 장사하고 싶으면 장사하고, 비누 장사 하고 싶으면 비누 장사하고. 엄마 속에서 솟아나는 대로, 마음이 잡아끄는 대로 살아야 했는데 그러지 못해서 그게 병이 된 거야. 가슴에 맺히고 굳어 화가 되고 병이 깊어진 거란 말이지.

"아들, 먹을 거 꺼내게 가방 이리 줘라."

"아니에요, 엄마. 왜 먹을 건 엄마가 다 챙겨야 해? 제가 할게요. 남자 여자 갈라서 하는 거 문제가 있어요. 자식들도 컸으면 지들이 해야지. 제가 할게요. 엄마는 엄마가 하고 싶은 거 찾아서 하세요."

"허 녀석. 좋지, 그래야지. 내가 말이여, 너를 공장에 보내면서도 누나는 고등학교 다니게 했잖여? 남들이 거꾸로 산다고 말들 많았지. 아들이 저러는데 딸 공부시킨다고. 공부에 아들딸이 어디 있어? 할 수 있으면 하는 거여. 그러니 봐라, 이제 누나와 니가 바꾸어 봐줄 수 있잖여."

"엄마, 왜 학교 못 갔어요? 엄마는 초등학교도 못 나왔잖아요?"

"왜는, 내가 딸이니까 그렇지. 오빠가 배우고 오면 귀동냥해서 배웠어. 배우고 싶었는데 그때는 여자를 학교 보내는 집이 귀했어. 가고 싶다고 했지만 안 보내 줬지. 지금이라도 학교에 가서 배우고 싶기는 혀."

그래, 맞아. 자식이 공부한다고 그게 어머니한테 가는 것도 아니고 배움은 스스로 해야 하는 것이고 누가 대신해 줄 수 있는 게 아니야. 열 몇 살에 결혼하고 자식 낳고 살던 시대가 일제강점기고, 그거 조금 지나가니 전쟁이 났고, 그 와중에서 엄마는 어떻게 살아

왔을까? 엄마의 어린 시절과 젊음이 궁금해. 역사를 배운다고 어려운 책 뒤적이며 시간을 보냈는데 이제 와 생각해 보니 엄마 삶이 곧 역사라는 생각이 들어. 그걸 모르고 살았어. 어디 밖에 엄청난 게 있는 줄 알고 온 세상을 싸돌아다니다 제자리를 찾은 느낌이 드네. 지금부터라도 나는 내 주변에서 귀한 것을 찾아가면 되는데 엄마는? 엄마의 젊음과 인생은 어떻게 하냐고?

'지금 만나는 사람, 지금 하는 일이 중한 거여.'

엄마가 한 이 말은 내가 아니라 오히려 엄마 자신에게 하고 싶은 말이야.

"엄마, 정 씨 할아버지는 이상해요."

"뭐가?"

"지긋한 눈으로 듣기만 하셨는데 엄청나게 많은 말을 하신 거 같아요. 얼굴 표정, 몸짓, 걸음걸이, 구부정한 어깨가 떠오르면서 제 안에서 이야깃거리가 자꾸 솟아나요."

"어디 다녀오다 뵙고 인사드리면 '그려, 어디 다녀오시는구먼요' 하고 웃기만 하셔. 그런데 인사드리고 뒤돌아서면 마음이 편안해져. 생각만 해도 마음이 편안해지는 그런 양반이여."

"말없이 많은 말을 하는 분이라는 생각이 들어요."

"잘 왔다. 와서 뵈니까 마음이 편안혀. 하느님이나 부처님이나 어디 먼 데 저 높은 데 있는 게 아니라 가까이 있다잖여. 니 안에 있고 내 안에 있고 정 씨 할아버지 같은 분은 그냥 사는 게 부처고 하느님이여."

무리하는 게 아닌가 싶으면서도 어쩌면 이게 마지막일지 모른다는 생각에 연천봉으로 방향을 잡았어.

"엄마! 저한테 하고 싶은 말씀 있으면 해 봐요. 왜 그런 거 있잖아요, 살아 보니까 인생에서 이런 게 중요하더라, 이건 잊지 말고 가슴에 새기고 살아라, 뭐 이런 거."

못 들었는지 아무 말 없이 한참 걷다 이야기를 해.

"꼭 말을 해야 아나. 정 씨 할아버지처럼 그냥 몸으로 하는 게 말이지."

"그래도, 가슴에 있는 거 해 보세요. 이야기보따리 풀듯이."

그 순간 유언이라는 낱말이 떠올라서 속으로 찔렸어.

"녀석도 참. 그럼 말이여, 니가 혀 봐. 살면서 에미가 말한 것 중에 떠오르는 거 있으면 혀 보라고. 아니면 에미 사는 거 보고 나는 이렇게 살어야겠다고 마음먹은 거 있음 그걸 혀 봐. 그게 좋겄구먼."

연천봉에 올랐다 내려와 다시 관음봉으로 올라갔어. 엄마는 지친 기색이 없으시네. 산 기운을 받아 그런 것 같아. 금잔디 고개에서 자리를 잡고 앉았어. 볕이 따스한 곳에 앉아 숨 좀 돌린 다음 동학사 쪽으로 내려가기 시작했지.

"궁금하네, 아들이 이 에미랑 살면서 깨달은 거."

"많지 뭐. 많아요. 대추나무가 생각나요. 봄이 와서 목련, 개나리, 진달래 다 폈는데 대추나무를 보니까 눈도 안 트고 시커멓고 거무티티하더라고요. 죽은 거 아니냐고 했더니 엄마가 가지 끝을 꺾어 보라고 하기에 꺾었더니 얼굴에 물이 탁 튀더라고요. 그때 엄마가 그랬어요. 세상 나무나 풀은 봄이 오면 다 같은 때 잎 나고 꽃피는 것 같은데 그렇지 않다고. 대추나무처럼 늦되는 나무는 소리 없이 물과 양분을 가지 끝까지 끌어올리며 기다린다고. 그러다 때가 오면, 자기한테 맞는 때가 오면, 잎 트면서 꽃 피고 열매 맺고 그런다고."

"그려 맞지, 암."

"엄마가 자주 그 이야기를 해 줬어요. 그런데 내가 검정고시 공부하다 지치고 힘들 때 정독도서관에서 다른 책을 보는데 문득 대추나무 이야기가 떠오르더라고요. 그 뒤로 자주 떠올라요. 그러다 깨달았어요. 엄마가 나 들으라고 한 이야기라는 걸. 어느 순간 그게 느껴지더라고요. 남들 다 가는 중학교도 못 가고 집에서 농사짓고 장사하고 공장 다니고 이럴 때 지치지 말고 꾸준히 살라고 해 준 말이라는 걸요."

대답은 안 하고 고개만 끄덕이며 삶아 온 쇠족을 내 입에 넣어 주셨어. 사과도 건네고.

"엄마가 정한수 떠놓고 지성드리기에 제가 뭐라고 비냐고 할 때 엄마가 그랬어요. 우리 자식들 가는 발길이 밝은 데 가고 좋은 인연 만나게 해 달라고요. 그래서 제가 돈 벌게 해 달라고 하면 되는 건데 그 간단한 기도를 그렇게 어렵게 하냐고 그랬더니 엄마가 세상에는 돈 갖고 안 되는 게 더 많다고 그랬어요."

"녀석! 에미 가슴속에 들어갔다 나온 놈 같다."

"많아요. 소걸음이 느린 거 같아도 오래오래 멀리 가는 거라고, 소처럼 살라고. 저울 속이면 삼 대가 망한다는 말도, 손해 보는 듯 살아야지 이익만 보려면 더 큰 걸 잃는다는 것, 열 가지를 줘야 겨우 하나 돌아올까 말까 한다며 줄 때는 좋은 거 주고 받을 때는 좀 덜 받는 기분으로 살라고. 나이 먹으면 얼굴에 책임을 져야 한다는 말도……."

"내가 뭔 말을 더 하냐. 니가 다 알고 있구먼. 그런데 살다 보면 입이 앞서서 걱정이여. 사람 사는 게 입이 먼저 간단 말이지. 몸이 가야 쓰는디. 그게 어려워."

나는 중얼중얼 생각나는 대로 떠들었어. 엄마는 듣기만 하셔. 그러다 보니 남매탑 지나고 동학사 지나 음식점이 쭉 있는 길로 들어섰어. 대전버스터미널 근처에서 해장국으로 이른 저녁을 먹고 서울로 올라오는 버스를 탔어.

"태어나서 엄마하고 여행 온 건 이게 처음이네요. 어때요?"

"자주 다니자. 아주 좋구나. 아들이랑 이렇게 말해 보는 게 얼마 만인지."

"제가 좀 무심했지요? 자식도 크면 다 그런 거 같아요."

"아니야, 그래야지. 자식이 커서도 부모 옆구리에 붙어 있는 거 그거야말로 못할 짓이여. 떠나야지. 부모 곁을 맴돌면 못쓴다. 장가도 가고 살림 차리고 그래야 혀. 지 인생 살아야지 왜 에미 애비 옆에서 얼쩡거려. 죄짓는 거여. 그러다 가끔 봐 주면 돼. 잊지 않고 찾아와 주면 되는 거여."

허리를 꼿꼿이 펴고 두 손을 기도하듯 무릎 위에 가지런히 포개고 앉아 스쳐가는 들녘을 바라보는 엄마. 나는 엄마 손을 잡았어. 엄마는 고개를 돌려 나를 바라보며 옅게 웃으시네. 편안하고 평화로운 기운이 가득한 눈에는 많은 이야기가 어려 있어. 저 끝없는 이야기를 얼마나 읽어 낼 수 있을까? 지금 이 순간 엄마가 하고 싶은 말은 무엇일까? 한 사람의 마음과 깨달음을 알아간다는 것이 가능할까?

엄마, 그리고 지금까지 만나온 많은 분들이 몸으로 내게 가르침을 준 것처럼 나도 그렇게 살아가고 싶어. 아무 말 안 해도 온몸에서 말과 이야기가 쏟아져 나오는 그런 사람.

작가의 말

나다움을 찾아 헤매는 여러분에게

이제까지는 초, 중, 고등학교라는 정해진 길을 따라 걸어오면 되었습니다. 정해진 틀에서 벗어나지 않으며 살다 보면 앞날이 활짝 열리리라 믿고 살아요. 많은 사람들이 의문 갖지 않고 이 과정을 거쳐 가기에 불안감도 크지 않습니다. 곁을 지키며 믿고 지지해 주는 이들의 잔소리 비슷한 가르침, 충고나 계획을 받아들이면서요. 물론 때로는 튕겨 내기도 하지요.

열아홉, 누구나 거쳐 가는 공식적인 교육제도의 틀을 벗어나는 시기입니다. 스스로 판단하고 결정하며 자기 행동에 책임지는 '어른'이 되었습니다. 무엇을 어떻게 하며 살아야 할지 스스로 알아보고 결정해야 하는 무거운 짐이 지워집니다.

무언가 결정할 때 선택의 근거나 까닭 그리고 앞날에 대한 그림이 또렷하게 보이면 좋은데 그렇지 않아 머리가 아픕니다. 필요한 물건을 고를 때 몇 번을 이리저리 재고 알아본 뒤 결정하더라도 놓친 게 있어 후회하는데, 진로 선택과 직업이야 말해 무엇하겠어요. 더구나 요즘처럼 사회 변화가 빠른 때에는 더욱 그렇지요. 불확실한 가운데 선택하고 결정하려니 불안할 수밖에 없습니다. 젊음은 힘과 열정이 넘치지만 불안하고 힘든 시기입니다.

불확실과 불안에 둘러싸인 청춘들에게 어른들은 말합니다. '꿈을 가져라', '하루하루 성실하게 최선을 다하라' 뭐 이런 말을 귀가 닳도록 해요. 방송이나 책에서는 성공한 사람들이 자기 꿈을 이루려고 최선을 다하는 생활 태도가 얼마나 중요한지 보여 줍니다. 이런 말을 듣다 보면 '나도 노력하면 저렇게 될 수 있을까?' 하는 생각이 들기도 하고 때로는 '왜 나는 마음먹은 대로 안 되지? 한다고 했는데…….' 하는 생각에 지금까지 해 오던 일을 접어 버리고 싶기도 합니다. 내 노력과 정성이 모자라 그런 거라며 나 스스로에게 화도 나고 실망하기도 하고요.

《열아홉, 이제 시작이야》 주인공 관의도 여러분처럼 불확실과 불안에 휘청거리고 흔들립니다. 초등학교 졸업한 뒤 한 해 쉬고 어렵게 들어간 중학교지만 그마저도 석 달 다니다 쫓겨나요. 중학교 다닐 나이에 집을 떠나 이발 기술 배우고, 채소 장사하고, 공장에 다닙니다. 그렇게 남다른 일을 겪었으면 확고한 신념과 믿음을 갖고 흔들리지 말아야 할 텐데 그러질 못해요. 이리저리 흔들리며 헤맵니다.

'나는 누구고 어떻게 살아야 하지?'

'한 번뿐인 인생 뭘 해야 후회하지 않을까?'

이런 물음을 품은 채 마음이 끌리는 대로, 때론 상황에 이끌려 이 사람 저 사람 만나 스스로를 다듬어 갑니다. 자기 안으로 깊게 파고들기도 하고 세상 밖으로도 눈길과 마음을 줍니다. 하지만 이 말을 들으면 이쪽으로 저 말을 들으면 저쪽으로 마음이 쏠립니다. 망설이고 머뭇거립니다. 무엇을 하고 어떻게 살아야 할지 망설이지만 더 기막힌 것은 선택을 미룰 수 없는 삶이 하루하루 이어진다는 겁니다. 나를 마구 뒤흔드는 거센 변화도 멈추지 않습니다. 그러다 문득 이미 들어선 길이 나와 맞지 않는다는 걸 깨닫기도 해요. 헛고생, 헛발질, 헛걸음한 게 후회되어 좌절하기도 합니다.

참으로 무섭고 두려운 것은 길에 들어섰다 '이 길이 아니네' 하며 좌절하는 것이 아닙니다. 헛걸음, 헛고생할까 봐 길을 나서지 않는 겁니다. 앞날이 또렷하지 않거나 남들이 안 간 길이라 망설여지더라도 용기 내 길을 나서, 몸고생 마음고생하며 깨달음을 얻어야 새 길을 찾을 힘이 솟아납니다. 이 힘이 있어야 불확실함에서 오는 불안과 변화에 대한 두려움을 견디어 내며 나다운 모습을 찾아 이리저리 헤맬 수 있거든요.

《열아홉, 이제 시작이야》는 나다움을 찾아 헤매는 이야기입니다. 되돌아보면 앞서 쓴 《열다섯, 교실이 아니어도 좋아》, 《열일곱, 내 길을 간다》 모두 두려움 속에 길을 떠나 나를 깨닫고 나다움을 찾아 헤매는 이야기지요. 헛걸음과 헤맴은 만남으로 이어지고 만남은 서로에게 변화와 깨달음과 삶의 맛을 느끼게 해 줍니다. 《열아홉, 이제 시작이야》 주인공 관의는 내 안과 밖을 넘나들며 무엇을 붙잡고 삭혀 나를 만들어 갈까요?

최관의

보리 청소년 13
열아홉, 이제 시작이야

2022년 1월 3일 1판 1쇄 펴냄
2022년 6월 20일 1판 3쇄 펴냄

글 최관의

편집 김로미, 박은아, 이경희, 임헌 | **교정** 김성재
디자인 오혜진
제작 심준엽
영업 나길훈, 안명선, 양병희, 원숙영, 조현정 | **독자사업(잡지)** 김빛나래, 정영지
새사업팀 조서연
경영 지원 신종호, 임혜정, 한선희
인쇄와 제본 (주)천일문화사

펴낸이 유문숙 | **펴낸 곳** (주)도서출판 보리
출판등록 1991년 8월 6일 제9-279호
주소 (10881) 경기도 파주시 직지길 492
전화 031-955-3535 | 전송 031-950-9501
누리집 www.boribook.com | **전자우편** bori@boribook.com

값 11,000원

보리는 나무 한 그루를 베어 낼 가치가 있는지 생각하며 책을 만듭니다.

ISBN 979-11-6314-228-7 43810